KB099527

물리적으로
고립된
나의 고교
생활

My Highschool Life is
Phisically Isolated.

4
FOUR

모리 타 키 세 츠 지음

Mika Pikazo 일러스트

shionomiya
RANRAN
시오노미야 란란

아사쿠마 시즈쿠
asakuma
shizuku

"시오노미야 선배,
저를 제자로
삼아 주세요!"

"지금 바로 아이카가
다니는 체육관에 가요!"

AYAMEIKE
AIKA

아야메이케 아이카

"'저는 부끄럼쟁이라 곧잘 긴장합니다. 특히 남자와 이야기하면 매우 긴장합니다.' 이런 식으로 외치는 거야."

TAKAWASHI ENJU

타카와시 엔쥬

"저는 사실
타카와시 양과
아이카 양을
동경하고 있어요."

시오노미야의 표정은 평온했다.
그런 표정이 나오는 것을 보면
긴급한 문제는 해결되었다고
할 수 있었다.
아득한 눈을 하고서
시오노미야는 차분하게 말했다.

Contents

물리적으로 고립된
나의 고교생활

My Highschool Life is
Phisically Isolated.

4
FOUR

하구레 나리히라
고등학교 2학년생. 1m 이내의 인간에게서 체력을 빼앗아 흡수하는 통칭 '드레인' 이능력을 가졌다.

타카와시 엔쥬
나리히라와 같은 반이며 동맹 관계. 다른 사람과 3초간 시선을 맞추면 본심이 전광게시판에 표시되어 버리는 통칭 '마음속 오픈' 이능력을 가졌다.

아야메이케 아이카
나리히라와 다른 반이며 친구. 타인의 호감도를 20배 증폭시키는 통칭 '매료화' 이능력을 가졌다.

타츠가와 에리아스
나리히라의 소꿉친구로 학생회 부회장. 나리히라를 라이벌시. 물을 정화하는 통칭 '순수 조작' 이능력을 가졌다.

시오노미야 란란
나리히라의 반에 온 전학생. 물어보면 뭐든 대답해 주는 통칭 '메이드장'을 불러내는 이능력을 가졌다.

이신덴 사야야
나리히라와 같은 반. 어린 소녀나 어른스러운 누님으로 변할 수 있는 통칭 '사이즈 변환' 이능력을 가졌다.

다이호쿠 보쿠젠
고등학교 2학년생. 학생회 서기. 까마귀와 텔레파시로 의사소통할 수 있는 통칭 '까악스피크' 이능력을 가졌다.

아사쿠마 시즈쿠
고등학교 1학년생. 남성 공포증. 긴장하면 타인에게 모습이 보이지 않게 되는 통칭 '강제 카멜레온' 이능력을 가졌다.

보조 쿄코
나리히라 반의 담임. 세계사 교사. 이능력자가 아닌 일반인. 절찬 결혼 활동 중.

모리타 키세츠 지음

Mika Pikazo 일러스트

eXtreme novel

프롤로그

"나리히라, 방과 후에 조금 시간을 좀 내줄 수 있을까…?"

세이고제 때문에 생긴 월요일, 화요일의 대체 휴일을 지나 수업이 재개된 지 이틀째. 즉, 요일로 말하자면 벌써 목요일. 놀랍게도 이제 금요일만 학교에 나오면 주말이 오는 대단히 좋은 주간이다.

그런 목요일에 복도에서 딱 마주친 학생회 부회장 에리아스가 꺼낸 말이었다.

"인관연에 갈 일밖에 없으니까 시간이야 낼 수 있지만…."

이때의 에리아스는 평소처럼 적대시하는 얼굴이 아니라 어딘가 불편해 보이는 얼굴로 시선을 피하고 있었다.

"그럼 학생회실에 와 주지 않을래? …타카와시나 다른 애들은 부르지 않았으면 좋겠어."

"가는 거야 상관없는데 타카와시는 왜 안 돼?"

'성격 나쁜 여성은 학생회실에 들어오면 안 된다'는 규정이라도 있는 걸까.

"와 보면 알 거야. 그럼 이만."

에리아스는 살짝 고개를 숙인 채 중얼거리더니 그대로 도망치듯 복도를 달려갔다.

다시 한 번 정리해 보자. 에리아스는 '타카와시는 부르지 마'가 아니라 '타카와시나 다른 애들은 부르지 않았으면 좋겠다'고 했다.

내가 아는 사람이라고 해 봤자 인관연 멤버로 거의 한정되니, 인관연과 관계없는 이야기라는 뜻이다. 인관연과 관계없는 일로 나를 불렀다면 이유가 뭘까…?

그리고 방금 그 부끄러워한다고도 말할 수 있는 에리아스의 태도.

혹시, 이번에야말로 고백 플래그…?

아니, 진정해, 진정해.

나왔다, 또 나왔다. 인기 없는 남자의 나쁜 버릇.

여자랑 사귄 적이 없는 녀석은 여자가 말을 걸기만 해도 자신에게 마음이 있는 게 아닐까 착각하는 그거다. 가뜩이나 상대는 에리아스다. 혹시 아이카였다면 만에 하나는 기대할 수있을지도 모르지만.

애초에 그 녀석에게는 중2 때의 **전과**가 있다.

방과 후 교실로 부르길래 고백하는 줄 알았더니 에리아스는 이렇게 말했다.

'방해된다'고….

그 표현, 보통은 살면서 다른 사람의 통행을 막을 때나 듣는 말이다. 적어도 여자한테 불려 나가서 듣는 말은 아니었다. 죽을 때까지 반드시 기억에 남을 거야…. 그랬는데 또 기대한다니, 보이스 피싱에 몇 번이나 속는 것이나 마찬가지다.

하지만 만에 하나가 아니라 억에 하나 정도라면….

나도 고2다. '드레인'이라는 지독한 이능력을 가지고 있긴 하지만 여자 친구가 생겨도 이상하지는 않을 것이다.

적어도 얼굴을 본 순간 불쾌감이 들지 않도록 외모에는 신경을 쓰고 있다. 단정한 차림새는 동성 친구를 얻기 위해서도 필요하다. 아직 노력은 보답받지 못했지만.

그 왜, 인간의 뇌는 얼굴을 마주한 인간에게 쉽게 호의를 품도록 만들어져 있다고 하고, 소꿉친구이며 지금도 옆자리인 그 녀석이 내게 호감을 느끼는 것도 충분히 가능하지 않을까….

여름 방학 일을 통해 이래저래 예전보다 허물없어진 것도 같고, '방해된다'는 말을 들을 만한 네거티브 이미지도 그걸로 청산됐다고 생각할 수도 있지 않을까….

결국 그날은 수업이 전부 끝날 때까지 묘하게 안절부절못하며 옆자리에 있는 에리아스에게 가끔 시선을 보내고 말았다.

이런 날은 꼭 에리아스가 시비를 걸거나 잔소리를 하지 않았다.

덕분에 타카와시에게 이런 LINE이 왔다.

[오늘 줄곧 화장실 가고 싶은 걸 참는 듯한 분위기를 풍기고 있는데, 날고기라도 먹었어?]

[안 먹었어…. 내가 무슨 야수냐….]

[무슨 일이 있는 건지 모르겠지만, 그레 군에게 그렇게 크게 관심 없으니까 그냥 넘어갈게.]

[그런 말 일일이 안 보내도 돼….]

변함없이 자연스럽게 실례되는 말을 들었다. 어쩐지 최근 타카와시의 답장 속도가 빨라진 것 같았다. 별로 사용하지 않았던 스마트폰의 문자 입력 기능에 익숙해진 것일까.

뭐, 그건 어찌 되든 좋다.

문제는 타카와시에게 수상한 거동을 간파당했다는 점이다.

심지어 타카와시뿐만이 아니었다.

[몸이 안 좋다면 빨리 병원에 가야 해요.]

시오노미야도 이상하게 여겼다…. 나는 생각이 바로 태도에 드러나는 걸지도….

[괜찮아. 아무렇지도 않아.]

원인을 숨기고 있다는 죄책감이 들었지만, 에리아스가 따로 보자고 했다는 이야기를 하면 수비 의무를 위반하는 것이니 꾹

참았다.

인관연에 조금 늦게 가게 될 거라고 말해야 하나 고민했으나, 섣불리 말하면 타카와시에게 의심받을 테니 그냥 학생회실로 향했다.

마음이 묘하게 둥실거렸다. 타카와시에게 LINE을 보낸다면 틀림없이 '오글거리는 자작시?'라는 답장으로 디스당할 것 같지만, 그렇게 말할 수밖에 없는 기분이었다.

특별한 일이 일어날 것 같았다.

소꿉친구와 고등학교에서 사귄다니, 어떤 의미에서는 짚신이 마침내 제짝을 찾는 듯한 일이니까, 그런 게 아닐까. 딱 맞아떨어지는 일이지 않을까. 아니, 기대는 거의 안 하고 있고, 에리아스는 오히려 적이지만, 좋아한다고 하면 기쁘지 않은 건 아니고….

나는 사고를 혼선시킨 채 학생회실의 문을 열었다.

"자, 이게 동호회비야."

중앙 테이블에 '인간관계 연구회용'이라고 쓰인 갈색 봉투가 놓여 있었다.

에리아스가 봉투를 테이블에 놓고 자기 의자를 뒤로 뺐다. 표정으로 판단해도 상당히 싫어 보였다. 소꿉친구에게 보일 표정이 아니었다.

근데 어릴 때 같이 소꿉놀이를 하지 않았다면 소꿉친구라고 할 수 없는 걸까? 그 부분은 사전적인 정의가 어떻게 되는 걸까. 혹시 소꿉친구가 아니라 단순한 지인?

이능력 때문에 내게서 1m 떨어져야 하지만, 그렇다고 해도 너무 떨어졌다. 손으로 직접 건넨다고 해서 딱히 죽진 않는다고….

"필요 없어? 세이고제에서 노력했으니까 우수한 동호회로 인정받은 거야. 그다지 너희에게 주고 싶지 않으니, 사절한다면 언제든 대환영인데."

그런가. 그래서 싫다는 얼굴이구나. 내 얼굴을 보는 것이 고통스러워서 그런 게 아니라고 생각하자. 그 정도 희망을 품을 권리 정도는 있었으면 좋겠다.

하지만 한 가지 납득이 안 되는 것이 있었다.

"뭐야, 결국 인관연 관련 일이잖아. 그럼 타카와시를 데려와도 됐던 거 아니야?"

억에 하나를 기대했던 한심한 생각을 화염 방사기로 싹 태워버리고 싶다.

"타카와시가 왔다면 의기양양한 얼굴을 해서 짜증났을 테니까…. 내가 타카와시에게 진 것도 아닌데 말이야…. 그게 싫어서 너만 부른 거야."

그랬군. 대단히 조리 있는 이유였다.

"알겠어. 모처럼 얻은 동호회비니까 가능한 한 의미 있게 쓸게."

봉투에서 지폐를 꺼내 그 자리에서 액수를 확인했다. 후쿠자와 유키치(1만 엔)가 두 장. 이런 정체불명의 동호회에 10만엔, 20만 엔씩 줄 리가 없으니 이것만으로도 고마웠다.

"나리히라에게 의미 있는 것이 세계에 의미 있다고 할 수는 없겠지만 말이지."

"그렇게 쓸데없는 한마디를 덧붙이는 버릇, 고치는 게 좋을 거야."

"뭐, 이쪽은 시궁창에 버리는 마음으로 준 거니까 상관없어. 내 지갑에서 꺼낸 돈도 아니고. 아무튼 그건 그렇고."

에리아스가 의자를 테이블 쪽으로 조금 당겼다.

뭐지? 따로 할 이야기는 없을 것 같은데. 오히려 냉큼 꺼지라고 할 줄 알았더니.

"오늘 말이야, 유독 내 쪽을 힐끔힐끔 봤던 것 같은데, 뭔가할 말이라도 있어?"

에리아스 본인에게도 들켰다!

학급에서 대화할 수 있는 거의 모든 사람이 알아차렸다. 나는 장래에 스파이나 탐정은 절대 될 수 없겠구나. 애초에 너무 가까이 다가가면 상대방이 쇠약해져서 쓰러지고.

"그건, 그냥 화장실 가고 싶은 걸 참았던 거야."

거짓말을 했지만 죄악감은 전혀 들지 않았다. 역시 스파이나 탐정이나 정치가의 재능이 있을지도 모른다.

"어제 먹은 고기가 덜 익은 상태였나 봐. 그 이상은 말 안 해도 되지?"

거짓말하는 김에 타카와시의 가설을 그대로 채용했다. 거짓말에 디테일은 중요했다.

"아아, 화장실인가. 네 자리에서 문 쪽을 보면 내 자리가 시선상에 있지."

당당하게 한 거짓말은 간단히 신용되었다. 다행이다. 고백받을지도 모른다는 생각을 아주 살짝 했다고 말했다면 죽을 때까지 기분 나쁜 녀석으로 취급당할 뻔했다.

그리고 학생회실에 들어오기 전에 긴장해서 지금도 그럭저럭 화장실에 가고 싶었다.

"그럼 인관연에 가. 너한테는 이제 볼일 끝났어."

"그거, 스토리 도중에 죽는 악역이 이용하던 녀석을 죽일 때나 하는 대사야…"

"아, 그래그래, 하나 물어보고 싶은 게 있었어."

"뭐야, 볼일 더 있었잖아."

에리아스는 소박한 질문이라는 얼굴로 내게 이렇게 물었다.

"좀 있으면 수학여행에 관해 이것저것 정할 텐데, 나리히라,

조는 어떻게 할 거야?"

전혀 소박하지 않았다. 무진장 쇼킹한 내용이었다.

군이 말할 것도 없이, 누구와 한 조가 될 것인지 전혀 예정되어 있지 않았다.

"조인가…. 조…. 조… 근데 그냥 '조'라고만 하면 무슨 말인지 헷갈리지 않아? 조는 혼자서 성립되지 않기 때문일까? 하하하…."

"아, 역시나 절찬 미정이구나. 나는 부회장이니 한 가지 편법을 알려 줄까 해서 물어봤어."

"뭐? 편법이라고?"

내가 테이블로 다가간 탓에 에리아스가 약간 물러났다. 어쩔 수 없는 일이지만 조금은 상처받았다. 그리고 장난으로라도 절찬이라고 말하지 마. 오히려 절망이야.

"그래. 이 방법이라면 혼자 쓸쓸하게 수학여행을 보내는 위험을 막을 수 있어."

"가르쳐 줘, 지금 당장 가르쳐 줘!"

픽션이라면, 딸을 구할 방법이 딱 하나 있다고 의사에게 들은 아버지의 기분에 가까울지도 모른다.

그 순간, 에리아스가 씨익~ 웃었다.

"자유행동 시간에 교사와 함께 돌아다니는 거지."

"에리아스, 불행해져라! 아무튼 불행해져라!"

역시 이 녀석을 소꿉친구라고 하기에는 무리가 있다. 그냥 면식이 있는 타인이다!

더 이상 용건이 없기에 나는 학생회실을 나왔다.

결국 기대했던 전개는 전혀 되지 않았지만, 세상에 원하지 않을 사람은 한 명도 없을 돈을 얻었으니 좋다고 치자.

이걸 분실하면 실제로 타카와시에게 평생 '동호회비를 분실한 남자'라는 말을 들을 테니 확실하게 주머니 안쪽에 넣었다. 열 걸음마다 떨어뜨리진 않았는지 확인했다.

인관연에 가기 전에 학생회가 있는 층의 화장실에 들어갔다. 일 하나를 끝냈으니 긴장을 좀 풀자.

그때, 하나 건너 소변기 앞에 누군가가 섰다.

으엑, 방과 후에 다른 사람과 화장실을 같이 쓸 일은 없을 줄 알았는데.

모르는 녀석이 옆에 있으면 신경 쓰여서 잘 나오지 않는단 말이지. 나오기까지 시간이 걸린다. 대체 어떤 시스템일까.

그런 지저분한 이야기는 인관연에서 할 수 없다. 여자밖에 없기 때문이다. 지저분한 이야기를 하려면 동성 친구가 필수다. 지저분한 이야기를 하고 싶어서 동성 친구를 가지고 싶은 것은 아니지만.

"동호회비 얻은 거, 축하해."

옆에서 말을 걸어와서 나는 어깨를 움찔했다. 오늘 하루 중

가장 놀랐다.

내게 말을 걸 남자는 없다. 적어도 같은 반 남학생 중에는 없다. 그렇게 생각하고 목소리가 난 쪽을 돌아보니 학생회 서기인 다이후쿠가 소변기 앞에 있었다.

다이후쿠 보쿠젠은 확실히 **내 친구**다.

왜냐하면 서로 그렇게 확인했기 때문이다.

세이고제 때 도움을 받고 확실하게 친구가 되었다. 현재 내가 두말없이 친구라고 할 수 있는 유일한 남학생이었다.

"나리히라한테 하고 싶은 얘기가 있어서 따라왔더니 화장실에 들어가길래 그대로 나도 들어온 거야. 이런 걸 동반 화장실이라고 하나?"

동반 화장실. 전혀 아름답지 않은 표현이지만, 나는 그 울림에 감동했다.

동성 친구가 오랫동안 없었기에 화장실을 같이 가는 행위도 초등학생 때 이후로 경험하지 못했다.

아아, 나는 멀쩡한 고등학생이야. 친구랑 같이 화장실도 갈 수 있어. 오늘은 좋은 날이다.

"고마워, 고마워, 다이후쿠."

"여기서 고맙다고 하는 건 이상한데."

적어도 감사의 마음을 전하고 싶었으나 TPO를 지키지 못했다.

"세이고제로 인관연의 주가가 올랐단 말이지. 너희 인관연 덕분에 축제가 흥겨워졌다면서 스태프들 사이에서도 화제가 됐던 모양이야. 타츠타가와 부회장도 그걸 듣고 동호회비를 줄 만하다고 추천했어. 본인은 절대 말하지 않겠지만."

"그랬어? 에리아스 녀석, 도와주긴 했구나."

"내가 말했다고 하지 마. 굳이 가르쳐 줬다고 부회장한테 혼날 테니까."

"응, 그건 나도 알아."

그 녀석은 잘난 척하는 것에 비해 자신의 후의는 별로 과시하지 않는다.

어디서 선을 긋고 있는지 잘 모르겠지만 그 녀석 나름의 미학이 있는 거겠지.

근데 오늘 처음으로 남자와 대화한 것이 이 화장실에서 다이후쿠랑인가.

남자랑 너무 이야기를 안 한다.

에리아스의 깐죽거림을 들은 탓에, 문화제 전에 타카와시가 했던 말이 머릿속에 되살아났다.

수학여행 때까지 같은 반에서 동성 친구를 만들지 못하면 교토 관광이 절망적인 여행이 된다.

응, 알고 있다.

세이고제도 끝나고 수학여행이 한 발짝씩 다가오고 있었다.

머지않아 HR 시간을 이용하여 조 편성이 이루어질 것이다.

하지만 알고 있어도 대처할 방도가 없었다.

차라리 생판 남과 친구가 되는 것이라면 불가능하진 않다. 그것은 제로부터 시작하는 것이다. 노력하면 어떻게든 된다. 취미가 맞는 녀석과 만날 수 있을지도 모른다.

그러나 2학기 도중에 같은 반 남학생과 친해지는 것은 너무 하드하다. 제로는커녕 마이너스의 밑바닥에서 시작하는 것이다. 매우 사교적인 녀석이더라도 고생하지 않을까.

이 상태라면 중학생 때처럼 나만 혼자 방에 남고 나머지 조원들은 다른 방에 놀러 가는 사태가 재현될지도 모른다…. 상상만 해도 압도적인 공포!

인간은 공포를 느끼면 말수가 적어진다. 이때의 나도 완전히 침묵하고 있었다.

옆에 다이후쿠도 있는데 어색한 분위기를 만들 수는 없었다. 아무튼 뭔가 말하기로 했다.

"저기, 인관연의 주가가 올랐다는 건 정말이야?"

그렇게 되물었다. 칸사이 개그맨이 텔레비전에서 '말도 안 돼'라는 표현을 쓸 때가 있는데 그것도 같은 의미다. 딱히 의심하는 것은 아니다. 영어로 '리얼리?'라고 묻는 것도 마찬가지. 일단 맞장구를 쳐서 상대방으로부터 더욱 많은 정보를 끄집어 내며, 자신은 듣는 입장이 될 수 있다.

"응. 잘은 모르겠지만 굉장한 곳이라고 인식되고 있나 봐."

"다행이다. 노력한 보람이 있었네."

특별히 정보는 늘어나지 않았으나, 친구와 하는 대화는 이 정도면 충분하다.

아니면 이럴 때 내 쪽에서 이야깃거리를 꺼내야 하는 걸까? 하지만 막상 그러려고 하니 아무것도 떠오르지 않았다. 이런 경우에는 실없는 이야기를 하면 되지만, 의식해서 실없는 이야기를 하는 것은 어려웠다.

이쯤에서 대화가 끝나는 편이 뒤탈이 없을 것 같다고 생각하고 말았다.

친구 사이일 텐데…. 정말로 나란 녀석은….

"그럼 이만. 또 CD나 DVD 가지고 올게. 나리히라는 영화도 봐?"

이야기가 끝날 것 같아서 나는 조금 안도했다. 첫 데이트의 인상을 신경 쓰는 녀석 같다는 생각이 들었다. 물론 데이트 같은 건 해 본 적도 없지만.

"응. 나는 잡식이라 어떤 영화든 잘 봐."

드레인 때문에 영화관에서 볼 수 없는지라 중학생 때부터 DVD파였다.

이번에는 친구에게 영화를 빌리게 된다. (대화를 이어가는 것은 조금 위태롭지만) 나는 착실하게 리얼충에 가까워지고 있었다. 아직 늦지 않았어!

나는 억지로 기분을 끌어올려 화장실 밖에서 다이후쿠와 헤어지고 시뮬레이션실로 향했다.

모두에게 동호회비를 보여 주니 타카와시가 "드리코는 우리한테 동호회비를 뜯겨서 울상이었어?" 하고 물어보았다.

에리아스가 타카와시를 데려오지 말라고 했던 것은 정답이었다.

"하지만 고작 2만 엔이잖아. 합숙하러 가기도 어렵겠어."

"잘됐네요! 2만 엔이나 있으면 100엔숍에서 사치를 부릴 수 있어요!"

이왕이면 타카와시보다도 아이카처럼 긍정적으로 생각하고 싶지만, 100엔숍에서 2만 엔을 전부 소비하기라도 하면 상당히 골치 아파진다.

"금액은 중요하지 않아요. 저희가 세이고제에서 한 노력이 평가받았다는 사실이 중요하죠."

"아니, 말은 그렇게 해도 금액은 중요하지. 이슬만 먹으며 살 수는 없으니까."

시오노미야가 모처럼 좋은 말로 마무리하려고 했는데 타카와시가 완전히 깨부쉈다….

하지만 어쩐지 인관연 전체가 밝아 보였다.

모두의 표정이 좋았다. 시오노미야도 미스 세이고에 나간 일로 학급에서 이야기하는 여학생이 늘어나 예전보다 쾌활해진 것 같았다.

메이드장도 빛나 보이고… 어라, 정말로 발광하고 있어…?

"어머, 메이드장도 동호회비가 기쁜 모양이에요."

"란란, 메이드장은 기쁘면 반짝이는 건가요?! 놀이공원 같아요!"

"아야메이케, 정말로 놀이공원 같다고 생각하고 말하는 거야…? 이런 아스트랄한 놀이공원이 있을까…?"

이 건에 관해서는 아이카보다 타카와시가 옳은 것 같지만, 메이드장에 관해서는 너무 깊이 파고들지 말기로 하자…. 메이드장의 진상을 과도하게 알면 좋지 않을 것 같아….

"이런 마스코트, 놀이공원에 있어요!"

"대체 어느 놀이공원에? 구체적인 예시를 들지 않으면 승복하기 어려워."

그리고 타카와시도 아이카 앞에서는 예전보다 표정이 부드러워진 것 같았다.

아직 언동에 뾰족한 가시는 있다. 있지만, 살상력이 떨어졌다고 할까, 조금 따끔하기만 한 정도였다. 사람에게 익숙해진 고슴도치라고 할까.

뭐, 내가 만지면 고슴도치도 쇠약해지니 고슴도치 카페 같은 곳엔 간 적이 없어서 어디까지나 예시입니다.

"뭐야? 그레 군. 흐뭇하다는 표정인데."

또 얼굴에 드러났나. 타카와시는 이상하다는 표정을 짓고 있었다.

"겨우 2만 엔 받았다고 그렇게 좋아하는 걸 보면 평생 행복하게 지낼 수 있겠네. 잘됐다."

내 앞에서는 아직 가시의 위력이 센 것 같지만… 그건 남녀의 차이겠지.

세이고제를 끝내고 우리는 성장했다!

이대로 더욱 위쪽을 노리는 거야!

조금 더 구체적으로 말하자면 완전히 외톨이에서 탈출하겠어!

1 남녀 사이에 보이지 않는 벽을 느끼는 인간과 느끼지 않는 인간, 두 종류 인간이 있지

완전히 외톨이에서 탈출하겠어! 라고 마음먹고 하루가 지났지만.

인관연의 주가가 오른 성과는 보이지 않았다.

정신 차리고 보니 벌써 종례 시간이었다. 금요일이니 이번 주도 끝이다.

오늘도 같은 반 남학생과 전혀 대화하지 않았다.

확실히 다이후쿠는 옆 반인 3반에서 우리 2반에 와 DVD를 빌려주었다. 전부 최신 영화가 아니었다. 순수한 엔터테인먼트 계열보다도 어딘가 예술적으로 보였다.

"식사하며 볼 영화는 아니지만 전부 나쁘지 않은 영화야. 안 맞으면 다른 장르로 빌려줄게."

다이후쿠는 쉬는 시간에 스스럼없이 2반에 들어와 내 책상 근처에서 간단히 영화를 소개해 주었다. 다이후쿠의 졸려 보이는 눈은 주위 사람들의 경계심을 늦추는지 어디에든 금세 녹아들 수 있었다. 우리 반에 와도 위화감이 전혀 없었다.

"알겠어. 그 점은 주의할게. 취급 설명서는 읽는 편이야."

이야기하며 나는 기쁨을 느꼈다.

다이후쿠와 이야기하는 동안, 나는 외톨이라는 감옥에서 해방된다!

그러나 동시에 이상한 꺼림칙함도 있었다.

그런 느낌 때문에 다이후쿠의 이야기에 집중하지 못해서 다이후쿠에게 정말로 미안했다.

원인은 알고 있다.

학급에서는 같이 떠드는 남자가 없으면서 다른 반 남학생과는 친하게 지내는 것이 부자연스럽게 느껴졌다.

다른 남자들은 내가 학급에서 외톨이니까 다른 반으로 도망쳤다고 생각하지 않을까?

아니면 내가 학급에 싸움을 걸고 있는 것처럼 보이지는 않을까?

이상한 이야기다. 왜 내가 잘못하고 있는 듯한 기분이 들까? 내가 다른 녀석에게 말을 걸지 않는 것과 마찬가지로 다른 녀석들도 내게 말을 걸지 않으니까 서로 이븐일 터였다. 이븐이라고 해도 문제없었다.

하지만 다이후쿠가 와 줘서 오히려 자신이 붕 떠 있다고 (내

가) 느낀 것은 사실이었다.

아무리 고립되어 있어도 내가 2학년 2반 학생인 것은 변함없었다.

"그럼 다 보면 돌려줘. 급하게 돌려줄 필요는 없어. 아예 줘도 상관없을 정도라."

"아냐, 제대로 돌려줄게."

다이후쿠는 내 책상에 DVD가 든 주머니를 놓고 떠났다.

그리고 다이후쿠가 떠나자 아까보다 더한 고독감이 느껴졌다.

내가 남자랑 이야기할 수 있는 건 다이후쿠가 왔을 때뿐인가.

교실에서 다른 남학생들의 웃음소리를 들으니 자신이 패배자 같았다.

그런 울적한 기분으로 종례 시간을 맞이했다.

담임인 보조 선생님이 올 동안, 남자들이 밴드 이야기를 했다. 개중에는 머리를 조금 염색하고 다소 노는 분위기를 풍기는 녀석도 있었다. 굳이 따지자면 인기 많아 보이는 인간이었다.

그 얘기, 나한테도 넘겨줘! 나도 아는 주제니까! '이 녀석, 잘 아네. 이야기가 통하네' 하고 생각하게 만들 자신이 있어!

다만 내가 그 밴드를 알고 있다는 것을 녀석들은 모르니, 이야기하러 올 리가 없었다….

내 쪽에서 가야 한다. 적어도 그 밴드를 잘 안다고 보여 줘야

한다. 보통은 그렇다. 하지만 1학기 초라면 모를까, 10월이 되어서 대화에 끼워 달라고 하는 것은 도저히 무리였다. 어떻게 생각해도 이상한 분위기가 될 거야….

나는 변함없이 붕 떠 있었다. 아니, 오히려 가라앉아 있었다.

창가 쪽 맨 뒷자리에서 수호신처럼 학급 전체의 움직임을 관찰하고 있었다. 관찰하고 싶은 게 아니라 엮이고 싶은데!

내 바로 앞자리인 이신덴의 자리는 비어 있었다. 타카와시에게 가서 꽤 농밀한 밴드 토크 중이었다. 최근에 결성 20주년을 맞이한 밴드 이야기를 하는 것 같았다.

이신덴이 "언니랑 같이 페스티벌에 갔다가 본 게 처음 알게된 계기였어."라고 말하는 목소리가 들렸다.

"그랬구나. 나는 언니가 듣길래 나도 듣게 됐어. 특히 〈트로이메라이〉는 좋은 앨범이지."

타카와시도 바로 그 이야기에 대응했다. 타카와시가 꺼낸 고유 명사에 이신덴은 "맞아, 맞아!" 하고 힘차게 동의했다.

아아, 즐거워 보인다. 이신덴은 물론이고 타카와시가 즐거워보였다.

매니악한 취미이기에, 그 취미에 관해서 신나게 떠들 수 있다면 지극히 행복한 시간일 것이다.

시선을 맞추지 못해도 친해질 수는 있구나. 아니면 이신덴에게 이능력을 털어놓은 걸까? 사정을 안다면 시선을 맞추지 못

하는 것도 이해해 줄 것이다.

세이고제가 끝나고 타카와시와 이신덴 사이에 어떤 대화가 있었는지 나는 전혀 모른다. 그건 두 사람의 사생활에 속하므로 모르는 것이 당연하다. 나와 타카와시가 친구를 만들기 위해 동맹을 맺었어도 거기까지 명시할 의무는 없고, 나도 요구할 마음은 없었다.

다만 이왕이면 이신덴이 타카와시의 모든 것을 이해하는 상태로 타카와시와 친하게 지냈으면 했다. 무언가를 숨기면서 우정을 이어가 봤자 머지않아 힘들어질 테니까.

타카와시에게도 학급에서 마음 편히 지낼 수 있는 시간이 필요하다. 줄곧 무뚝뚝한 얼굴로 적의 습격에 대비하는 병사처럼 응전 태세로 있기는 싫을 것이다.

그 타카와시가 몇 번인가 이쪽에 시선을 보냈다.

마음속 오픈 때문에 어디까지나 한순간 힐끔힐끔 보내는 시선이었으나 그래도 타카와시의 의도는 알 수 있었다.

이쪽에 와서 같이 이야기해도 된다는 뜻이다.

내게 구제책을 제시하고 있었다.

하지만 여자 둘이 대화하는데 내가 가서 낄 수 있을 리가 없었다. 안 그래도 드레인 때문에 주위 사람들을 신경 써야 했다. 현실적이지 않았다.

그리고 타카와시가 내 동맹자라 납득하고 있더라도 이신덴은 그런 사실을 모른다. 그러니 내가 가면 기묘하게 여길 것이다.

한편, 앞쪽에서는 시오노미야가 같은 반 여자들에게 둘러싸여 있었다.

잘은 모르겠지만, 미스 세이고가 되면서 시오노미야의 학급 내 서열이 급상승한 듯했다. 최소한 그런 무대에 나갈 정도니까 스스럼없이 말을 걸어도 문제없을 만큼 이야기하기 쉬운 아이일 것이라고 인지된 모양이었다.

시오노미야의 정중한 태도를 점차 여자들도 받아들여서 벽도 무너진 것 같았다. 시오노미야의 자연스러운 웃음을 보면 알 수 있었다.

그리고 메이드장도 인기였다.

치덕치덕 만져지고 있었다.

"있지, 메이드장은 정말로 뭐든 가르쳐 줘?" "연애 상담도 가능해?"

메이드장에게 연애 상담이라니, 어지간히 궁지에 몰린 상태거나 사랑이라고 부를 수도 없는 가벼운 관계로 한정되지 않을까….

"온갖 장르에 대응하는 건 아니지만, 대략적인 조언이라면 할 수 있을 거예요."

"흐응, 그럼 나는 어떤 사람이랑 사귀면 좋을까? 저번에는 반년도 못 가서 헤어졌거든."

학급에서도 중심적인 위치에 있는 후세가 메이드장에게 물었다. 가방에는 그럭저럭 큰 인형이 몇 개 달려 있어서 그야말로 여고생을 만끽 중인 것으로 보이는 캐릭터였다. 적어도 타카와시가 멋대로 적으로 인지하고 있는 타입의 여고생임은 틀림없었다.

메이드장은 여학생이 자기 머리를 쓰다듬든 말든 시오노미야 옆에 서서 뭐라고 속닥거렸다.

"그러네요. 사귀기 전에 같이 카페에라도 가서 30분쯤 이야기해 보면 좋을 거예요. 그 대화가 지루하다면 분명 사귀면서도 후세 양을 즐겁게 해 주지 못하겠죠. 반대로 30분간 후세 양을 사로잡았다면 그 사람과 있으면서 지루할 일은 없을 거예요, 라고 하네요. 물론 그분의 인격은 별개로 확인해 주세요."

메이드장, 꽤 진지하게 대답한 것 같다….

"메이드장, 대단하지 않아?!" "달걀처럼 생겼는데 굉장히 든든해!" "란란, 착한 아이로 자라겠어!"

설마 메이드장이 저토록 도움이 될 줄이야!

오늘도 다른 여자들이랑 같이 도시락을 먹었더랬지. 미스 세이고라고는 하지만 몸집이 작은 시오노미야는 같은 반 여자들에게 여동생 포지션으로 인지되고 있는 것 같았다. 내버려 둘 수 없는 부분이 있으니 모르는 바는 아니었다.

세이고제는 확실하게 타카와시와 시오노미야에게 플러스로 작용했다.

인관연 멤버 중에서 나만 아무런 학급 내 수혜가 없었다.

당연한 일이기는 했다. 아무튼 두 사람은 학급 행사였던 메이드 카페에서도 확실하게 활약했다. 메이드 카페에서 메이드는 주역이다.

반면 나는 사전에 짐만 옮겼다.

아즈치성을 세운 오다 노부나가의 이름은 역사에 남았어도 토목 공사에 동원된 수많은 인간의 이름은 남지 않은 것과 마찬가지로, 숨은 공로자는 평가받지 못한다. 대신할 사람은 얼마든지 있다.

아무리 인관연이 좋은 평가를 받았더라도, 10월에 나랑 꼭 친구가 되고 싶다고 생각하게 할 만한 힘은 없었다.

외톨이에서 완전히 탈출할 방법 따위 도저히 모르겠다….

인관연이 궤도에 올랐기에, 학급에서의 내 절망적인 상황이 두드러졌다.

어떻게 해야 하지?

어떻게 할 수도 없어….

주위 소리를 차단하듯 영어 단어장을 꺼냈다. 패배자의 상징이었다.

학교는 공부하러 오는 곳이지만, 어째선지 친구가 있는가 없는가로 서열이 결정되었다. 룰이 그러하니 어쩔 수 없었다. 나도 학생인 이상, 룰은 거역할 수 없었다.

영어 단어장을 읽기 시작한 것과 거의 동시에 보죠 선생님이 들어왔다. 이럴 줄 알았으면 조금만 더 버틸 걸 그랬다.

"늦어서 미안해. 무슨 일 있어? 아무 일도 없겠지~"

정말로 이 담임, 가벼워! 2학기가 되면서 나쁜 의미로 더 익숙해져서 가벼워졌어.

"그러고 보니 수학여행이 다가오고 있구나. 다음 주쯤에 구체적으로 이야기하기로 할까~ 하지만 그 전에 할로윈이 있지~ 즐기는 건 좋지만 너무 도를 지나치진 않게 조심해~ 나한테도 중요한 시기야! 솔직히 말하자면 만남을 만들고 싶어!"

학급에서 학생들에게 할 얘기가 아니잖아!

"그럼 해산!"

어이, 담임! 일을 대충대충 하는 것도 정도껏 해야지!

저 사람을 인관연의 고문 선생님으로 삼은 건 정말 잘한 일일까….

"외톨이에서 탈출하는 게 정말 어렵다는 걸 잘 알았어."

방과 후, 시뮬레이션실에 갔더니 제일 먼저 타카와시가 말했다.

"차라리 이게 괴롭힘이라면 청소년 상담소에 가거나 등교를 일시적으로 삼가는 등, 당장 해결되지는 않더라도 대처법을 말할 수는 있을 텐데. 하지만 외톨이는 시정되어야만 하는 불의가 아니라서 그런 방식으로 싸울 수 없어."

"냉정하게 말하지 마. 괜히 더 절망적이니까…."

나는 힘없이 창밖의 운동장을 보았다. 운동부 녀석들이 전부 리얼충으로 보였다.

책상 대부분을 뒤쪽에 몰아 놓고 우리는 빈 공간에 각자 의자만 꺼내서 앉아 있었다. 내 자리는 드레인 때문에 창가 쪽이었다. 창문 너머에는 내 이능력을 받을 인간이 존재하지 않으므로 효율이 좋았다.

"너무 낙담하지 마세요. 수학여행은 낮에는 자유행동일 테니까 그 시간에는 아이카랑 같이 다녀요!"

아이카가 또 천사 같은 제안을 해 주었다. 오히려 천사보다 아이카의 격이 더 높았다.

아이카와 수학여행을 즐길 수 있다면 숙소에 돌아간 이후의 괴로운 시간(숙소에 있는 시간이 괴로워진다는 것은 중학생 때 이미 경험했다)도 극복 가능할지 모른다!

"아야메이케, 너무 응석을 받아 주면 안 돼."

타카와시가 곧장 쓸데없는 말을 했다.

"그야 수학여행이 그레 군에게 목하의 과제인 것은 사실이지만, 꼼수를 부려서 클리어해도 그레 군의 외톨이 체질은 전혀 해결되지 않아. 그건 다음 세대에게 국가 문제를 통째로 떠넘기는 정치 같은 거야. 게다가 친하지도 않은 남자와 같은 방을 써야 한다는 문제도 남아 있고."

굉장히 거창한 비유가 나왔다. 그러나 말 자체는 옳았다.

타카와시의 말투는 엄격하지만 어디까지나 의도는 우호적이었다.

외톨이 문제는 정면으로 마주해야만 해결할 수 있다. 쉬쉬하며 이야기하는 것 자체를 금지해 버리면 아무것도 바뀌지 않는다. 조금만 더 말을 부드럽게 해 주면 좋겠지만.

"참고로 타카와시는 뭔가 생각나는 대책 있어? 절대 없겠지?"

"아, 나왔다. '대안이 없으면 부정해선 안 된다'는 정체 모를 논리."

일일이 짜증 나는 방식으로 말하고 말이야…. 만약 남자였으면 때리…지는 않았겠고. 역시 딱밤 정도에서 그쳤겠지. 내가 하면 드레인의 대미지도 딱밤에 추가되겠지만.

"하지만 에링도 란란도 학급에서 잘 지내는 것 같고, 인관연의 최대 과제가 나리히라 군이 된 건 사실이에요."

아이카가 오른쪽 뺨에 검지를 대고서 생각에 잠긴 모습으로 말했다.

"그렇죠. 당장 인관연이 해야만 하는 행사도 없고요."

시오노미야까지 인정해 버렸다. 내 문제가 마지막까지 남는 건 굉장히 부끄럽구나….

친구가 없다는 내 문제를 여자 세 사람이 의논하는 것은 상당한 수치 플레이이다…. 지옥 중에 이런 지옥이 하나쯤 있을지도 모른다….

하지만 나 같은 녀석이 어떻게든 하기 위해 인관연이 생겨난 것이나 마찬가지이니, 지금은 모두의 성실함을 기뻐해야 하겠지(혹시 몰라서 말해 두지만, 수치 플레이가 기쁘다는 뜻은 아니다).

"그렇다고 줄곧 그레 군만 걱정하는 것도 너무 우울하고, 동호회로서 다른 과제도 필요해. 그레 군의 문제는 생각났을 때 어떻게든 하자."

아, 이건 줄곧 방치되는 전개다….

하지만 '내가 학급에서 친구를 만들 수 있게 어떻게든 하라'고 말할 수 있을 만큼 몰염치하지도 않아서 어쩔 도리도 없었다.

벌써 고2다. 선생님이 '다들 나리히라 군이랑 같이 놀아 주세요'라고 말할 수도 없다. 오히려 그러면 내가 아니더라도 당사자는 학교에 올 수 없게 된다.

"과제인가요. 인관연의 기둥이 될 지속적인 활동이 필요하겠죠."

또 메이드장이 시오노미야에게 무슨 말을 불어넣고 있었으니 이건 시오노미야의 의견이라기보다 메이드장의 의견이었다.

"동호회니까 내년에는 신입생이 들어올지도 모르고요."

"내가 신입생이라면 인간관계 연구회라는 수상쩍은 곳에는 절대로 안 들어가."

"어이, 네가 붙인 이름이잖아! 철저하게 헐뜯지 마!"

"그럼 재학생을 대상으로 대환영 작전을 계획해요! 지금 인관연은 물살을 탔으니까 성공할 거예요!"

아이카는 오른손을 주먹 쥐고 가볍게 위로 치켜들었다. 오버리액션이 일일이 귀여웠다. 내가 하면 확실하게 분위기가 썰렁해질 테니, 인간은 참 불공평했다.

"아야메이케, 어디에나 '대' 자를 붙인다고 장땡인 건 아니야."

타카와시도 평소처럼 시답잖은 딴죽을 걸었다.

"그럼 인관연 환영 대회는 어때요?"

"절대로 대회 아니잖아. 너, 장래에 홈 파티나 전골 파티를 열 때 대회라고 명명하는 타입이구나."

시답잖은 딴죽이기는 하지만, 아이카가 '내일은 토마토 전골 대회예요!'라고 말하는 모습은 확실하게 상상이 갔다.

"하지만 권유하려면 어렵긴 하겠어…. 광고지를 만들어서 붙이는 것 정도밖에 생각이 안 나…."

"디자인이라면 맡겨 줘. 우리 언니한테 시킬 테니까."

이 녀석, 자기 가족은 얼마든지 부려 먹을 생각이야….

"그러고 보니 세이고제 포스터도 만들게 했었지…."

"언니라면 유통기한이 지난 치즈처럼 싼값으로 쓸 수 있어."

타카와시와 남매가 아니라서 진짜로 다행이다.

"으음~ 굳이 따지자면 사람을 모으는 것보다도, 인간관계로 고민 중인 분에게 개별적이고 구체적인 대책을 제안하는 쪽을 생각해야 하지 않을까요. 사람이 너무 많아져도 활동 내용이 애매해질 거예요."

시오노미야는 철저하게 모범생 같은 발언을 했다. 성적은 타카와시가 학년 최강이지만, 아무래도 발언이 반사회적이라 모범이라고 하기는 어려웠다.

"시오노미야가 무슨 말을 하고 싶은지는 알겠어. 하지만 이곳 문을 두드릴 만한 용기가 있는 인간은 어차피 없을걸? 그 정도 용기가 있다면 먼저 자력으로 어떻게든 했겠지."

타카와시의 성가신 부분은 그녀가 부정하는 내용이 대체로 정론이라 불만을 말하기 어렵다는 점이었다.

"시오노미야는 너무 강해. 너만큼 강하다면 인관연이 없었어도 언젠가는 호전됐을 거야. 하지만 대부분은 직접 상담하러 오지조차 못해."

타카와시의 말은 은근히 시오노미야를 칭찬하고 있었다. 타카와시도 인간적으로 변했다고 할까, 인격적으로 성장했다는 생각이 든다. 기본적으로 부정부터 하지만.

하지만 확실히, 인간관계 연구회에 인간관계 고민을 부딪칠 만한 용기가 있다면 이미 혼자 움직여서 해결할 것 같….

똑똑, 똑똑.

처음에는 무슨 소리인지 몰랐다.

5층 시뮬레이션실을 쓰게 된 뒤로 처음 들은 소리였기 때문이다.

교실 문을 노크하는 소리였다. 사생활을 중시하기 위해서는 아니었지만, 교실 문은 일단 닫혀 있었다. '이 녀석들, 뭐 하나' 하고 누가 엿보는 건 싫으니 말이지.

노크 소리라는 이해가 공유되자 타카와시의 얼굴이 굳었다.

적이 온 듯한 표정이었다.

변함없이 커뮤니케이션에 익숙하지 않구나.

똑똑, 똑똑.

우리의 반응이 늦어진 탓에 다시 한 번 노크가 이루어졌다.

"어쩔래? 없는 척할까?"

타카와시가 말했다. 어쩐지 목소리가 작아진 것 같았다.

이상 사태에는 그다지 잘 대처하지 못하는구나….

"그럴 순 없잖아…. 긴급 사태일지도 모르고."

"긴박한 상황에 저렇게 정중히 노크하는 인간은 없어."

"정중하다면 열어도 괜찮겠지. 던전 속에 있는 것도 아니니까."

"알겠어. 열어도 좋아. 하지만 책임은 그레 군이 져."

어이, 잠깐. 아무렇지도 않게 나한테만 쓸데없는 짐을 지우지 마.

그러나 내가 불평하기도 전에 아이카가 일어났다.

"네네~ 잠시만 기다려 주세요~!"

아이카는 처음부터 문을 열 생각이었지만 타카와시가 동의하길 기다린 모양이었다. 이렇게나 제멋대로 굴어도 존중받다니, 타카와시는 아이카에게 감사해야 한다.

앉아서 기다리는 멤버는 당연히 문 쪽으로 눈길을 주었다.

노크 소리를 보면 여자일까. 하지만 그럭저럭 힘이 담겨 있었으니 남자일지도 모른다. 둘 다 가능성이 있었다. 슈뢰딩거의 도어 노크였다.

다만 본심을 말하자면.

거기 있는 것이 남자였으면 했다.

그렇다고 내가 동성에게 연애 감정을 가지는 인간인 것은 아니었다.

동성 친구를 만들고 싶기 때문이었다.

좀 더 욕심을 부리자면 같은 반 남학생이길 원했다. 그러면 같은 반에 동성 친구가 없다는 문제가 해결된다!

그리고 남자인 편이 초대면에 압도적으로 이야기하기 쉽다.

나 말고는 여자들뿐인 인관연 멤버로서 말해 봤자 설득력이 없지만, 면식이 없는 여자와 이야기하는 것보다는 면식이 없는 남자와 이야기하는 쪽이 편했다.

그럼 같은 반 남자들과도 이야기할 수 있는 것 아니냐고 할 것 같은데, 친하지 않은 지인과 이야기하는 것과 면식조차 없는 상대와 이야기하는 것을 비교하자면 후자가 훨씬 편하다.

여태껏 말을 섞지 않다가 느닷없이 말을 걸어도 부자연스러우니 말이지….

이미 같은 반 남자들과는 벽이 생긴 상태였다. 그리 간단히 파괴할 수 없을 만큼 두꺼운 벽이었다. 그러니 뭔가 이유가 있어서 인관연에 왔다는 예외적인 패턴이 아니라면 그 벽을 넘어서기는 힘들었다.

와라. 같은 반 남학생! 사실은 친구가 없어서 고민이라고 말해 줘! 왠지 남의 불행을 바라는 녀석 같지만, 특별히 그런 것은 아니다!

"보죠 선생님이 오신 것 아닐까요?"

어찌 되든 좋은 심리전을 펼치고 있는 내 옆에서 시오노미야가 현실적인 말을 했다.

그러게…. 그럴 가능성이 크다…. 애초에 학생일지조차 의심스럽다.

어차피 답은 금방 나온다.

"네, 누구신가요?"

아이카가 천천히 문을 열었다.

거기 서 있던 것은 쇼트 보브 머리를 한 여자(?)였다.

왜 물음표가 붙었냐면, 틀림없이 치마 차림이지만 얼굴이 중성적이었기 때문이다. 저런 얼굴의 남자 아이돌이 있어도 이상하지 않았다. 키도 훤칠하게 컸고, 흑발에 리본처럼 알기 쉬운 기호도 달려 있지 않아서 확인하는 데 시간이 걸렸다.

첫인상은 '남자였다면 여자들한테 인기 많았겠다'였다.

남자 특유의 냄새가 없다고 할까, 청결감이 있었다. 순정 만화를 찢고 나온 느낌이었다. 게다가 상냥해 보였다. 순정 만화에서 일인칭으로 '보쿠'를 쓰는 녀석 같았다. 거만한 금발 남캐를 나무라거나 여주인공을 감싸는 역할 말이다.

덧붙여 넥타이 색으로 1학년임을 알 수 있었다. 2학년 중에서 본 기억은 없었다.

애초에 2학년 여학생의 얼굴과 이름조차 거의 모르지만. 외톨이는 진짜로 이성의 이름을 기억하지 못한다. 내가 1학년이었을 때도 그다지 존재감이 없는 여학생의 얼굴과 이름은 매치시키지 못한 채 진급해 버렸다.

"아, 저…."

그 중성적인 후배 여학생은 눈앞에 있는 아이카만 보이는 모양이었다.

접수인을 무시할 수는 없을 테니 여기까지는 자연스러웠다.

"네, 무슨 일로 오셨나요? 여기는 인간관계 연구회랍니다! 참고로 저 아이카는 과자 빨리 먹기 대회의 우승자죠! 에헴!"

분명 지금 아이카가 의기양양한 얼굴을 했을 테지만 내게 보이는 것은 등뿐이었다. 우쭐거리는 아이카의 얼굴, 보고 싶다.

"역시 여기가 인간관계 연구회군요…. 그렇다면 미스 세이고인…."

후배의 시선이 교실 안으로 이동했다.

그 말을 통해 시오노미야를 찾고 있음은 바로 알 수 있었다.

하지만 시오노미야는 다소곳하므로 '제가 미스 세이고랍니다' 하고 우쭐거리지 못했다.

시오노미야가 조금 당황스러워하고 있으니 타카와시가 "시오노미야, 널 부르는데?" 하고 가볍게 도움의 손길을 내밀었다.

곤란해하는 사람을 위해 뭔가를 하게 되다니…. 타카와시도 성장했다고 부모처럼 감개무량해졌다.

"어어, 제가 바로 운 좋게 미스 세이고가 된 시오노미야 란인데, 무슨 일로 오셨나요?"

시오노미야가 자신의 가슴 부근에 오른손을 살포시 얹었다.

변함없이, 곱게 자란 부잣집 아가씨 느낌이 자연스럽게 드러났다.

시오노미야를 발견한 후배는 구원받은 것처럼 안도한 얼굴이 되더니 이번에는 여유가 없어 보이는 딱딱한 표정이 되었다. 타카와시가 잘 짓는 표정이었다.

아직 상황이 파악되지 않지만 나름대로 추리해 보자.

이 후배는 신문부 부원이지 않을까?

그래서 미스 세이고를 취재하러 찾아온 것이다. 신문부라고 해도 2학년들뿐인 인관연에 1학년이 돌입하는 것은 그럭저럭 긴장되는 경험이리라.

심지어 시오노미야가 교실에 있는지는 문을 열어야만 알 수 있다. 그것이 표정에 나타난 것이다. 꽤 괜찮은 추리인 것 같았다.

다만 한 가지 난점이 있었다.

세이고의 신문부는 작년에 폐부됐을 터….

그래서 뭘 하러 왔는지 전혀 알 수 없었다….

긴장하고 있는 것 같기는 하지만, 친구가 없을 듯한 어두운 캐릭터로는 보이지 않았다.

어두운 캐릭터가 아니라면 친구를 만들고 싶더라도 인관연의 문은 두드리지 않는 편이 좋다.

후배는 천천히 시오노미야 앞까지 왔다.

시오노미야도 자리에서 일어났지만, 후배인 그녀 쪽이 키가 더 컸다. 누가 후배인지 모르겠다.

"저기, 시오노미야 선배, 그… 저는 아사쿠마 시즈쿠라고 합니다."

"네, 무슨 일로 오셨나요? 아사쿠마 양. 무엇이든 말씀해 보세요. 제가 힘이 될 수 있는 일이라면 이야기를 듣겠어요."

시오노미야는 미스 세이고가 된 뒤로 한층 더 청순가련해진 것 같았다. 전신에서 기품이 감돌았다.

부드러운 시오노미야의 태도와는 반대로 아사쿠마는 더더욱 굳었다.

"그게 말이죠… 뜬금없는 말이라는 건 알고 있지만, 눈 딱 감고 찾아온 건데… 아, 얼른 끝내지 않으면 또 사라지겠다…."

말도 횡설수설이었다. 듣고 있는 이쪽이 초조해졌다.

요컨대 뭐 하러 왔다는 거야?

시오노미야는 어떤 요청도 냉담하게 내치지 않으니까 당당히 말하면 돼!

"메이드장도 열심인 사람에게는 손을 내밀고 싶다고 하네요. 아, 거기 있는 게 메이드장이에요. 소개했으니 보이죠?"

메이드장, 그렇게 고차원적인 생각을 하고 있는 건가…. 시오노미야 옆에 있어서 내게는 평평한 등밖에 안 보이지만.

아사쿠마는 양손을 허벅지 양쪽에 딱 붙여 군대처럼 자세를 고쳤다.

"선배, 시오노미야 선배… 시오노미야 선배…."

그다음 말이 좀처럼 나오지 않는 것 같았다.

"이름을 너무 연호하니까 시오노미야를 저주하는 것 같네."

타카와시가 좋지 않은 비유를 들었다.

"사고가 너무 부정적이야."

"그레 군은 반에서도 다른 집단의 색깔에 물들지 않고 독립 독보하며 살고 있지? 훌륭해."

"내 참상을 억지로 긍정적으로 표현하지 마….."

역시 타카와시에게는 나에 대한 상냥함이 아직 부족했다. 아니, 그보다도 아사쿠마다. 멍하니 있다가는 다음 말을 놓칠 것이다.

결론부터 말하자면 그럴 일은 없었다.

그녀의 목소리는 교실 전체에 울릴 만큼 컸으니까.

"시오노미야 선배, 저를 제자로 삼아 주세요!"

나는 아마 입을 쩍 벌리고 있었을 것이다.

제자? 무슨 소리야? 배틀 만화나 전통 공예나 무도의 세계에서나 들을 법한 단어가 나왔어….

"저기, 뭔가 오해하신 것 아닌가요? 저보고 제자로 삼아 달라고 하셔도…. 아이카 양이라면 격투기를 배우고 있지만…."

아, 그렇구나. 아이카에게 격투기를 배운다면 앞뒤가 맞는다.

메이드장도 저쪽이 아야메이케라고 알려주듯 아이카 쪽으로 눈을 돌렸다.

하지만 그게 아니었다.

"저는 미스 세이고가 된 시오노미야 선배의 제자가 되어 자신을 바꾸고 싶어요!"

창문을 열어 뒀는데도 그 목소리는 교실 안에 메아리쳤다.

그 의욕만큼은 인관연 전체에게 전해졌다.

그러나 곧바로 승낙할 수는 없었다. 잠깐 볼펜 좀 빌려달라는 차원의 부탁이 아니었다.

"제자가 되고 싶다고 하셔도, 저는 남을 가르칠 만한 패션 센스나 지식이 없어요…. 미스 세이고도 타카와시 양의 말을 듣고 급하게 참가한 것이라…. 말할 것도 없이 모델 경험 같은 것도 없고…. 성격도 굳이 따지자면 내성적이고…."

시오노미야는 오른손을 좌우로 내저으며 아니라고 어필했다. 얼굴에도 '어쩌지' 하고 쓰여 있었다.

그녀 특유의 강한 겸손이 포함되어 있기는 했지만 누구라도 부정할 것이다. 내용이 내용인 만큼 자신은 그럴 만한 그릇이 못 된다고 말할 수밖에 없다.

그리고 미스 세이고는 타카와시가 억지로 참가시킨 우연한 사태였다. 미스 세이고가 되기 위해 딱히 시오노미야가 꾸준히 노력한 것은 아니었다. 그래서 연습에 어울려 줄 수도 없었다.

"아뇨, 그건 전혀 문제없어요! 부탁드립니다!"

하지만 아사쿠마도 물러나지 않았다. 제자로 삼아 달라며 5층까지 와 놓고 '안 되나요. 그럼 실례하겠습니다'라고 할 수는 없겠지만.

배수지진의 무장처럼 그녀도 싸울 수밖에 없었다.

그때 타카와시가 내 가슴으로 한입 초콜릿을 던졌다.

타카와시 쪽을 보니 이쪽을 힐끔 보고 있었다. 그리고서 시오노미야 쪽에 시선을 주었다.

물론 초콜릿이나 먹으라는 의미는 아니었다. 부딪쳐서 의식을 환기하는 **통신 수단**이었다. 이 경우에는 도와주라는 뜻이었다.

시키지 말고 네가 직접 하라며 시시한 협의를 하고 있을 시간은 없었다.

"아, 그건가? 시오노미야처럼 여성스러운 캐릭터가 되고 싶어서?"

나는 망설이면서도 앉은 채 아사쿠마에게 말을 걸었다.

반말이지만, 넥타이 색으로 선배와 후배는 명확하게 구별할 수 있으니 괜찮겠지?

친한 척하는 게 기분 나쁘다고 여겨지는⋯ 않을 것이다. 드레인 때문에 중학생 때도 동아리 활동을 하지 않았던 내게는 후배 여학생과 이야기하는 일이 전무했다.

일단 지금 가진 정보로 가정을 세워 보았다.

이 아이는 중성적인 분위기지만, 좋아서 그런 캐릭터로 있는 것이 아니고, 사실은 여성스러운 차림이나 귀여운 로리타 옷을 입고 싶은 게 아닐까. 예뻐지고 싶어 하는 것은 여자들에게 평범한 소망일 것이다.

근육질 남자가 분홍색 로리타 옷을 입고 금발 롤빵머리를 해도 딱히 상관없지만. 그건 표현의 자유지만. 솔직히 이상하기는 했다.

그래서 로리타 패션이 잘 어울리는 시오노미야(실제로 메이드복도 최고로 잘 어울렸다. 평소에는 메이드장이 입고 있지만)에게 지도받으러 오는 것은 완전히 엇나간 이야기도 아니었다.

아무튼 미스 세이고였다.

진심으로 세계 제일의 줄넘기 실력자가 되고 싶은 녀석이 있다면 줄넘기 세계 챔피언을 스승으로 삼으려고 할 것이다. 일본 대회에서 25위를 한 사람에게 가르침을 청하기보다도 그쪽이 지름길로 보인다.

하지만 내가 말을 걸었는데도 아사쿠마는 이쪽을 쳐다보지도 않았다.

설마 무시하는 건가?! 아니야, 이렇게 노골적으로 무시하진 않겠지…. 그냥 못 들은 거다….

"그레 군, 드레인 때문에 평상시에도 떨어져서 얘기하다 보니 대화의 거리감을 제대로 못 잡았어. 앉은 채로 말했고."

타카와시가 조언했다. 이 실수는 의외였는지 타카와시조차 어색한 표정으로 나를 보고 있었다. 타카와시에게도 동정받는 은근히 부끄러운 상황이었다….

"어어, 저기, 아사쿠마는 시오노미야처럼 여성스러운 캐릭터가 되고 싶어서 온 거야…?"

나는 일어나 한 걸음 다가가서 조금 더 큰 목소리로 말했다.

마침내 아사쿠마도 이쪽으로 얼굴을 돌렸다.

이것으로 시오노미야의 혼란은 완화되었다. 원군의 의미는 있었다.

이번에는 아사쿠마가 당황할 차례였다.

시오노미야에게 제자로 삼아 달라고 했을 때와 비교해도 얼굴이 빨개져 있었다.

저쪽도 의도가 똑바로 전해지지 않아서 애가 타는 걸까?

"딱히 지금 캐릭터가 싫지는 않은데… 저는 말수가 적은 편이라… 그게…."

확실히 말수가 적으면서 아름다운 인간은 쿨한 캐릭터로 인식되는 경향이 있었다.

아름답다는 점이 중요했다. 그렇지 않으면 어둡다는 소리를 듣는다. 미형인 사람은 말이 없어도 어두운 외톨이로 보이지 않는다. 역시 인간은 외모가 전부였다.

무엇보다 이 세계에 나도는 연애 요소가 들어간 작품은 거의 다 남녀가 미형이기에 성립했다. 러브 코미디는 귀여운 캐릭터나 멋있는 캐릭터가 주인공 근처에 있으니까 어떻게든 되는 것이지, 그것이 요괴 같은 것이라면 장르가 달라진다.

젠장! 나도 엄청 멋있게 태어났다면… 드레인 때문에 불쌍한 미소년이라고 여자들도 생각했을 텐데….

아니, 아니다. 나의 신세 한탄은 어찌 되든 좋다.

"혹시 남들이랑 이야기하는 게 어려워서 인간관계 연구회에서 연습하고 싶은 거야?"

"말재주만 개선하면 다 잘 될 거라고 생각하는 건 크나큰 착각이야. 외톨이는 대부분 더욱 뿌리가 깊어. 예를 들어 거기 있는 하구레 나리히라라는 2학년생은 학급에서 같이 떠드는 남자가 여전히 0명이야."

"굳이 나를 제물로 바치지 마!"

"두세 명이 아니라 0명이야. 100을 곱해도 1000을 곱해도 0명이야."

"이럴 때만 달변가가 되지 마!"

타카와시 녀석, 나한테 좀 도와주라고 해 놓고서 제멋대로 말할 줄이야…. 정말로 부모님 얼굴을 한번 보고 싶다…. 참고로 모친과 언니의 얼굴은 그런 것과 관계없이 보고 싶다. 미형

일가일까?

"에링, 방금 그 말은 너무했어요. 나리히라 군에게도 앞으로 친구가 많이 생길 거예요. 꾸준히 노력한 사람은 보답을 받아요! 아이카가 다니는 체육관에도 그런 사람이 많이 있어요."

곧장 아이카가 두둔해 주었다. 아이카의 절반은 상냥함으로 이루어져 있었다. 그 상냥함이 있기에 타카와시가 독설을 날려도 살아갈 수 있다. 언제나 고마워, 고마워….

"아야메이케, 그레 군은 주먹을 부딪치는 대화조차 불가능해. 그러니 체육관을 예시로 드는 건 적절하지 않아."

"그건… 그럴지도 모르겠네요…."

젠장! 토론 대결로는 성적이 빌어먹게 좋은 타카와시를 이길 수 없어!

"무엇보다 우리랑 지극히 평범하게 얘기하는 걸 보면 알 수 있듯 그레 군은 말을 못 하는 게 아니야. 얘기할 분위기를 반에서 만들지 못하는 상태지. 그건 다른 종류의 기술이야."

무심코 나까지 수긍했다.

"지금부터 새로운 커뮤니티에 소속될 거라면 대화술이 중요하겠지만, 현시점에 학급에서 겉돌고 있다면 그건 손쓸 방도가 없어. 대화술의 문제가 아니야."

응응, 그래, 맞아.

"그 점은 그레 군이 아주 자세히 아니까 물어봐."

"하지 마! 결국 내 상처를 쑤시는 전개로 끌고 가지 마!"

하지만 맞는 말이야! 나는 말을 못 하는 게 아니야! 같은 반 아이들과 자연스럽게 떠들 분위기를 못 만들 뿐이야!

그게 바로 이능력 때문이지만, 어쩔 도리가 없을 만큼 어려운 문제라, 인관연이 일정한 성과를 낸 지금도 전혀 해결법을 찾지 못한 커다란 문제였다.

과학 기술이라든가 의료라든가 최근 100년간 대폭으로 진전되었으니 커뮤니케이션 대책도 진전되었으면 좋겠다. 이야기할 상대가 없는 어색함을 해소해 줬으면 좋겠다.

"저기… 여러분, 아사쿠마 양의 이야기에서 벗어났어요…."

시오노미야의 말을 듣고 우리는 근본적인 상황으로 돌아왔다.

정말 그랬다. 타카와시가 참견한 탓에, 찾아온 외부인을 방치한다는 상당히 무례한 짓을 저질러 버렸다…. 내가 반대 입장이었다면 참기 힘들었을 거야….

이미 성립된 집단끼리 즐거워하며 외부인을 끼워 주지 않는 분위기는 폐쇄적이라 좋지 않다고 생각했는데 그걸 내가 저질렀다.

"미안해, 아사쿠마. 내 이야기는 진짜로 상관없."

내 말은 도중에 끊겼다.

딱히 자객에게 습격받아 죽은 것은 아니었다. 내 심장은 평소 페이스로 뛰고 있었다.

아사쿠마가 없었다.

설마 우리끼리 떠드는 것에 기분이 상해서 돌아갔나?

아니, 누가 교실을 나가는 걸 눈치채지 못할 만큼 열중하지는 않았다….

"어라, 걔 어디 갔어?"

"어? 벌써 돌아간 건가요…? 아이카, 전혀 몰랐어요…. 닌자?"

타카와시도 아이카도 믿을 수 없다는 표정이었다. 그래도 아이카의 말처럼 닌자는 아닐 것이다. 현대에 닌자는 없다.

역시 홀연히 모습을 감춘 듯했다.

만약 이 수수께끼가 3분 이상 풀리지 않았다면 괴기 현상이라고 생각하여 소름이 끼쳤을지도 모르지만, 답은 비교적 금방 나왔다.

"죄송해요, 아직 여기에 있어요."

목소리가 들렸다.

확실히 아사쿠마의 목소리였다. 그것도 지극히 가까웠다.

"두근거린다는 걸 알아서 슬슬 사라지겠다는 예감은 들었지만, 역시 사라졌군요…."

그런 말과 함께, 없다고 생각했던 곳에 아사쿠마가 돌연 나타났다.

"으아아악!" "꺅!" "왁!" "흐에에…."

인관연 멤버 전원이 목소리를 냈다. 아무튼 태평하고 뉘앙스가 다른 것이 아이카였다.

"이게 제 이능력이에요. 이름은 '강제 카멜레온'이라고 하는데, 어떤 능력인지는 명칭을 보면 짐작이 가시죠?"

미안한 얼굴로 말하는 그녀를 보니 이능력의 효과는 예상이 갔다.

"즉, 자기 의지와는 상관없이 주위 사람에게 보이지 않게 되는 건가?"

"네, 맞아요…."

동의한다기보다도 사죄하는 모습으로 아사쿠마는 고개를 끄덕였다.

"어디까지나 카멜레온이에요. 물리적으로 사라지는 게 아니라 보이지 않게 되는 거죠. 저는 줄곧 여기에 있었어요."

"그렇구나. 편리한 것 같으면서 성가신 이능력이네."

타카와시가 팔짱을 끼며 말했다. 고개를 숙이고 있지만, 성가신 이능력을 가진 동지라서 다소는 공감하고 있을지도 모른다.

그리고 타카와시는 분명하게 이 문제의 요점이 어디에 있는지 알고 있었다.

"그래서, '강제 카멜레온'의 발동 조건은 뭐야?"

타카와시가 질문한 그것이 가장 중요한 포인트였다.

도움은커녕 해만 끼치는 이능력이더라도 스스로 억제할 수 있다면 전혀 문제없다. 사용하지 않으면 그만이다.

그 발동 조건이야말로 그녀가 시오노미야의 제자가 되기 위해 찾아온 이유와 관계가 있을 터였다.

프로 복서가 시야에 들어온 인간을 전부 팬다면 엄청난 사건이 되지만 그런 일은 없다. 시합이나 연습할 때만 주먹을 쓰니까 트러블도 사건도 일어나지 않는다.

그러나 여기 있는 인관연의 우리처럼 상시 발동이거나 스스로 전혀 제어할 수 없는 이능력도 있었다.

고백하기 괴로운지 아사쿠마도 살짝 고개를 숙였다.

"발동 조건은, **긴장하는 것**이에요⋯."

긴장이라니, 심플하면서도 참으로 성가신 조건이었다.

살면서 긴장하는 일은 피할 수 없을 테고⋯.

다만 긴장 상태라는 것은 최소한 뭔가 특별한 환경에 있다는 뜻이고, 거기서 몸을 숨기는 것은 본래 카멜레온으로서는 올바른 일이라는 생각도 들었다. 폭소할 때만 사라진다면 그것이야말로 의미 불명인 이능력이다.

"아! 아서왕이었군요!"

아이카가 이상한 말을 했다.

"아야메이케. 현실과 이야기를 구별할 수 없게 됐어? 그 아이는 아서왕도 아니고, 야마토 타케루도 아니고, 잔 다르크도 아니야."

또 타카와시가 신랄하게 공격했으나, 아이카에게는 사랑의 결계가 쳐져 있어서 대미지는 입히지 못했다.

그리고 교내 정보라면 학년 수석의 성적을 자랑하는 타카와시보다도 아이카가 더 빠삭했다.

"1학년 중에 아서왕이라고 불리는 미형의 여학생이 있다는 소문을 들은 적이 있거든요. 그 아서왕은 가끔 사라져 버린다는 얘기도요."

사자 우리에 넣어진 양처럼 아사쿠마는 조심조심 고개를 끄덕였다.

공주가 아니라 왕이라고 불리는 미형의 여학생, 심지어 사라진다는 점까지 일치한다면 전혀 다른 사람일 리는 없을 것이다.

"그런가. 아사쿠마라서 아서왕이구나. '줄행랑 쿠마고로'라는 별명이 붙지 않아서 다행이네."

그건 타카와시가 약 올리려고 붙이는 센스의 별명이었다. 확실히 '줄행랑 쿠마고로'보다는 아서왕이 나았다. 스스로 아서왕이라고 말하기는 어렵지만.

이것으로 의문이 풀릴 만한 정보는 거의 모였다.

"아사쿠마는 곧잘 긴장하고 얼어 버리는 성격이구나? 그렇게 사라져 버리는 게 불편해서, 고치고 싶어서 여기 온 거야."

내가 정리한 것이 거의 틀림없다고 생각했지만, 타카와시의 불만 이외의 다른 의견이 나왔다. 시오노미야가 말했다.

"나리히라 군, 그건 이상해요. 그렇다면 아서왕이라는 별명이 붙을 만큼 그녀의 존재가 인구에 회자되지는 않았을 거예요. 남들 앞에서 쭈뼛거린다면 아서왕이라는 용맹스러운 별명이 생기진 않았겠죠."

인구에 회자된다는 표현을 실제 대화에서 쓰는 사람, 처음 봤어….

하지만 듣고 보니 그랬다.

늘 긴장하고 있다면 거의 스텔스 상태일 것이다.

눈에 띄는 외모여도 대부분 긴장한 표정이라면 왕이라는 용맹스러운 별명이 아니라, 타카와시가 '얼음 공주'라고 불렸던 것처럼 '어쩌고 공주'나 기껏해야 '카멜레왕자' 등으로 불리지 않았을까.

아마 '카멜레왕자'라는 아이디어를 꺼내면 타카와시에게 '센스가 1950년대 수준'이라는 말을 들을 테니 입 다물고 있기로 했다. 나도 촌스럽다고 생각했다. 자각은 있었다.

아사쿠마가 힐끔 시선만 들어서 내 눈을 보았다.

그 표정을 보면 역시 왕이라는 느낌은 들지 않았다.

여자 중에서도 호리호리한 편이라 연약해 보였다.

"저기… 조금 더 설명이 필요할 것 같으니까 얘기할게요…."

"그럼 그레 군의 예상은 빗나갔다는 거구나."

타카와시, 일일이 말하지 않아도 돼.

아사쿠마는 내 얼굴을 보려고 했지만 결국 시오노미야와 아이카 쪽으로 몸을 돌렸다. 타카와시도 시야에 들어가긴 했지만 당연히 눈을 돌렸기에 시선은 마주치지 않았다.

어라, 날 피한 건가? 아니지, 같은 여자를 보고 이야기하는 편이 자연스럽나. 피해망상이다. 이렇게 뭐든 부정적으로 생각하는 것은 좋지 않다. 좀 더 적극적으로 변해야겠지. 적극적으로 변하자고 마음먹고 바로 바뀔 수 있다면 고생할 일도 없겠지만.

"저는 누구에게나 긴장하는 게 아니라 좀 더 범위가 한정되어 있어서···."

"응, 어떤 범위인데?"

지극히 평범하게 물어본 것이었다.

그러나 주의라도 받은 것처럼 아사쿠마의 어깨가 움찔했다.

다음 순간, 다시 아사쿠마의 모습이 보이지 않게 되었다.

"아! 사라졌어요!"

"바꿀 때가 된 형광등 같네."

"굉장해요! 마술 그 자체예요!"

아이카의 감상이 어긋난 것 같지만, 이건 뭐든 긍정적으로 생각하는 훌륭한 감수성이라고 평가하고 싶다. 그리고 타카와시의 비유는 실례였다.

"…죄송해요. 또 저질러 버렸나 보네요."

목소리가 들리는 것을 보면 아사쿠마는 그 자리에 제대로 있는 듯했다.

"조금 있으면 돌아올 거예요. 다만… 남자 선배님은 제게 너무 말 걸지 말아 주시겠어요?"

목소리뿐이었지만 내 마음은 그럭저럭 상처받았다.

타카와시가 납득했다는 것처럼 가볍게 고개를 끄덕였다.

"그레 군, 기분 나쁘니까 말 걸지 말라네. 참고로 그의 이름은 하구레 나리히라야. 드레인의 대가, 1학년 사이에도 퍼져 있지?"

"타카와시, 쓸데없이 해석하지 마! 그리고 너무한 소개도 필요 없어!"

나도 말 걸지 말라는 소리를 듣고 그런 뜻이라고 생각해서 가슴이 미어졌다고! 아서왕의 엑스칼리버가 가슴에 박혔어!

"그레 군의 1m 이내에 들어가면 쇠약해지니까 조심해. 말하지 않아도 그렇게 가까이 가고 싶진 않겠지만 말이야. 분명 그레 군 나름의 애정인 거야. 주위를 상처입히지 않도록 일부러 기분 나쁜 분위기를 풍기는 거지. 눈물겨운 얘기야."

그렇게 말하는 너는 슬픈 표정조차 짓지 않고 정색하고 있잖아! 한번 헌혈하고 와 봐! 녹색 피가 흐르고 있을지도 몰라!

"아! 기분 나쁘다는 의도는 없었어요! 정말이에요! 믿어 주세요!"

당황한 아사쿠마의 목소리만이 들렸다. 아무래도 아스트랄한 광경이지만, 기분 나쁘다는 부분이 부정되어서 마음은 진정되었다.

"그렇게 필사적으로 부정하는 게 수상해."

왜 타카와시는 내가 기분 나쁜 남자라는 부분을 인정하게 만들려는 걸까…. 그러고도 동맹 상대냐….

이신덴, 이 녀석이 행실을 고치도록 교육해 줘…. 하지만 어차피 타카와시는 이신덴 앞에서는 지극히 평범한 친구로 지내고 있겠지…. 나한테만 강렬한 독을 뱉고 있겠지….

그리고 아사쿠마가 재차 우리의 시야에 복귀했다.

나는 이것저것 묻고 싶은 것이 많았지만 그랬다가 또 사라지면 곤란하기에 그녀에게 시선도 별로 주지 않으려고 했다.

"보이나요…?"

아무래도 사라졌는지조차 스스로는 알 수 없는 모양이었다. 그 점도 포함하여 귀찮은 이능력이었다. 거울이 있으면 보일까, 안 보일까?

"보여요~! 아주 잘 보여요!"

아이카의 사랑은 하급생에게도 당연하게 향했다.

"폐를 끼쳤네요. 저는 중학생 때까지 줄곧 여학교를 다녀서 이성, 즉, 남자를 대할 때 굉장히 긴장해요…. 특히 연상의 남성이 말을 걸면 금방 사라져 버려요!"

아사쿠마가 이야기하는 모습은 붙잡힌 아서왕 같은 느낌이었다. 내내 쭈뼛거렸다. 왕위에 오른 지 30분 만에 허를 찔려 죽을 것 같았다.

"납득했어. 이성과 이야기할 때 긴장되는 건 나도 잘 알아…."

"'불쾌한 인간과 이야기하면 사라져 버린다'를 잘못 말한 건 아니고?"

"타카와시, 친한 사이에도 예의는 지켜야 하고, 친하지 않은 사이라면 더더욱 예의가 필요해. 대학 입시에 나오지 않더라도 잘 기억해 둬. 사회에 나가서 곤란할 거야. 아니, 그냥 곤란을 겪고 후회해라…."

나도 화낼 때는 화낸다. 이만큼 듣고도 화내지 않는다면 그 '화낼 때'가 대체 언제인가 싶기도 하지만.

"보복으로, 사회에 나갔을 때의 그레 군을 시뮬레이트하면서 놀아 볼까?"

"…진짜로 하지 마. 미안해, 후회하라는 표현은 취소할게…."

오히려 내가 괜한 말을 했다고 후회했다. 독설로 타카와시를 이길 수 있을 리가 없었다. 프로에게 아마추어가 덤벼도 도리어 당할 뿐이다….

타카와시의 예의를 내다 버린 발언은 차치하더라도, 긴장의 이유는 나도 대단히 공감 가는 것이었다.

이성과 이야기하는 허들이 얼마나 높은지는 나도 매일 실감하고 있었다. 아사쿠마의 괴로움도 이해가 갔다.

나도 여자에게 스스럼없이 말을 거는 것은 같은 반 여학생이더라도 불가능했다. 상대방 쪽에서 말을 걸어오는 경우라면 다소 대화할 수 있지만 그런 일은 거의 없었다.

있다고 한다면 이신덴이 테니스 라켓에 프린트나 노트를 올려 내게 줄 때의 '받아' '고마워' 정도다. 그건 편의점 점원에게 고맙다고 인사하는 것과 같은 수준이었다.

이성과 아무렇지도 않게 대화하는 상위층 계급의 남녀를 보고 있으면 진심으로 부러워진다. 이제는 질투심조차 들지 않았다.

사실 즐겁게 이야기하는 여자들 옆에서 홀로 소외되는 경우는 올해 들어서도 꽤 경험했다.

왜냐하면 아이카와 행동하는 일이 많아졌기 때문이다.

예전에는 서큐버스라고 불리며 여자들 사이에서 평판이 좋지 않았던 아이카도 지금은 완전히 녹아들어 있었다. 점심시간에 같이 도시락을 먹는 것은 기본이고, 다른 반 여자들이 섞이기도 하는 것 같았다.

그래서 나랑 아이카가 같이 있을 때 여학생이 아이카에게 말을 걸어오는 일도 드물지 않았다. 이를테면 이런 느낌이다.

'아~ 아이카다!' '안녕~' '아! 낫치랑 리캇치잖아요!' '진짜, 국어 너무 졸려. 30분 이상 잤어.' '아이카는 수학 시간에 40분 넘게 잔 적이 있어요.' '아이카라면 그럴 것 같아(웃음)' '그건 역시 결석으로 처리해야 하는 거 아니야?'

누가 누구인지 알기 어려울지도 모르지만, 나도 다른 두 여학생이 잘 구분되지 않았으니 어떤 의미에서 당연한 일이었다.

그리고 이럴 때 나는 '아이카의 친구야?' 하고 말을 거는 일이 절대 없었다.

마치 거기 세워진 전봇대처럼 적당히 거리를 두고서 우두커니 서 있다.

이때 거리를 두는 것과 드레인은 관계없었다. 드레인이 없었더라도 나는 떨어졌을 것이다.

아이카는 나중에 꼭 '딱히 피하지 않아도 괜찮아요~ 다들 좋은 사람들이니까요~'라고 말해 주지만, 나는 좋은 사람인지 나쁜 사람인지를 판단하는 게 아니라 그저, 그저 말을 걸기 어려워서 말하지 못하는 것일 뿐이었다.

이성이라는 것만으로도 동성과는 다른 높은 벽이 있다. 심상 풍경으로 30m는 되는 절벽이 내 앞에 있었다.

아이카처럼 먼저 척척 말을 걸어와 준다면 그런 것도 신경 쓰이지 않지만, 그런 예는 지극히 드물다.

"아아, 남자의 짜증 나는 시선을 받으면 저주해서 죽여 버리고 싶어지지. 나도 이해가 가."

타카와시가 이상한 동의를 표했다.

"저주해서 죽이고 싶어지는 건 너밖에 없을걸. 거기에 살의를 가져가지 마."

하지만 '얼음 공주'라고 불릴 만한 미모의 소유자라면 유독 집요한 시선을 받을 때도 있을 것이다. 치한이라도 만난 적이 있다면 그야 저주하고 싶어질 터였다. 물어보면 성희롱이니 물어볼 수 없지만.

타카와시도 이능력 때문에 타인의 시선을 받고 싶지 않은 인간이었다. 일반인보다는 훨씬 아사쿠마에게 공감이 갈 것이다. 아사쿠마는 타인에게 살의까지 품지는 않을 것 같지만.

"이 '강제 카멜레온' 때문에 실은 세이고제 때 대형 사고를 쳤어요…."

말하면서 다시 떠올라 긴장이 발생했는지 아사쿠마가 사라졌다.

그러나 1초 후에 다시 부활했다고 생각했더니 바로 사라졌고 또 돌아왔다.

한마디로 말하자면 점멸하는 상태!

"너, 누구한테 대미지라도 입었어? 사라졌다 나타났다 하고 있어."

"아, 그런가요…. 가끔 이럴 때도 있어요…. 긴장과 참아야 한다는 마음이 팽팽하게 맞설 때 이렇게 돼요…."

상황을 보면 세이고제 때 있었던 일을 설명하는 것에 심리적 압박을 느끼고 있는 듯했다.

"사라져서 대형 사고를 쳤다니, 사람들에게 마구 부딪치기라도 했나요? 그래서 크레이프의 크림을 다른 사람에게 묻혔다든가."

아이카의 가설은 그야말로 아이카가 생각할 법한 내용이었다. 실제로 크레이프를 샀었고.

"아뇨… 더 비참해요…."

아사쿠마는 천천히 고개를 흔들었다.

점멸은 아직 멎지 않았다. 이거, 깜빡거려서 눈에 안 좋아….

"저희 반은 연극을 했는데 저는 주역인 왕자 역이었어요…."

우와, 압권의 주역인가! 역시 아서왕이구나! 있는지도 모를 사람과는 전혀 다르잖아!

거기서 아사쿠마는 양손으로 얼굴을 덮었다.

"남성 관객이 보고 있다고 생각하니 부끄러워서 극의 초반부터 끝날 때까지 줄곧 사라져 버렸어요!!!!!"

그건 안 되지! 예상보다 더 심각해!

"극 중에 갑자기 왕자가 사라져서 관객들이 '사라졌어?' '어디 갔지?' 하는 목소리가 점점 들려왔어요…. 저는 곧장 무대 뒤편으로 돌아갔지만, 그런 사태가 되니까 평정심을 되찾을 수가 없어서 그대로 계속…."

주역인데 사라진다는 실태를 저질렀다면 진정될 리가 없겠지….

"결국 왕자는 급환으로 죽었다고 설정을 변경하여 왕자 없이 마지막까지 연극은 이루어졌어요."

"너희 반의 애드리브 능력, 굉장하네."

나도 타카와시의 말에 동의한다. 예를 들어 복숭아에서 태어난 모모타로가 오니를 퇴치하러 가기 전에 죽는다면 어떤 전개로 만들어야 할까? 할아버지와 할머니가 퇴치하러 갈 수밖에 없어….

"그토록 남에게 폐를 끼친 건 난생처음이었어요…. 세이고제가 끝난 뒤로도 줄곧 우울했어요…."

마침내 아사쿠마의 점멸이 멈췄다. 설명도 얼추 끝나서 진정된 모양이다.

"아니, 그건 네 탓이라기보다 그 배역을 통과시킨 녀석의 책임이지."

기적적으로 타카와시가 위로했다. 이건 위로라기보다 태클의 범주인가?

"연습 중에는 여자들 중심이라 괜찮았어요…. 같은 반 남자라면 쉬는 시간에 느닷없이 말을 걸어오지 않는 이상 그렇게까지 긴장하지도 않고요. 하지만 실제로 공연할 차례가 되어 모르는 남자가 관객석에 가득 있는 걸 보니까….”

그야 남자의 출입을 막지 않는 한, 남자 관객도 있을 것이다.

“이능력에 눈뜬 건 중학생 때였는데, 여학교였기에 이 결점도 처음에는 눈치채지 못했어요. 하지만 세이고에 입학하고서 심각한 이능력이라는 걸 알았어요….”

확실히 여학교와 남녀 공학의 차이는 클 것 같다.

“남자 선배님, 아까 사회에 나가면 곤란할 거라고 하셨죠?”

이 교실에서 남자는 나밖에 없으니 나를 말하는 것이었다.

“하구레 나리히라야. 아아… 타카와시가 평소처럼 심한 발언을 해서 불평했을 때 말이지?”

“저도 세이고제 때 깨달았어요. 이능력자들뿐인 이 학교에서라면 그래도 다들 이해하겠지만, 이대로 사회에 나가면 큰일이 될 거라고요. 처음 보는 사람을 만날 때마다 사라진다면 제가 긴장하고 있다는 걸 상대가 알게 될 테니까요. 그게 실례일 때도 있잖아요.”

“그건… 그렇지….”

이상한 이야기지만, 남자를 만날 시 반드시 사라지는 능력이라면 그래도 나았다.

그러나 ‘강제 카멜레온’의 발동 조건은 어디까지나 긴장이다.

A와 만나는 건 괜찮은데 B 앞에서는 매번 사라진다면 B는 어떻게 된 건가 싶을 것이다. 분명 나쁜 인상을 준다.

"그러니까 이 긴장증을 극복하고 싶어요!"

아사쿠마의 표정은 매우 늠름했다. 게다가 귀엽기도 했다. 모델에 가까운 정통파 미소녀라고 해도 좋았다.

"그래서 시오노미야 선배의 제자가 되고 싶어요…."

아사쿠마는 시오노미야를 지그시 바라보았다.

사랑이라도 고백하는 듯한 표정이었다.

"엇…. 그렇다면 저보다도 붙임성 좋은 아이카 양이 더 적임이지 않을까요…? 저도 남자에게 익숙한 건 아니거든요."

"그렇기 때문이에요! 남자에게 익숙한 것도 아닌데 미스 세이고라는 긴장의 극치에 달하는 이벤트에 나가 우승한 시오노미야 선배처럼 저도 되고 싶어요! 시오노미야 선배의 삶에는 배울 것이 많이 있다고 생각해요!"

그렇게 생각할 수도 있구나.

겁먹고 주눅 들지 않는 아이카의 태도는 반쯤 천성적인 것이다.

긴장은 정신적인 것이니 본래 성격이 너무 다른 인간은 그다지 참고할 수 없다.

"하지만, 저는 남을 지도할 만한 인간이 아닌데…."

시오노미야는 여전히 부정했다. 나는 삼고초려라는 말을 떠올렸다. 시오노미야처럼 조심스러운 성격의 사람에게는 세 번 정도 부탁해야 마침내 받아들여 준다.

그러나 뜻밖의 말이 적중한 듯했다.

"시오노미야 선배, 아뇨, 시오노미야 **스승님**! 제자로 삼아 주세요!"

깔끔한 각도로 아사쿠마가 머리를 숙였다.

그다지 길지 않은 그녀의 흑발이 사르르 움직였다.

그리고 스승이 되어 달라는 말을 들은 시오노미야는.

눈을 반짝반짝 빛내고 있었다.

스승님이라는 말이 기뻤나? 그런 걸 동경하고 있었나?

그리고 시오노미야는 다른 사람의 부탁을 단호하게 거절할 수 있는 성격이 아니었다.

"알겠어요! 반드시 제가 당신을 최고의 레이디로 키워 보이겠어요!"

단언했다!

키는 작아도 이때의 시오노미야에게는 선배의, 아니, 스승의 관록이 있었다.

"생각해 보면 이곳은 인간관계 연구회. 인간관계를 개선하고 싶어서 고민하는 분에게 다가가지 않을 순 없죠!"

타카와시가 아이카를 끌어들일 때 대충 만들어 낸 명칭이 그런 숭고한 이념을 가진 것으로 이야기될 줄이야…. 진실이 된 거짓이란 바로 이런 게 아닐까….

"아사쿠마 시즈쿠 양, 이라고 했나요. 인간관계 연구회는 당신을 전력으로 서포트하겠습니다!"

시오노미야는 오른손을 아사쿠마에게 내밀었다.

등 뒤에서 메이드장도 짧은 손을 내밀듯 들었다. 너도 나오는 건가….

"잘 부탁드립니다!"

아사쿠마도 시오노미야의 손을 꼭 잡았다.

오늘 세이고에서 가장 아름다운 악수라고 생각했다.

문제는 어느새 아사쿠마의 제자 입문이 인간관계 연구회 전체의 과제가 된 것이지만.

"괜찮겠지. 마침 세이고제도 끝나서 다음에 뭘 해야 할지 고민하던 중이고. 드리코도 두말없이 훌륭하다고 할 수밖에 없을 활동 내용이잖아."

타카와시가 간단히 승낙했기에 이대로 인관연이 협력하게 될 듯했다.

이때의 타카와시도 예전보다 독기가 빠진 것처럼 보였다. 두세 살 연상 같은 인상을 받았다.

정말로 이신덴과 친구가 되면서 타카와시는 뭔가 내면부터 바뀌고 있는 것일지도 모른다.

"너, 상냥함이 1할쯤 올랐구나."

"참고로 그레 군은 어떤 게 올랐어?"

쓸데없는 말을 한 탓에 비아냥이 돌아왔다. 이 정도라면 간지러운 수준이었다.

아이카는 즉시 "정식으로 자기소개 할게요! 아야메이케 아이카예요. 잘 부탁해요!" 하고 남녀 상관없이 최고의 웃는 얼굴을 보여 주며 인사했다. 그 기세를 몰아 손도 꼭 잡았다.

빠르다. 보디 터치의 전개가 빨랐다. 여자끼리는 이게 가능하구나. 가끔 자기 전에 보는 심야 애니에서도 여자 캐릭터끼리는 이렇게 제법 신체 접촉이 이루어졌다. 남자끼리는 이러지 않는다. 나는 드레인 때문에 더더욱 안 된다.

"네, 잘 부탁드립니다…. 아야메이케 선배에 관해서도… 전부터 소문은 들었어요….."

아사쿠마는 아이카의 기세에 다소 눌린 것 같았지만 사라지지는 않았다. 여자와는 평범하게 의사소통이 가능한 모양이었다.

"아사쿠마 양, 쿠마쿠마라도 불러도 돼요?"

벌써 별명을 짓는 단계에 들어선 건가! 숨 쉴 틈도 주지 않는 공격이야! 붙임성이 너무 좋아. 저쪽은 아서왕, 이쪽은 붙임성왕! 아, 이거 분위기 썰렁해질 테니 절대로 말하지 말아야지.

"쿠마쿠마…인가요. 그럼 그렇게 불러 주세요. 아서왕보다는 그쪽이 마음에 들어요. 여자애 같은 별명이기도 하고요."

이미 인관연은 완전히 받아들이는 태세였다.

다음은 타카와시가 자기소개를 할 차례였다. 타카와시는 앉은 채 얼굴만 아사쿠마 쪽으로 돌렸다.

"나는 타카와시 엔쥬. 별로 눈을 맞추지 않지만 이능력 때문이니까 신경 쓰지 마. 신경 쓰이더라도 나를 신경 써서 신경 쓰이지 않는 척해."

까탈스러운 자기소개고, 심지어 자신을 배려하라고 말하는 자기소개라니 전대미문이다.

"시오노미야를 소개할 필요는 없지? 그쪽에 있는 남자는 아까도 말했듯 하구레 구석에 처박힌 생쥐 나리시라."

"아까 했던 말이랑 달라졌어."

"미나모토노 쿠로 요시츠네 같아서 멋있지?"

"구석에 처박힌 생쥐랑 쿠로는 정보의 질이 너무 달라!"

구석에 처박힌 생쥐라고 자칭하는 사람이 어디 있어?

다만 아사쿠마가 작게 웃었으니 타카와시의 독설도 너그러이 봐 주자.

웃는다는 것은 입가가 느슨하다는 것.

즉, 긴장이 풀렸다는 뜻이다.

"그럼 내일 당장은 어려울 테니까 다음 주 월요일까지 각자 아사쿠마의 긴장 극복 개선에 도움이 될 만한 아이디어를 생각해 올 것. 생각했지만 떠오르지 않았다는 이유는 불허하겠어."

오늘은 금요일이다. 주말 동안 생각해서 월요일에 아이디어를 내라는 것은 타당했다.

"생각해 오지 않으면 어떻게 되나요~?"

아이카는 순수하게 아무런 아이디어도 떠오르지 않았다고 할 것 같다…. 실례되는 상상이지만.

"가벼운 경우에도 구두로 주의시킬 거고, 무거운 경우에는 인관연에서 제명이야."

"처분이 너무 팍팍해! 그리고 아이디어가 떠오르지 않은 것에 가볍고 무거운 경우의 차이는 대체 뭐야?!"

"그건 일본인답게 그 자리의 분위기겠지."

타카와시는 독재자 같은 말을 했다. 이 녀석이 권력을 잡는다면 어두운 미래밖에 없겠어. 모두의 행복을 위해서라도 너무 출세하지 않았으면 좋겠다.

"그런데 타카와시, 왜 네가 진두지휘하고 있는 거야?"

이 일의 주도권은 시오노미야가 잡아야 하는 것 아닌가?

"그레 군보다 인간의 격이 높으니까."

아무렇지도 않게 타카와시가 말했다.

"네 지갑에는 내게 실례되는 짓을 하면 포인트가 쌓이는 카드라도 들어 있어…?"

아이디어를 생각해 오지 못하면 제명이라는 것은 농담이겠지만, 타카와시의 의식은 생각보다 높았다. 나는 비교적 오래 알고 지내서 장난칠 때와 진지할 때의 차이를 알 수 있었다.

"시오노미야는 말할 것도 없이 건투해야겠지만, 다른 인관연 멤버가 나 몰라라 하는 건 이상하잖아. 동호회니까 타개책 정도는 생각해 와야지."

시선이야 여전히 바닥에 가 있으나 타카와시의 자세는 확실하게 위를 향하고 있었다.

칭찬하면 분명 이러니저러니 변명을 만들겠지만, 그때의 타카와시는 누군가를 위해 무언가를 하려 하고 있었다.

이거, 나보다 인간의 격이 높다는 발언을 웃어넘길 수 없겠는데.

만약 같은 반에 동성 친구가 생기면서 타카와시가 변하고 있는 것이라면 나도 어서 친구를 만들어야 했다. 안 그러면 계속 뒤처진다.

친구가 없어서 성격이 비뚤어지고 글러 먹은 인간에서 벗어나지 못하면 구제할 길이 없다. 진심으로 나도 동성 친구를 만들어야겠어….

좋아, 다음 주에는 같은 반 남학생에게 말을 건다는 목표를 세우자.

매우 어려운 목표지만 불가능하지는 않다(외톨이에게는 후지산에 오르는 것보다도 확실하게 어려운 일이다). 마음만 단단히 먹는다면 할 수 있다.

"그럼 쿠마쿠마 긴장 극복 대회를 실행에 옮기죠!"

이번에는 아이카가 대회 이름을 지었다. 타카와시가 지적한 대로 아이카는 뭐든 대회로 만드는 타입이구나….

"아자, 아자, 아자~!"

아이카가 오른쪽 주먹을 천장을 향해 치켜들었다.

"자, 다 같이! 아자, 아자, 아자~!"

그 말에 나랑 아사쿠마도 얼떨결에 오른손을 들었다. 쑥스러웠기에 '일단 하긴 했습니다' 정도의 기세였지만.

타카와시는 말할 것도 없이 참여하지 않고 의자에 앉아 있었으나.

시오노미야는 최대급의 기합을 담아 오른쪽 주먹을 번쩍 들었다.

"해내는 거예요!"

"네! 시오노미야 스승님, 잘 부탁드립니다!"

아사쿠마도 추종했다. 앞으로 어떻게 될지 모르겠지만 아무튼 '쿠마쿠마 긴장 극복 대회'가 시작되는 것은 확정됐다.

"하지만 쿠마쿠마는 씩씩해 보이고, 이 상태라면 사라져 버리는 문제도 금방 해결될 것 같아요~"

아이카가 낙천적으로 말한 것과 동시에 메이드장이 아사쿠마에게 다가가 빤~~~히 응시했다.

메이드장, 낯선 인물에게 관심이 가는 건 알겠지만 보통 관심을 받는 쪽은 너야. 그 점 알고 있는 거야?

"이, 이건… 무슨 생물인가요…?"

"메이드장이에요."

시오노미야의 발언은 답이 되지 않는 것 같지만 옳았다. 그렇게 대답할 수밖에 없었다.

메이드장은 무표정하게 아사쿠마의 바로 옆으로 다가갔다.

"진짜 뭔가요…. 대체 스승님의 뭐죠…?"

메이드장의 강렬한 눈빛이라고 할까, 꺼림칙한 무표정에 패배한 아사쿠마는 다시 사라졌다.

정말로 금방 해결할 수 있으려나…?

그 후 아사쿠마는 여자 농구부에 갔고 우리 인관연도 해산, 귀가하는 흐름이 되었다.

농구라. 어찌 되든 좋지만 저는 농구와 상관없이 타인과의 거리가 대체로 3점 슛이 될 만큼 떨어져 있습니다.

자전거 거치장에서 자전거를 찾아 교문으로 나가니 타카와시가 기다리고 있었다. 아마 이신덴과 같이 돌아가려는 것이리라.

바로 떠날 것이기에 생각을 거리낌 없이 말할 수 있었다.

"남을 돕는 일에 네가 간단히 협력할 줄은 몰랐어."

그랬다. 이번 과제는 정말로 이타적인 일이었다.

이신덴 효과는 여태껏 감춰져 있던 타카와시의 좋은 점을 끌어내고 있었다.

고마워, 이신덴. 네가 있어 준 덕분에 타카와시 주위에 있는 모든 인간이 이득을 보고 있어. 앞으로도 무독화·무해화를 잘 부탁드립니다.

"아서왕이라고 불리는 유명인이 인관연에 다닌다는 이야기가 퍼지면 인관연의 지위도 올라가잖아. 건강기능식품 광고에서 연예인이 애용하는 제품이라고 강조하는 것과 같아."

"그러네. 인관연에도 이점이 있어."

갑자기 이타적인 이유를 들어도 기분 나쁠 테고, 타산적으로 이야기해 주는 편이 나도 편했다.

"그리고 그 애의 고민은 우리와 전혀 관계없지는 않잖아."

타카와시가 살짝 시선을 들었다.

1초도 안 되는 짧은 순간, 시선이 마주쳤다.

우리가 취할 수 있는 빠듯한 범위의 커뮤니케이션이었다.

"그렇지."

거북이걸음인지 달팽이걸음인지 모르겠지만 우리는 전진하고 있었다.

"특히 그레 군의 수학여행 대책은 진짜로 어려우니까. 비교적 간단한 문제로 익숙해져야 해."

"더욱 듣기 싫은 말을 들었어⋯."

10월에 학급에서 친구를 만든다. 절망적으로 괴로운 싸움이다.

"나는 익숙해진다고 했어. 그레 군의 문제를 무시한다고 하진 않았어."

타카와시의 옆얼굴을 힐끔 보았다. 자신을 그런 사람으로 보는 거냐고 말하는 듯한 얼굴이었다.

동맹 상대를 소홀히 여기지 않을 것이라는 뜻이었다.

"⋯고맙다."

감사 인사는 역시 쑥스럽다고 생각하며 나는 자전거 페달을 밟았다.

자전거는 처음 움직일 때 가장 힘이 많이 필요하다.

친구 만들기도 분명 그럴 것이다.

아사쿠마 시즈쿠

시즈쿠는 강한 아이라고 할머니가 몇 번이나 말씀해 주셨으니까!

shizuku ASAKUMA

★ 공헌 레벨 : 2

★ 이능력명 :
강제 카멜레온

이능력 평가

비고란

- 1학년 사이에서는 유명하며 '아서왕'이라는 별명을 가졌다.
- 농구부 소속. 중학교까지 여학교에 다녔고, 여자에게 고백받은 횟수가 꽤 많은 잘생긴 여학생.
- 긴장하면 타인이 모습을 볼 수 없게 되는 이능력을 가졌다. 돌발적 발동형. 극도의 남성 공포증이 있어서 남자에게 주목받기만 해도 사라진다.

 아야메이케 아이카

나리히라 군, 교토에서 파워스폿으로
유명한 곳은 어디인가요? (≧∇≦)

하구레 나리히라

아마도 검색하면
그런 사이트가 나올걸?

 아야메이케 아이카

아! 키후네 신사랑 후시미 이나리가
좋아 보여요!
둘 다 들어 본 적 있어요!

하구레 나리히라

확실히 유명하지.
아… 근데 무리야.

 아야메이케 아이카

네?
어째서요? (´･_･`)

하구레 나리히라

그 두 장소는 전혀 다른 곳에
있어서 한 번에 돌 수 없어.

 아야메이케 아이카

그럼 키후네 신사랑 아라시야마를
가야겠어요 (v^ ─°)

하구레 나리히라

거기도 엄청 멀리 떨어져 있어!

② 발상은 좋을 텐데 성과가 제대로 안 나오기도 하지

아사쿠마 시즈쿠, 별명은 아서왕.

세이고에 입학한 당시부터 아름답고 멋있다며 남녀 불문하고 화제가 된 키 큰 여학생. 기대를 배반하지 않고 운동 능력도 발군이라 여자 농구부 쪽에서도 1학년인데 레귤러로 선발됨.

그 인기는 확실해서, 고백받은 횟수도 최소한 네 번은 되는 듯했다. 그중 세 번은 여자라고 하니 아서왕이라는 이름에 거짓은 없었다. 일부 여자들에게 아사쿠마 시즈쿠는 어엿한 왕, 아니, 왕자님인 것이다.

또한 이 정보는 아이카가 휴일 중에 LINE으로 흘린 것이었다.

개인 정보를 조사하는 탐정 능력을 아이카가 가지고 있는 것은 아니었고, 아서왕에 관해 알고 싶다고 친구에게 물어보니 그런 소문을 포함한 정보를 바로 얻을 수 있었다고 한다.

[한마디로 말하자면 타카와시나 아이카 못지않은 유명인이라는 거네. 1학년이라 우리 귀에는 들어오지 않았던 모양이지만.]

토요일 밤, 침대에 누워 인관연 LINE 그룹에 그렇게 썼다.

[쿠마쿠마는 여자가 꿈꾸는 요소의 집약체 같은 부분이 있으니까요. 스포츠 실력이 뛰어나고, 잘생겼고, 다정할 것 같고. 그러면서 차분하고. 확실히 인기 있을 수밖에 없어요!]

아이카 안에서는 이미 아서왕이 아니라 쿠마쿠마로 정착된 것 같았다.

[그러네. 뭔가 변태적인 취미라도 있어야 균형이 잡혀. 인간미가 없어.]

타카와시가 인간성을 부정하려 들고 있지만, 그 태도는 차치하더라도 너무 완벽하다는 것에는 동의했다.

[그래서 그 결점이 바로 이능력과 긴장하는 성격인 거잖아.]

이것도 아이카의 친구가 알려 준 것인데, 아사쿠마가 다녔던 중학교는 여대의 부속 중학교라서 훌륭하게 여자밖에 없는 환경이었다고 한다. 본인도 고등학생이 되기 전까지 여학교를 다녔다고 했으니 틀림없다.

학생 대부분은 그대로 부속 여고에 진학하고, 때에 따라서는 에스컬레이터식으로 여대까지 간다.

즉, 그녀뿐만 아니라 그녀 주위에도 남자에게 면역이 된 인간이 거의 없었다는 뜻이다. 멸균 처리된 온실에서 자란 채소와 같았다.

그랬는데 중학생 때 이능력에 눈뜨고 느닷없이 남녀 공학에 들어오며 바깥 환경으로 나오게 되었다.

심지어 남자조차 혹하게 하는 외모이니 주목받게 된다.

어떻게 해도 '강제 카멜레온'이 발동하고, 결국 세이고제 때는 주역인데 사라진다는 불상사에 이르렀다.

드레인을 가진 내게 동정할 권리가 있을지 모르겠지만 불쌍하다는 생각이 들었다.

눈부신 반짝임을 가지고 태어났지만 이능력 때문에 괴로운 상황이었다. 그 점은 타카와시와 비슷한 것 같았다.

[그녀가 중성적인 것도 납득이 가. 여자밖에 없는 환경이었으니까 오히려 과하게 여성스럽게 행동할 필요가 없었던 거야. 기분 나쁜 이성의 눈길이 없었으니까.]

타카와시의 고찰은 역시 적확했다.

[기분 나쁘다는 말은 사족이지만, 무슨 뜻인지는 알겠어.]

그러고 보니 타카와시도 평상복일 때는 치마를 입지 않았다. 캐주얼한 바지 스타일이었다. 그런데도 모델처럼 보여서 결국 눈에 띄지만, 일반적으로 남자에게 잘 보이려고 입는 차림은 아니었다.

[아사쿠마 양의 막막한 심정, 저는 이해가 가요. 어떻게든 해

주고 싶어요.]

시오노미야의 말은 LINE에서도 현실과 전혀 다르지 않았다.

무심코 "시오노미야, 진짜 착한 아이네." 하고 혼잣말이 나왔다.

그녀는 세상 물정을 모를 만큼 착했고, 그렇기에 과거에 말썽을 일으키고 말았다. 내가 할 수 있는 일은 거의 없지만 시오노미야 같은 사람은 행복해졌으면 좋겠다. 약삭빠른 처세술을 구사하여 한자리 차지한 녀석들에게 지지 않으면 좋겠다.

[긴장 극복 작전, 다들 제대로 생각해 와. 스승이 된 시오노미야는 말할 것도 없고, 아야메이케랑 그레 군도 농땡이 치지 마.]

그렇게 거만하게 굴지 좀 말라는 스티커가 있다면 바로 사용했겠지만, 그렇게까지 딱 들어맞는 것은 가지고 있지 않았다. 그래서 대신 이렇게 답장했다.

[그러는 타카와시 너는 뭔가 대책이 있는 거겠지?]

곧장 답장이 왔다.

[어리석은 질문이구나.]

그저 글자일 뿐인데 어째서 압력이 느껴지는 걸까… 하는 생각을 하고 있을 때, 어떤 게임 캐릭터로 보이는 남자가 '어리석은 질문이다'라고 말하는 스티커가 보내졌다.

그리고 어떤 만화 캐릭터가 '그 입 다물어, 범부'라고 말하는 스티커가 보내졌다.

이어서 '닥쳐라, 애송이!'라고 외치는 아저씨 스티커가 보내졌다….

"되받아치는 스티커를 얼마나 많이 갖고 있는 거야!"

이 녀석, 이럴 때를 위해 모아 뒀구나….

[대책을 생각해 뒀기에 이런 말을 하는 거야. 월요일에 당장 나부터 긴장 극복 작전을 실행에 옮기겠어.]

나는 온건한 방법이기를 소원했다.

고생스러운 개혁을 타인에게 부과하는 녀석이니 말이지….

그때 아이카에게서 답장이 왔다.

[긴장 극복 작전이 아니라 긴장 극복 대회예요.]

예상대로 타카와시가 '솔직히 어느 쪽이든 상관없지 않아?'라며 도발하는 스티커를 보냈다….

"이 녀석, 도발하는 기술을 너무 연마하고 있잖아…."

[그럼 아사쿠마 양에게도 월요일에는 농구부를 잠깐 빠져 달라고 연락해 둘게요. 비교적 그런 부분은 자유로운 동아리인 것 같으니까요.]

시오노미야가 매니저처럼 답장을 보냈다.

[그리고 작전에 관해 의문점이 있다면 제게 상담해 주세요.]

시오노미야, 진짜로 진지하구나….

월요일, 나는 남몰래 결심한 것을 실행에 옮겼다.

다가올 수학여행에 대비하여 같은 반 남학생에게 말을 건다!

하지만 친하지도 않은 인물의 자리로 가서 이야기하는 것은 무리난제였다. 길거리에서 받는 수상한 권유 같은 짓이라 너무 부자연스럽다.

그러면 어떻게 할까. 다행히 오늘은 이동 수업이 있었다. 우리 반은 전원이 일본사 수업을 받지는 않아서 이동해야 했다. 이것을 이용하는 것이다. 학생들이 일제히 복도를 걷는 상황이라면 말을 거는 것도 그렇게 이상하지는 않을 터!

그렇다고 노는 분위기를 풍기는 남학생(정말로 노는 아이인지는 모른다. 다만 적어도 쉬는 시간에 여자와도 스스럼없이 떠들었다)에게 말을 거는 것은 더욱 어려운 일이므로, 굳이 따지자면 대하기 편한 캐릭터가 목표였다.

마침 그다지 멀지 않은 곳에 노지마가 있었다.

나와 타카와시가 동맹을 맺은 직후에 타카와시도 '그러면 친해질 수 있겠다'고 판단했을 만큼 노지마는 가능성이 있는 상대였다. 저번에는 그가 만든 과자를 내가 드레인으로 무진장 맛없게 만들어 버려서 이상한 분위기가 되었지만 지금이라면 해 볼 만했다.

이야깃거리도 정해 뒀다.

일본사와 착각하여 세계사 교과서를 가지고 왔다는 이야기를 하는 것이다.

이 이야기라면 갑자기 말을 걸어도 이상하지 않다. 누구나 저지를 수 있는 실수다.

노지마 뒤에서 걷고 있던 나는 냉큼 옆에 나란히 섰다.

행동하기로 했다면 바로 실천해야 한다. 뜸을 들이면 상대가 피곤해진다.

"이야~ 잘못해서 세계사 교과서를 가져와 버렸어~"

말하기는 했다. 목소리가 묘하게 뒤집히지도 않았다. 자연스러운 태도는 지켰다.

"아, 정말이네. 잘못 가져왔구나."

노지마도 특별히 거리끼지 않고 대답해 주었다. 성공했다. 여기까지는 완벽하다!

문제는 이후 대책이 전혀 없다는 것이었다.

어라, 이제 무슨 말을 하면 좋을까….

"…음, 어어, 일본사는 거의 프린트물에 글자를 적어 넣기만 하면 되니까 교과서는 필요 없지만 말이지…."

"그렇지. 애초에 교과서를 안 가져오는 사람도 있잖아."

노지마는 제대로 대답해 주고 있었다.

그러나 분위기가 이상했다. 대화가 이어지지 않았다. 일문일

답식으로 완결된다고 할까….

"그, 그럼…… 나는 화장실에 들렀다가 가야겠다…."

나는 변명 같은 말을 하고서 빠른 걸음으로 앞서 나가 화장실에 들어갔다. 진이 다 빠진 것처럼 양변기 위에 앉았다.

이상하다… 뭔가 이상하다…. 노력했는데 성공하지 못했다….

그때 LINE 알림이 왔다. 타카와시가 보낸 것이었다.

[여기서 하이쿠 한 편. 노지마(野島)에서 파도와 부서지는 외톨이 한 명.]

보고 있었다…. 애처로운 모습을 타카와시가 보고 있었다….

재차 알림이 왔다.

[시의 의미. 노지마라는 섬의 바위에 조난자가 파도에 떠밀려 올라왔다.]

[아니, 명백하게 내가 부딪쳤다가 깨졌다는 의미잖아.]

[괜찮아. 매일 이렇게 계속 노지마 군에게 말을 걸면 그게 일상이 될 테니까. 수학여행에 늦지 않을 거야.]

절대 그런 생각 안 하고 있다는 것을 뼈저리게 알 수 있었다.

[사흘 정도 지나면 내 심적 고통이 한계에 이를 거야….]

노력한다고 그렇게 간단히 보답받지는 못하는구나….

이거, 은근히 기억에 오래 남을 것 같아….

종소리가 울릴 시간이 되어 화장실에서 나가니 시오노미야가 뭔가 인쇄물을 읽으며 메이드장과 나란히 지나가고 있었다.

뭔가를 읽으며 걷는 것은 위험하다고 생각했지만, 복도가 휑한 것을 보고 본인도 안전하다고 판단하여 행동한 것이리라. 근데 뭘 읽고 있는 걸까.

'긴장과 이능력 발동의 인과 관계'라는 논문 같은 타이틀이 보였다.

시오노미야, '제자'를 위해 온 힘을 다하고 있구나….

차라리 나도 '시오노미야 스승님, 동성 친구 만들기에 협력해 주세요!'라고 부탁한다면 전부 해결되지 않을까?

아아, 하지만 그러면 같은 반 남학생들에게 '하구레 군과 친구가 되어 주세요!'라고 선거 활동처럼 말하고 다닐 가능성이 농후하다…. 역시 부탁할 수는 없다….

"메이드장, 좋은 논문을 골랐네요. 앞으로도 잘 부탁드려요."

메이드장이 손을 움직여서 반응했다.

저 짧은 손으로 어떻게 검색한 거지…?

그리고 그날 방과 후.

인관연의 활동 장소인 시뮬레이션실에 아사쿠마가 조금 늦게 도착했다. 농구부에 늦는다고 연락하고 온 듯했다. 농구부도 이런 이유로 늦는 것일 줄은 모르겠지.

"선배님들, 잘 부탁드립니다!"

아사쿠마가 시원시원하게 인사했다. 운동부답게 살짝 군기가 느껴지는 인사였다.

다만 그 인사는 내게 등을 돌린 채 이루어지고 있었다.

어라… 이건 나를 약 올리는 건가…? 너 같은 건 인사할 가치도 없다는 뜻인가…? 이것도 피해망상이겠지. 남자가 거북하기 때문이다. 나를 개인적으로 싫어하는 것은 아니다. 결단코 아니다.

"자, 잘 부탁해…."

나도 아사쿠마의 등에 대고 인사했다.

아사쿠마가 얼굴만 움직여 돌아보았다.

어째선지 쓴웃음을 짓고 있었다.

얼굴만 보면 깔보는 듯한 표정이었다…. 나는 마조히스트가 아니야….

"하구레 선배… 안녕하세요…. 죄송해요, 남자는 피하는 경향이 있어서…. 깔보는 건 아니에요…."

"아아, 응…. 알고 있어…. 딱히 실례라고 생각하진 않아…."

드레인의 유무와 관계없이 이렇게 너무한 취급을 받을 줄이야. 인간의 가능성은 정말로 무한하구나, 응.

이 교실에 들어오는 것만으로도 긴장될 것 같지만, 그래도 아직 그녀가 사라지지 않은 것을 보면 성격 자체가 극도로 소심하지는 않은 듯했다.

소심했다면 운동부에서 활약하지 못할 테고, 시오노미야에게 제자로 삼아 달라고 부탁하기 전에 긴장해서 사라졌을 것이다.

아사쿠마의 인사가 끝나자 시오노미야가 칠판 앞으로 나갔다. 우리 반의 담임이자 인관연의 고문인 보죠 선생님보다도 훨씬 교사다운 태도였다.

"그럼 첫날이네요. 외람되지만 아사쿠마 양의 스승이 된 저, 시오노미야 란란이 사회 진행을 맡겠습니다."

이번 건은 스승으로서 시오노미야가 진두지휘하는 모양이었다.

평소처럼 타카와시가 지휘하는 것보다는 활동도 온건해지지 않을까?

"타카와시 양에게 비장의 방법이 있다고 합니다. 타카와시 양, 잘 부탁드려요."

타카와시가 팔짱을 낀 채 천천히 일어났다.

"아사쿠마, 잘 왔어. 오늘은 일단 내가 생각한 방법을 실천해 보자. 돈 한 푼 들지 않고 준비도 간단해. 그야말로 21세기에 걸맞은 친환경적인 방법이야."

이 녀석, 혹시….

시시한 방법으로 어물쩍 넘어가고서 아무튼 자신은 뭔가 방법을 시도했다고 주장하려는 건가? 할 일은 했으니까 불평은 듣지 않겠다 작전(작전명은 지금 정했다)을 쓰려는 건 아니겠지?

이 작전은 나도 초등학생 때 여름 방학 숙제로 자주 써먹었다.

요리 자유 연구는 2년에 한 번은 매실장아찌로 10엔 동전을 반짝거리게 만드는 것을 제출했다. 매실장아찌와 10엔 동전만 있으면 할 수 있기에 수고롭게 마트에 갈 필요도 없었다.

제일 먼저 의견을 내는 타카와시에게서도 그런 분위기가 느껴졌다.

다만 처음부터 거창한 방법을 시도하기보다는 심플한 것부터 하는 것이 좋으니 그다지 잘못된 일도 아니었다.

참고로 나는 아직 아무런 아이디어도 생각해 내지 못했다.

주말 동안 고민을 하긴 했다…. 하지만 전혀 타개책이 떠오르지 않았다…. 정말이야…. 나는 숙제를 미뤄 둔 채 태평하게 놀 수 있을 만한 성격이 아니라고….

아마 오늘 중으로 모두의 아이디어를 시도하지는 않을 테니 어떻게든 회피할 수 있을 것이다. 만약 타카와시가 전원 발표하라고 한다면 솔직하게 사죄하자…. 내가 일방적으로 잘못했고….

"타카와시 선배, 잘 부탁드립니다!"

아사쿠마는 운동부답게 상급생에게 예의가 발랐다. 타카와시 같은 선배에게 머리를 숙일 필요는 없다고 말하고 싶지만 그럴 수는 없었다.

"그래, 맡겨 줘."

그렇게 말하더니 타카와시는 뭔가를 꺼냈다.

아무래도 열쇠 같았다. 투박한 이름표만 붙어 있는 것을 보면 틀림없이 학교 열쇠였다.

"그럼 갈까?"

5분 후.

우리는 옥상에 나와 있었다.

바람이 그럭저럭 강해서 쌀쌀했다. 햇빛이 약한 날도 아니었지만, 10월쯤 되면 방과 후에는 태양도 제법 기운다.

"옥상에 나와서 뭘 하려고?"

나는 주위를 바라보며 물었다.

또한 세이고의 옥상은 보통은 개방되어 있지 않았다. 그래서 여기서 도시락을 먹거나 수업을 땡땡이칠 수도 없었다. 그리고 가볍게 할 이야기는 아니지만, 투신자살을 막는 의미도 있을 것이다. 펜스는 2m에 가까운 높이까지 쳐져 있으나, 자살하고자 마음먹은 녀석이라면 그 정도는 기어오를 테니까.

"단순 명쾌해. 내용을 듣고 10초 후에는 실천할 수 있어."

타카와시는 펜스를 가리켰다.

설마 떨어질락 말락 한 높이까지 펜스를 기어오르라고 하지는 않겠지만, 상대가 타카와시이므로 방심할 수는 없었다.

"저 펜스 너머에는 운동장이 있어. 동아리 활동 중인 남자들이 많이 있겠지."

"그렇겠지."

거기서 타카와시는 아사쿠마 쪽을 보았다.

물론 여느 때처럼 시선은 맞추지 못했다. 그쪽을 보았을 뿐이다.

"아사쿠마, 펜스 앞에서 '저는 부끄럼쟁이라 곧잘 긴장합니다. 특히 남자와 이야기하면 매우 긴장합니다.' 이런 식으로 외치는 거야. 길면 길수록 좋아."

정말로 단순하지만 너무한 방법이었다!

미성년의 주장*이야, 뭐야?!

"엇, 어… 그건… 곤란해요…."

아사쿠마가 울 것 같은 얼굴이 되었다.

긴장보다도 먼저 곤혹스러운 것 같았다.

"간단히 해낼 수 있는 일이라면 해 봤자 의미가 없잖아. 충격요법이야. 엄청나게 창피한 일을 해서 거기에 익숙해지는 거야. 이런 건 어느 정도는 시도하지도 않고 싫어하는 태도 탓이야."

※미성년의 주장 : 학교 옥상에서 하고 싶은 말을 외치는 TV 프로그램.

타카와시가 너무 떠들게 둬선 안 된다…. 말재주가 좋기에 듣고 있으면 타당하게 느껴진다….

몇 달간 함께 지내면서 타카와시의 사고방식도 제법 알게 되었다.

이 녀석은 성적이 매우 좋다.

그런 인간은 흔히 노력론자가 된다.

도전해서 대부분 클리어한 성공 경험이 있기에 타인에게도 그것을 강요하는 것이다.

본인에게 말하면 아마 '노력론? 그건 이론조차 아니야. 그냥 신앙이잖아'라고 할 것 같지만, 실제로는 노력론에 상당히 가까운 일을 하는 경향이 있었다.

이것은 타카와시뿐만 아니라 기초적인 능력이 높은 녀석이나 인생의 승리자가 빠지기 쉬운 문제였다. 노력한 결과 좋은 지위를 얻었기에, 노력하면 어떻게든 된다고 어느새 믿게 된다.

그 결과, 약자의 아픔이나 고통을 잘 모른다.

나는 현재 트위터를 이용하진 않지만, 트위터에서 논란을 일으키는 타입의 2할 정도는 이런 녀석이라는 생각이 든다.

그러고 보니 처음에 나랑 같이 친구 만들기 작전을 시도할 때도 타카와시는 노래방에 돌격했었지….

그 일은 인생의 트라우마로 오랫동안 기억 속에 남을 것이다…. 진짜 아무도 내 노래를 듣지 않았어…. 그럴 바에야 차라리 혼자 노래방을 가는 편이, 자신의 노랫소리를 집중해서 들을 수 있는 만큼 1000배는 낫다….

아사쿠마는 그 자리에 우두커니 서 있었다. 그야 운동장에서 절찬 연습 중인 운동부원들에게 들리도록 옥상에서 소리치는 것은 누구든 싫을 것이다.

그때, 시오노미야가 아사쿠마에게 다가갔다.

기도하듯 양손을 꼭 맞잡고서.

시오노미야, 스승으로서 제자를 도와줘. 이대로는 아사쿠마의 마음에 큰 상처가 생길 거야! 오늘 내가 노지마에게 대화를 시도했던 것과는 비교도 안 될 만큼 애처로운 일이 될 거야! 아… 노지마와 있었던 일이 떠올라 버렸어….

"스, 스승님…."

아사쿠마도 시오노미야에게 도움을 구하는 시선을 보냈다.

"아사쿠마 양, 도전해 보세요. 부끄러움 외에 잃을 것은 아무것도 없어요. 극복하려면 자신을 바꿔야 해요!"

아아! 시오노미야도 명백하게 성실한 성격이었지!

이럴 때 성실한 사람은 쉽사리 노력론자의 주장에 찬동한다!

"저기, 시오노미야 스승님… 충격 요법이라고는 하지만, 충격이 너무 세다고 할까…."

아사쿠마는 저항을 시도했다.

"저를 스승이라고 할 거라면… 제자라면… 해 주세요!"

시오노미야는 '이런 말을 하는 저도 괴로워요. 이해해 주세요!'라는 얼굴을 하고 있었다.

아무렇지도 않게 체벌을 지도 방법으로 삼는 고루한 스포츠 지도자 같았다. 아니, 시오노미야는 진짜로 괴로울 테고 악의 따위 1g도 없겠지만, 이건 역시 너무 과하다….

아이카 쪽을 힐끔 보았지만 당장 반대할 생각은 없는지 고개를 갸웃하고 있었다. '억지스럽지만, 뭐, 상관없으려나' 정도의 태도였다.

내가 말릴 수밖에 없다.

어쩔 수 없이 내가 아사쿠마 앞에 섰다. 단, 제법 거리를 둔 앞이었다. 드레인 때문이었다. 타카와시와 시오노미야도 드레인 때문에 몇 걸음 물러났다.

"진정해, 타카와시. 너는 너무 급진파야."

"무슨 생각이야? 그레 군. 나는 틀린 의견은 표명하지 않았어. 효과도 있을 거라고 생각해."

타카와시가 독수리처럼 노려보았다. 내가 생쥐라면 사냥당할 거라며 겁먹었을 것이다.

오랫동안 상대를 노려볼 수는 없지만 타카와시는 순식간에 상대방에게 불만을 드러낼 수 있었다. 무서우니까 그런 기술은 익히지 말았으면 좋겠다.

"아니, 효과가 있는가 없는가를 문제 삼는 게 아니야!"

나는 얼굴을 가로저었다.

"네가 지금 시킨 건⋯ 아주아주 창피한 일이야. 그런 건 인간의 기억에 오랫동안, 아주 오~~~랫동안 새겨지잖아. 너도 그런 흑역사가 한두 개쯤 있지 않아⋯?"

나는 타카와시 쪽으로 천천히 시선을 보냈다.

"과도한 마음의 상처를 동반하는 수단은 봉인해야 해. 그걸 강제할 권리는⋯ 없지 않을까?"

타카와시와 잠깐 눈이 마주쳤다. 내가 얼마나 진심인지는 전해졌을 것이다.

"⋯미안해. 마음의 상처가 될 거라는 발상이 부족했을지도."

응, 같은 아픔을 아는 자로서 이해한 모양이다.

가령 이 방법으로 긴장을 극복하더라도 '고1 때 그런 터무니없는 짓을 했었지⋯' 하고 무슨 일이 있을 때마다 떠올리게 될지도 모른다. 그렇게까지 해서 긴장하는 버릇을 고칠 가치가 있을까?

인간은 안 좋은 일일수록 쉽게 기억한다.

아무래도 뇌 구조가 그렇게 되어 있는 것 같았다.

확실히 안 좋은 일은 피해야 할 일이니, 다시는 그런 일을 겪지 않도록 강하게 기억하는 것일지도 모른다.

하루하루가 죽느냐 사느냐의 서바이벌이었던 원시 시대에

안 좋은 일은 생명의 위기와 직결되는 안건이었을 확률이 높다. 그것을 되풀이하지 않기 위해 뭔가 계기가 있을 때마다 떠올렸다고 해도 전혀 이상하지는 않았다.

행복한 체험을 되풀이하는 것보다도 생존과 관련된 위기를 회피하는 것이 중요하다.

아… 그런 생각을 하다 보니 중학생 때, 축제 날 싸우고 혼자 터덜터덜 돌아갔던 일이 떠올랐어….

젠장! 이런 생각을 하면 나한테도 피해가 와! 별로 멋있지는 않지만 나는 지금 자신을 희생하여 막아서고 있는 거다! 정말로 헌신적인 행위라고!

"나리히라 군, 왜 그래요? 배라도 아파요?"

아이카가 걱정스럽게 들여다보았다.

어떤 의미에서 복통보다도 괴로웠다. 그러나 걱정시킬 만한 일도 아니었다. 근데 나는 그렇게나 괴로운 표정을 지었던 걸까.

"대단한 일은 아니야…. 쓸데없는 생각을 떠올렸을 뿐이니까…."

"하구레 군, 몸이 좋지 않다면 보건실에 가시겠어요?"

시오노미야도 걱정해 주고 있지만, 그냥 가만히 내버려 뒀으면 좋겠다. 안 좋은 기억이 떠올랐으니 보건실 침대 좀 쓰겠다고 할 수도 없고, 오히려 그게 안 좋은 기억으로 남을 것이다.

"저기, 선배… 하구레 선배…."

아사쿠마가 불러서 나는 천천히 뒤돌았다.

"왜? 아사쿠마."

하지만 나와 눈이 마주친 아사쿠마의 표정이 일그러졌다.

"저기… 선배, 생각…."

뭔가 말이 꼬였네. 아마 '생각해 주셔서 고맙지만'이라고 말하려고 했을 것이다. '생각이 없냐'는 뜻이 아니었다고 믿고 싶다.

아사쿠마는 긴장했지만 어떻게든 웃으려고 하는 듯한 쓴웃음을 또 짓고 있었다.

능력과는 상관없이 나보다도 더 이성에게 내성이 없는 것 같았다.

그리고 아사쿠마는 점멸하기 시작했다.

"죄송해요. 저를 위해 이것저것 말씀해 주신 건 기쁘지만… 그 탓에 남자 선배님을 의식해 버려서, 긴장돼서… 그러니까…."

말하는 도중에 아사쿠마는 완전히 사라졌다.

"아아~ 그레 군이 없애 버렸어."

"타카와시, 내가 저지른 것처럼 말하지 마."

내가 잘못한 것처럼 상황을 조작하지 마.

"죄송해요, 또 사라져 버렸어요."

"응, 보면 알아. 안 보이니까…."

"하지만 감사합니다. 선배가 절 생각해서 말씀해 주셨다는

건 알아요."

목소리만 들리기에 독특한 아스트랄함은 있었지만 감사받으니 기분이 나쁘지 않았다. 남들에게 기피되는 삶은 감사받을 일도 없다.

"하지만 자신을 바꾸기 위해 다소의 곤란은 어쩔 수 없겠죠…… 저, 하겠어요."

힘찬 목소리가 들려왔다. 얼굴은 아직 보이지 않았다.

"그러니 복귀될 때까지 조금만 더 기다려 주시겠어요?"

"괜찮겠어요? 하구레 군이 말한 것처럼 충격 요법은 위험성도 동반해요. 저도 다른 방법을 써도 괜찮지 않을까 하는 생각이 들기 시작했어요…."

시오노미야가 걱정스러워하며 제자가 있을 법한 곳으로 달려왔다.

그녀도 다른 사람의 아픔을 아는 인간이다. 그 점은 인관연 멤버 전원에게 공통된 사항이었다. 제자가 상처받을지도 모른다는 가능성을 지적받고 이 방식이 얼마나 위험한지 이해했을 것이다.

"자진해서 하는 거니까 그렇게 기억에 깊이 남지도 않을 거예요. 개선해 보이겠어요!"

멋진 말이지만 목소리만 울리니 영 패기가 없었다.

그러나 스승도 GO 사인을 내리기로 한 듯했다.

"그럼 아사쿠마 양, 승부에 나서 주세요. 눈에 보이는 사람을 적이 아니라 아군이라고 생각하는 거예요. 그러면 다른 사람들 앞에서도 당당하게 있을 수 있어요!"

그리고 시오노미야는 오른손을 들었다.

그러자 부활한 아사쿠마가 짠 나타나 시오노미야와 하이파 이브를 했다.

"네! 하겠습니다!"

아사쿠마의 표정은 미소녀와 미소년의 요소가 공존하여 멋 있으면서 귀여웠다.

"과연. 왜 아서왕이라고 불리는지 알겠어. 애들이 반할 만해."

타카와시가 대놓고 칭찬했다.

외모의 근사함뿐만 아니라, 맞서는 인간의 고결함 같은 것이 아사쿠마에게서 느껴졌다.

이곳이 아서왕의 전장이다.

아사쿠마는 운동장이 내려다보이는 펜스 앞으로 척척 이동 했다.

그리고 펜스 틈새에 손을 넣어 양손으로 꽉 잡았다.

마치 아픔을 참기 위해 손을 움켜쥐는 것처럼.

"하는 거예요. 자신을 이기는 거예요. 자신의 적은 자기 자신 뿐이에요."

용어 사전을 만들 수 있을 만큼 시오노미야는 스승다운 발언을 연발했다.

"후우."

호흡을 가다듬듯 아사쿠마는 숨을 한 번 내쉬었고.

"나, 아사쿠마 시즈쿠는 남자와 이야기하는 것이 너무나도 힘들다!!"

운동장을 향해 주장을 개시했다.

"곧잘 이능력이 발동돼서 사라진다!! 안 보이게 된다!! 훌륭한 스텔스 상태!!"

나도 운동장이 보이는 위치에 있었기에, 연습 중이던 축구부원과 육상부원들이 무슨 일이냐며 올려다보는 것이 보였다.

"하지만, 하지만!! 언젠가 극복해 보이겠어! 이래 봬도, 시즈쿠는 강한 아이라고 할머니가 몇 번이나 말씀해 주셨으니까!!"

멋진 말이었다. 아사쿠마의 마음이 확실하게 표출되었다. 그녀는 분명하게 맞섰다. 이거라면 흑역사가 되지도 않을 것이다.

"남들 앞에서 사라지는 일 따위 이제 졸업하겠어어어어!! 졸업할 거야!! 남자에게 둘러싸여도 사라지지 않겠어! 남자도 결국 같은 인간이니까! 몬스터가 아니니까! 겁먹을 필요 따위 없어! 아사쿠마 시즈쿠를 앞으로도 잘 부탁드립니다!!"

마지막으로 아사쿠마가 포효하듯 결의를 말하며, 옥상에서 주장하기 작전은 무사히 완수되었다.

"아주 좋았어요. 메이드장도 칭찬했어요."

메이드장의 평가는 차치하더라도 시오노미야는 제자의 노력을 솔직하게 기뻐했다.

"나이스 파이트. 아사쿠마는 자신과 싸워서 이겼어. 느닷없는 요구를 이렇게 해내다니, 역시 우리 외톨이들과는 잠재력이 달라."

타카와시도 디스하지 않고 높이 평가했다. 대신 자신을 디스했다. 무언가를 깎아내리지 않으면 균형이 안 맞는 모양이다.

"응, 잘했어. 갑작스러운 일이었는데 굉장한 담력이야."

자신 없는 일에 이토록 훌륭하게 맞섰다. 역시 운동부는 근성이 있는 걸까. 아니, 그건 편견인가.

"문제가 있다면…."

나는 펜스 쪽을 보며 작게 탄식했다.

"외치기 시작한 직후부터 사라졌다는 거지…."

즉, 용기 내어 외칠 수는 있었지만, 긴장을 극복해서 사라지지 않는 것은 전혀 성공하지 못했다….

그녀는 자기 자신을 이겼을지도 모르지만 부끄러움에는 졌다…. 전체적으로 보면 실패였다.

"선배님들! 제가 해냈어요!"

발소리만 들려서 무서워!

"수고했어요. 지금 아사쿠마 양은 분명 전에 없이 아름다운 얼굴을 하고 있을 거예요."

시오노미야가 지도자로서 한층 크게 느껴졌다. 시오노미야, 우리 반의 담임이 되어 주면 안 될까. 분명 보죠 선생님보다 훨씬 적임이다.

"어라…. 시오노미야 스승님, 뭘 보고 계신 건가요?"

아무래도 아사쿠마가 있는 곳과 어긋난 듯했다.

"그건… 아사쿠마 양이 안 보여서…."

시오노미야가 말을 머뭇거렸다….

"으아아아… 혹시 사라졌나요…?"

인관연 멤버 전원이 어색한 표정을 지으며 고개를 끄덕였다.

"참고로 언제부터 사라졌나요?"

"'나, 아사쿠마 시즈쿠는'이라고 말할 때부터 온몸이 사라졌어."

타카와시가 무자비하게 말했다.

"완전히 처음부터잖아요!"

"그래서 운동장에 있는 누구도 널 보진 못했어. 불행 중 다행이네."

그거, 전혀 위로가 되지 않는 말이야. 위로할 마음이 없을지도 모르지만.

"덧붙여 지금도 현재 진행형으로 사라진 상태야. 어디 있는지 모르겠어."

타카와시가 단숨에 마무리 일격을 가했다.

"그럼 아무런 의미도 없잖아요! 도전했다고 생각했는데 도전조차 되지 않은 거잖아요!"

"너의 정신은 훌륭했어. 특별히 상을 줄게. 노력상이라는 이름이지만."

"자기만족일 뿐이잖아요!"

이토록 깔끔하게 태클을 걸고 있는데 아사쿠마는 좀처럼 나타나지 않았다. 줄곧 목소리만 들려서 상당히 기묘한 분위기가 되었다.

"그럼 돌아가자. 너무 오래 있으면 교사한테 들켜서 혼날 거야."

아, 그러고 보니 옥상에 있는 것부터가 불법 침입이다!

"그보다 타카와시, 허가 안 받은 거야?!"

보통은 작전 발안자가 처리해 두는 거잖아!

"허가를 받으면 긴장감이 줄어들잖아. 일부러 안 받은 거야."

"그거 지금 이유를 갖다 붙인 거지?!"

"역시 잔챙이계의 본좌, 작은 일을 잡고 늘어지는구나. 무엇보다 이런 이유를 설명해도 허가받을 수 있을지 의심스럽잖아."

"그것도 그런가…."

옥상에서 소리치고 싶으니 열쇠를 빌려달라는 말이 통할 리는 없다. 그게 통한다면 무슨 말을 해도 허가가 나올 것이다.

"그리고 잔챙이계의 본좌라는 표현, 이제 쓰지 마. 꽤 짜증나…."

"저, 선생님께 혼난 적 없어요…."

어쩌지 하는 얼굴이 되는 시오노미야. 큰일이다. 이런 타입은 한 번이라도 교사에게 주의를 받으면 기억에 오래오래 남는다!

"다들 도망치죠!"

"아야메이케 선배, 거기 제가 있어요! 제가…."

아이카가 투명한 아사쿠마와 충돌한 듯했다. 운동 신경이 좋은 아이카는 넘어지지 않았지만 무언가가 쓰러지는 소리가 났다.

"쿠마쿠마, 다치진 않았어요? 발을 삔 건 아니죠?"

"다치진 않았는데 치마가…. 혹시 팬티 보였나요…?"

아무래도 아사쿠마는 성대하게 넘어진 모양이었다.

"걱정하지 않아도 돼. 아직 투명하니까."

역시 극도의 긴장을 동반하는 일이었기 때문인지 아사쿠마의 카멜레온 상태는 시뮬레이션실에 돌아와도 15분은 계속되었다.

이래서야 남성 관객도 많은 가운데 연극의 주역으로 서면 마지막까지 등장할 수 없겠지….

아사쿠마는 모습이 보이는 상태가 된 후 농구부 연습 때문에 떠났다.

의사는 아니지만 몸조심하라고 말해 주고 싶었다.

"마음대로 되지 않네요."

시오노미야가 진심으로 동정하며 말했다. 이것만큼은 어쩔 도리가 없었다. 아사쿠마가 긴장에 기인하는 이능력을 가지고 있는 것이 불행이라고 할 수밖에 없었다.

"충격 요법으로 대처할 수 있는 차원인 줄 알았는데 의외로 뿌리가 깊을지도 모르겠어. 하지만 나는 의견을 냈으니까 다음은 너희 차례야."

후반이 책임을 회피하는 내용이라서 타카와시의 말에서는 위로가 느껴지지 않았다.

"네. 타카와시 양은 좋은 방법을 생각해 주셨어요. 아사쿠마 양을 대신하여 감사드려요."

시오노미야, 정말 스승의 마음으로 발언하고 있구나.

다시 시오노미야가 칠판 앞에 섰다. 사회자 포지션이었다.

"그럼 다음으로 넘어가서, 뭔가 의견 있는 분 계신가요?"

예전이었다면 시오노미야가 이렇게 적극적으로 나서는 것에 위화감을 느꼈을지도 모르지만, 지금 시오노미야는 지극히 자연스러운 모습이었고 무리하고 있다는 인상도 없었다.

"그럼 내일은 아이카가 할게요!"

일부러 자리에서 일어나 오른손을 번쩍 드는 아이카. 초등학교 1학년생이 발표할 때의 자세였다.

좋아, 이 흐름이라면 현재 아이디어를 생각해 내지 못한 것도 용서될 듯하다.

"다음은 아야메이케구나. 어디 한번 솜씨를 볼까."

"타카와시, 너의 대사 선택은 전체적으로 깔보는 느낌이야."

이 녀석은 타인을 대등한 존재로 취급하려고 더욱 노력해야 한다.

"아이카만이 쓸 수 있는 인맥이 있으니까 그걸 활용할 거예요! 분명 잘될 거예요♪"

"'분명'이라든가 '반드시'라는 말을 함부로 쓰다가는 큰코다칠걸. 증언대에 섰을 때는 조심해. 세상에 절대적인 건 없어."

타카와시, 사실은 자신의 아이디어가 실패해서 짜증이 난 걸까? 평소보다 가시가 더 많았다.

"반드시 괜찮을 거예요!"

아이카와 타카와시의 대조적인 반응을 보며 나는 아이카가 말한 인맥이 무엇일지 생각했다.

이러고서 내일 남자들이 열 명 정도 불려 온다면 조금 충격일 것 같다….

아이카에게 남자 사람 친구가 많다고 해서 내가 충격을 받는 건 이상하고, 애인도 아니면서 애인 같이 구는 것은 최악이라고 알고는 있지만… 그래도 가능하면 이럴 때 의지할 수 있는

남사친은 나였으면 좋겠다…. 이게 그렇게 잘못된 생각은 아니
잖아….

나는 대체 뭐에 변명하고 있는 거지.

다만 아이카가 지금 내게 의지하더라도, 아무런 긴장 극복
대책도 떠올리지 못했기에 전혀 도움이 되지 못했다. 제대로
대책을 생각하자….

귀가하여 LINE으로 아이카에게 인맥에 관해 물어보았지만
[비밀이에요.]라는 답장이 왔다. 오히려 더 궁금해지기만 했다.

[어차피 아야메이케 말고는 인관연에 인맥 자체가 없지만 말
이지.]

타카와시의 자학 발언이 사실이라는 것이 괴로웠다.

★

이튿날 방과 후.

시뮬레이션실에 모인 인관연 멤버와 아사쿠마 앞에서 아이
카는 첫마디로 이렇게 말했다.

"지금 바로 아이카가 다니는 체육관에 가요!"

한순간 무슨 소리인지 이해하지 못했지만, 아이카가 격투기
전반을 호신용으로 수양하고 있다는 것을 떠올렸다. 강도를 발
차기로 쓰러뜨리는 모습을 내가 직접 봤기에 그 실력은 틀림없

었다.

또한 그때 확실하게 팬티가 보였다. 이건 누구에게도 말하지 않고 무덤까지 가지고 가야지. 설령 다이후쿠가 친구여도 절대 말하지 않을 거다.

"쿠마쿠마를 위해 설명해 두자면 아이카는 매혹화 이능력 때문에 남자에게 과도한 호의를 받을 때가 있어요~ 느닷없이 성인 남성에게 끌어안긴 적도 있었죠. 그래서 안전을 기해 체육관에 다니게 됐어요."

"선배님들도 고생이 많군요."

아사쿠마가 얼굴을 흐렸다. 정말 그랬다.

솔직히 이런 핸디캡을 짊어지고서 아이카가 쾌활한 캐릭터로 있는 것이 기적에 가까웠다.

나도 목격한 적이 있지만, 길 가다가 뜬금없이 모르는 아저씨에게 구혼받는 것은 그냥 저주였다.

"지금도 가끔 체육관에는 얼굴을 내밀고 있어요. 거기에 가는 거예요. 아! 참고로 사범님에게 허락은 받았으니 다들 부담 갖지 말고 편하게 와 주세요! 우리 체육관은 '초심자에게도 친절하게'가 신조니까요!"

"'초심자에게도 엄격하게'가 신조인 체육관은 별로 없을 것 같은데."

타카와시의 시답잖은 딴죽에도 아이카는 특별히 언짢아하지 않았다. 참사람이었다.

본심을 말하자면, 체육관에 가는 건 정말이지 내키지 않는 일이었으나 이미 아이카가 도주로를 봉쇄한 것이나 마찬가지인 상태라서 갈 수밖에 없었다.

"체육관은 역시 남자가 많은 장소잖아요. 몸을 움직이면서 그 분위기에 익숙해지면 남자에 대한 거북함도 사라질 거예요."

"아야메이케, 미안해. 어차피 어린아이조차 속일 수 없을 듯한 시시한 의견을 낼 줄 알고 비웃어 주려고 했는데 매우 건설적인 내용이야."

"넌 꼭 쓸데없는 한마디를 덧붙인다고!"

명백하게 '매우 건설적인 내용이야'만 말해도 되잖아! 전반은 전부 커트하란 말이다!

"그래서 분명하게 미안하다고 했잖아."

"미리 사죄했다고 무슨 말이든 해도 되는 건 아니야!"

이 모습을 보면 적당히 시간이 지난 뒤에 타카와시가 이신덴에게도 실례되는 한마디를 해서 관계가 무너지지 않을까…? 허물없는 관계와 무례를 구별하지 못해서 실패할 것 같다….

"스승님, 두 선배님은 사이가 좋네요."

"호흡이 딱 맞죠. 바로 이런 게 찰떡궁합일 거예요."

제자와 스승이 마음대로 해석했다. 나는 말버릇이 고약한 멤버를 나무라고 있을 뿐이다.

"시오노미야, 때에 따라서는 소송감이야."

타카와시도 불만스러운 것 같지만, 이 정도로 소송을 걸 수 있다면 너는 그 20배는 고소받았을 거야. 나도 다섯 건 정도는 고소했겠지.

"그럼 바로 갈까요! 변화가 근처에 있으니까 가는 것도 어렵지 않아요!"

아이카가 시뮬레이션실에서 튀어나가자 우리들도 서둘러 그 뒤를 따라갔다.

체육관 같은 게 있던가? 이래저래 17년간 이 동네에 살고 있지만 전혀 모르겠다고 생각했는데 역 앞에 확실하게 체육관이 있었다.

지극히 평범한 주택가 한편에 체육관이 있었다. 역 앞이라고는 해도 주택가를 자세히 보며 걸어 다니지는 않기에 조금만 안쪽으로 들어가도 모르는 가게가 있었다.

입구에는 종합격투기나 프로레슬링 포스터가 붙어 있어서 뭐든 취급한다는 인상이 강했다. 체육관이지만 복싱뿐만 아니라 격투기 전반을 취급하는 곳인 듯했다.

안에 들어가자 글러브를 끼고 샌드백을 때리는 사람부터 자전거처럼 생긴 기구의 페달을 끝없이 밟으며 다리를 단련하고 있는 사람도 있었다. 다다미색 매트도 깔려 있어서 거기서 대련 중인 2인조도 있었다.

"여러분~ 오늘은 잘 부탁드려요!"

"아! 아이카!" "안녕, 아이카!" "안녕!"

아이카가 인사하자 굵직한 목소리가 일제히 대답했다.

"방금 그것만으로도 알았는데, 아야메이케는 이곳의 아이돌 같은 위치구나."

타카와시가 냉정하게 분석했다.

너무 성급한 판단이라는 생각도 들지만 그렇게 틀리지도 않을 것이다.

체육관에는 역시 압도적으로 남자가 많았다. 시간이 저녁 무렵이기도 해서 대학생으로 보이는 남자들만 가득하여 인관연 말고는 여성이 전무했다.

이런 환경에 아이카가 있다면 그야 두드러진다. 오히려 다들 매혹화에 넘어가 이상해지지 않는 것을 보면 자제심이 대단하다고 할까, 아이카는 이 체육관 사람들의 딸 같은 존재이리라.

"여기서 쿠마쿠마는 1일 체험 특훈을 하는 거예요. 그러면 거북함도⋯."

아이카의 말이 도중에 한 번 멈췄다가 어색하게 이어졌다.

"⋯쿠마쿠마, 벌써 사라졌군요."

"예에?! 그런가요?! 죄송해요⋯. 잠시 시간을 주세요⋯."

남자인 나도 체육관에 끌려오면 제법 긴장하게 되니까 이건 어쩔 수 없겠지….

스읍, 하~ 스읍, 하~ 심호흡 소리가 났다.

"그럼 쿠마쿠마는 보일 때까지 기다리기로 하고…."

투명한 적과 싸우는 건 너무 배틀 만화 같은 일이니 말이지.

"…다른 사람들의 도복도 준비되어 있으니 갈아입고 와 주세요♪"

생긋, 평소와 다름없이 천사처럼 웃으며 아이카가 말했다.

다만 내용이 불온했다.

"아이카, 역시 우리도 해야 하는 거야…?"

타카와시는 조금도 관심 없을 것이 분명한데도 벽에 붙은 포스터를 빤히 쳐다보며 못 들은 척하고 있었다. 시오노미야는 샌드백을 때리고 있는 머리 짧은 청년을 보며 가볍게 겁을 먹은 모습이었다.

"쿠마쿠마에게만 노력을 강요할 수는 없잖아요!"

기세에 눌려 고개를 끄덕일 뻔했지만 그다지 타당한 이유는 아니었다.

"그리고 여기까지 와서 그냥 돌아가는 것도 아까워요!"

아까워도 상관없으니 하고 싶지 않았다.

"나, 실은 감기 기운이 있어. 구경할게."

마음이 전혀 담기지 않은 목소리로 타카와시가 말했다.

"콜록, 콜록…. 곤란하네. 아침에는 목만 조금 아픈 것 같았는데 악화됐을지도."

"작위적인 것을 넘어서 뻔히 보이는 거짓말로 하기 싫다고 어필하는 작전이구나."

"동호회 멤버를 의심하다니 마음이 더러워."

"너한테만큼은 듣고 싶지 않은 말을 들었어."

너보다 더러운 녀석은 별로 없다고. 숭어도 못 살 시궁창 같은 녀석이니까….

"나는 생각을 직설적으로 말하니까 오히려 순진한 거야."

한마디도 안 지지….

"오늘 내가 기운차게 떠들지 않는다는 걸 그레 군도 교실에서 느끼지 않았어?"

"네가 기운차게 떠드는 건 본 적도 없어…. 이 상태가 너의 정상이잖아…."

타카와시에게 시키는 것은 무리다. 10만 엔을 준다고 해도 하지 않을 것이다.

"저도 옛날부터 운동엔 소질이 없어서…."

척 보기에도 곱게 자란 아가씨 분위기를 풍기는 시오노미야는 여기 있는 것부터가 붕 떠 있었다. 그야 거절하겠지.

"하지만 제자인 아사쿠마 양도, 하구레 군도 한다면 거절할 수는 없죠! 참가하겠어요!"

그 결의는 훌륭하지만 내가 멤버에 들어가 있어!

"네~ 그럼 나리히라 군이랑 란란, 쿠마쿠마가 일일 체험을 하는 거네요♪ 물론 쿠마쿠마는 카멜레온 상태가 풀린 다음에 요."

내가 참가하는 건 이미 확정된 모양이다.

"부정해도 돼. 그러면 그레 군에서 팔푼이로 개명할 거지만."

타카와시, 안전한 곳에서 돌을 던지는 짓은 작작 해.

"참가도 안 하는 녀석에게 팔푼이란 말을 듣는 건 납득할 수 없어."

"나는 감기 기운이 있다니까. 콜록, 콜록…."

사후에 염마대왕의 재판이나 받아라. 내 권력으로는 심판할 수 없으니까.

"알겠어…. 갈아입고 올게…."

"아이카도 갈아입고 올게요. 란란이랑 쿠마쿠마도 아이카를 따라오세요. 여자 탈의실은 이쪽이에요."

"네. 알겠습니다."

일시적으로 뭔가가 내 옆을 통과하는 감각이 있었으니 투명한 아사쿠마가 옆을 지나갔을 것이다. 영적인 무언가는 아니었을 거라고 믿고 싶다.

그때 시오노미야가 아무것도 없는 곳에서 넘어졌다.

"죄송해요, 아사쿠마 양. 부딪쳤네요…."

"아뇨, 저야말로 죄송합니다!"

스승과 제자의 연계가 이루어지질 않아!

그런데 유령에게도 드레인이 작용할까?

그렇다면 난 악령보다도 성질이 나쁘다….

탈의실은 땀내가 날 줄 알았는데 오히려 탈취 스프레이 향기가 감돌았다.

거기서 도복으로 갈아입고 돌아갔다.

"하구레 군, 제법 잘 어울리네요!"

"약해 보여."

감상이 둘로 나뉘었지만, 뭐, 좋다.

그리고 내게 도복이 어울리는가보다도 더 중요한 것이 있었다.

"네~ 그럼 시작할까요~ ♪"

체육관 분위기와는 이질적인 달콤하고 느긋한 목소리가 들린 곳에는 도복 차림의 아이카가 있었다. 덧붙여 확실하게 검은 띠였다.

도복을 입은 아이카. 이건 이것대로 매우 좋았다. 사진 찍어서 보존해 두고 싶었다. 교복보다도 훨씬 레어했다. 그리고 맨발인 것도 좋았다.

"먼저 확실하게 유연 체조부터 할게요! 아이카와 함께 가볍게 점프해 주세요!"

우리도 아이카를 따라 매트와 다다미의 중간쯤 되는 탄력성을 지닌 바닥에서 폴짝폴짝 뛰었다.

어쩐지 아이카의 가슴이 출렁이는 것 같았다. 중력을 거역하고 있었다.

내가 아이카를 보고 있는 것은 아이카가 코치 역할이기 때문이므로 전혀 이상할 게 없었다. 오히려 똑바로 보는 것이 옳은 행동이었다. 음흉하다고 말하는 녀석이 음흉한 것이다.

"네, 다음은 다리 찢기예요~ 양쪽 다리를 천천히 바닥에 대는 거예요. 아이카는 완전히 바닥에 닿지만, 무리해서 찢을 필요는 없어요~ 시원얼얼한 정도가 좋아요!"

시원얼얼인가. 아이카다운 언어 센스다.

시오노미야는 동작이 어색한 로봇처럼 움직였다. 역시 운동에는 전혀 소질이 없는 듯했다. 확연하게 몸이 딱딱했다.

"하아, 하아… 그래도 메이드장보다는 유연해요….."

"메이드장, 그냥 거기 서 있는 거 아니었어?! 지금 유연 체조하고 있는 거야?!"

메이드장은 미동조차 하지 않고 시오노미야 뒤에 있었다.

하지만 내 시선은 곧장 코치인 아이카 쪽으로 이동했다. 그렇게 다리를 벌리는 건 남사스럽지 않을까… 하고 생각했으나, 소리 내어 말하면 그런 눈으로 보고 있다는 게 알려지므로 침묵은 금이라는 말을 지키며 살기로 했다.

참가하길 잘했어!

역시 가끔은 몸을 움직여야지!

"지금 '그레 군이 음흉한 생각을 하고 있다'에 일본의 국가 예산을 걸겠어."

타카와시가 비난을 날렸다.

그거, 죽을 때까지 빚을 완제하지 못할 거고, 국가 예산을 걸 권리는 너한테 없어.

그리고 쓸데없는 말 하지 말아 줘…. 인관연에서 인상이 나빠질지도 모르고, 아사쿠마도 듣고 있다고…. 하지만 대체로 맞는 말이기에 강하게 반론할 수도 없었다. 강하게 반론해 봤자 타카와시는 '강하게 반론하는 게 수상해'라고 말하겠지만.

"괜찮아요~ 가슴 쪽은 확실하게 가드하고 있으니까요!"

아이카, 그런 문제가 아니야. 귀중한 코스튬이라는 것에 가치가 있는 거야. 가슴이 살짝 보인다면 물론 그건 그것대로 기쁘다.

"쿠마쿠마는 잘하고 있나요?"

응, 사실 아사쿠마는 여전히 보이지 않았다.

건장한 남자들이 주위에서 몸을 단련하고 있으니 말이지. 좀처럼 긴장이 풀리지 않을 것이다.

"하고 있어요! 농구부에서도 유연 체조는 하니까요!"

씩씩한 목소리만이 시오노미야 옆쪽에서 들려왔다.

적어도 메이드장이 한 말은 아닐 터. 저 녀석은 '냐~'라는 울음소리밖에 못 낸다.

그리고 시오노미야의 몸에서 뚜둑 하는 소리가 들렸는데 괜찮은 걸까…. 본인은 아무렇지도 않은 것 같지만.

"그럼 준비 체조도 끝났으니 이것저것 체험해 봐요!"

쾌활한 아이카가 진짜 스포츠 강사처럼 보이기 시작했다. 남을 가르치는 데 재능이 있었다. 그냥 온종일 지도해 줬으면 좋겠다. 핫…! 이건 매혹화의 힘인가?

"나는 유도 같은 것보다도 저기 있는 샌드백을 치고 싶은데."

대련은 아플 것 같아서 하기 싫고, 애초에 드레인이 있어서 불가능했다.

"그럼 글러브도 가져올게요."

나는 구석에 있는 샌드백을 묵묵히 때리게 되었다. 도복을 입은 의미는 특별히 없었다.

주먹을 꽂을 때마다 적당히 들어가면서 적당히 반발되었다.

팡, 팡 하는 소리가 귀에 울렸다.

이건… 스트레스가 발산된다!

확실히 일상생활에서 무언가를 때릴 일은 없다. 일상적으로 뭔가를 때리는 녀석은 높은 확률로 범죄자다. 아무리 인간이 내면에 야수 같은 부분을 간직하고 있더라도, 그것을 겉으로 드러내는 것은 허락되지 않는다.

그러나 여기서라면 부담 없이 인간의 폭력성을 안전하게 방출할 수 있다!

다만 시작한 지 1분도 채 지나지 않아서 숨이 찼다….

아무리 운동 부족이어도 너무 빠르잖아…. 스스로도 충격이었다. 적어도 5분은 버티란 말이다….

자전거로 통학해서 다리는 단련되었지만, 중학생 때부터 아무런 동아리 활동도 하지 않았기에 근력적인 의미에서도 스태미나가 부족했다. 벌써 힘들다….

복싱은 팔뿐만 아니라 전신을 쓰는 경기인 모양이다. 최대 12라운드를 싸우는 복서가 얼마나 엄청난 직업인지 통감했다.

그래도 샌드백에서 울리는 팡팡 소리를 듣는 것은 기분 좋았다.

좋아, 이대로 반년 치 스트레스를 해소하겠어!

10분 후.

허무함이 스트레스 발산을 웃돌기 시작했다….

트레이닝은 고독한 거구나.

아무도 돌아봐 주지 않는 가운데, 그저 자신과 마주하는 작업이었다.

본심을 말하자면 별로 자기 자신과 마주하고 싶지 않았다. 외톨이라서 평소에도 자주 마주하고 있었다. 친구나 애인과 마주하고 싶다.

뒤에서는 "아이카 양, 훌륭해요!" "멋진 메치기네." 하는 목소리가 들려왔다.

아이카가 대련으로 남대생을 던진 듯했다.

"방금 그건 억지로 던진 거라 좋은 기술은 아니었지만 말이죠~ 좀 더 상대의 힘을 이용해야 해요~ ♪"

보고 싶다. 보고 싶지만, 샌드백을 때리는 동안에는 무리다! 눈앞에 있는 창문으로 도로가 보일 뿐! 적어도 유리창에 아이카가 비치면 좋을 텐데….

"여러분에게도 간단한 호신술을 가르쳐 드릴게요. 먼저 상대의 얼굴을 노려요. 얼굴이 노려지면 인간은 본능적으로 방어하거나 눈을 감거든요."

"과연. 눈을 찔러 버릴 생각으로 공격하면 되는 거구나."

"그런 지식이 필요한 상황이 오지 않는 게 가장 좋겠지만… 노력할게요! 에잇!"

비교적 잔인한 정보들이 들려왔다.

아아, 나만 소외되고 있어! 혼자 자기 자신과 마주하고 있어! 젠장! 최소한 내 이야기라도 해 줘!

"그래서 도망칠 수 있을 것 같으면 소리치면서 도망쳐요. 무리해서 싸우면 안 돼요. 하지만 그러기 힘들 때는, 여기서 팔을 잡아 제압하는 거예요. 체중을 전부 실어서요."

"저한테는 어려울 것 같아요… 얍! 얍!"

시오노미야의 귀여운 목소리만이 들려왔다. 어린아이가 섞여 있는 느낌이었다.

"시오노미야, 메이드장에게 보디가드 기능은 없어?"

"그런 건 없어요. 메이드장은 어디까지나 메이드장이지 호위가 아니니까요."

"메이드 일을 하는 것도 상상이 안 가는데."

아아, 젠장! 나도 저쪽에 끼고 싶어! 확실하게 저쪽이 더 즐거워 보이잖아! 이미 샌드백을 1년 치쯤 때렸어!

하지만 이곳은 어디까지나 아이카가 데리고 와 준 체육관이었다. 아이카가 분명하게 나를 봐 주고 있었다.

"나리히라 군, 나리히라 군."

그렇게 나를 불러 줬을 때, 나는 정말로 구원받은 기분이었다.

수색대를 만난 설산 조난자 같은 기분이었다.

"응, 왜?"

얼굴이 헤벌쭉 풀어지지 않도록 주의하며 오랜만에 샌드백이 아닌 무언가로 얼굴을 돌렸다. 물론 아이카다.

"나리히라 군도 시험 삼아 아이카랑 유도 대련, 해 보지 않을래요?"

그런 외설스러운 일을 해도 되는 걸까.

하지만 여기서 '기꺼이!'라고 말할 수는 없었다. 부끄럽다거나 쑥스럽다는 심리적인 문제가 아니라 좀 더 현실적인 문제 때문이었다.

"아냐, 드레인이 있으니까…."

중학생 때, 유도 수업이 있었으나 나는 전부 견학이었다. 밭다리 후리기조차 할 수 없었다.

"드레인이라고 해도 닿으면 바로 쓰러지는 건 아니잖아요. 살짝 닿는 것 정도라면 괜찮아요."

뭐?! 그건 그렇지만, 그런 논리라면 키스도 가능하다는 거잖아.

키스하게 해 달라고 부탁하고 싶다. 평생 키스할 수 없을 것 같으니 기념으로 키스하게 해 달라고 부탁하면 아이카는 허락해 줄까? 아니, 아무리 아이카여도 평생 날 피해 다닐 가능성이 크니 부탁할 수 없다.

그리고 인간적으로 소름 끼친다. 드레인이 있어도 마음씨는 비단결. 성격까지 기분 나빠지면 끝이다. 그리고 그 감정은 사랑이 아니라 에로잖아. 친구에게 보내도 될 감정이 아니야.

"자, 나리히라 군. 모처럼 도복을 입었으니 같이 해 봐요."

아이카가 시선만 올려서 얼굴을 들여다보며 말했다. 드레인이 없었다면 체육관에 등록했을 거다.

"알겠어. 단, 힘들다고 느끼면 바로 말하고 나한테서 떨어져. 드레인의 피해자는 만들고 싶지 않아."

생각보다 신사적으로 잘 말한 것 같았다.

그런데 타카와시가 차가운 눈을 하고서 '가짜 현자'라고 말한 것이 들렸다.

가짜 현자라니 그게 뭐야…. 그다지 의미를 자세히 알고 싶지 않지만.

"그럼 시작할게요!"

다다미 같은 매트 위로 이동하여 대련이 시작되었다. 2m쯤 앞에 아이카가 있었다.

그 거리가 순식간에 좁혀졌다. 바닥을 스치듯 걸으며 아이카가 다가왔다.

이거, 가슴 부근의 도복을 잡아당겨도 되는 거지? 잡아당기지 않으면 대련이 안 되잖아? 괜찮은 거지?

아이카에게 다가가고 싶다는 마음이 유도와는 상관없이 강해졌다. 잡아당기기보다도 끌어안고 싶다. 허락된다면 밀착하고 싶다. 드레인, 너만 없었다면!

역시 나는 아이카에게 연심을… 품고 있는 건 아니지. 이건 아이카의 매혹화 때문이다.

하지만 원인을 알고 있어도 다가가고 싶은 것은 사실이었다. 그리고 그러지 않으면 대련이 성립….

아이카가 코앞까지 왔다 싶었을 때, 내 몸은 공중에 떠 있었다.

무의식중에 오른손으로 매트처럼 탄력 있는 다다미를 쳐서 낙법을 취했다.

간단히 내던져졌다.

오히려 기분 좋게 허공을 날았을 정도였다.

"낙법, 능숙하네요. 잘했어요!"

칭찬을 잘하는 사람은 칭찬할 거리도 잘 찾는구나….

"역시 검은 띠는 굉장하네…."

아무리 내게 드레인이 있어도 이렇게 단시간이라면 정말로 아무 문제도 없었다.

그 뒤로도 아이카가 피로해지지 않았는지 확인하며 대련을 몇 번 했다.

전부 내가 순식간에 던져졌으니 실제로 대련한 시간은 다 합쳐도 20초 정도였다.

한마디로 말하자면 정신없었다.

아이카가 다가오기만 해도 가슴이 설레며 날아오르는 기분이었다. 틀림없이 매혹화의 힘이었다.

하지만 실제로 날아오른 것은 몸이었다. 아이카의 얼굴이 다가오는 것과 내가 허공을 나는 것은 훌륭하게 일치했다….

빙글빙글 돈 탓에 몸이 다소 비틀거렸지만 불쾌한 느낌은 아니었다. 신기한 일이었다. 내가 이렇게나 누군가와 접촉하고 있다니, 그것만으로도 기적이었다.

"그럼 이쯤에서 끝낼까요!"

아이카의 씩씩한 목소리가 울렸다. 아름다움과 강함은 현실에서도 양립하는구나.

"응, 고마워. 좋은 운동이 됐어….”

나는 비틀거리며 벽 쪽에 주저앉았다.

아이카가 아니더라도 예쁜 여자에게 계속 던져지면 반하지 않을까. 흔들다리 효과의 강화 버전이었다. 몸이 붕 뜨는 감각을 연애 감정이라고 착각하는 것이다.

"그런데 아사쿠마는 어떻게 됐어?"

나는 줄곧 소외되어 있었기에, 가장 중요한 작전이 어떻게 됐는지 알 수 없었다.

아이카가 타카와시와 시오노미야가 나란히 있는 쪽을 보았다.

"여기 있어요!"라는 목소리가 시오노미야의 옆, 정확히는 메이드장의 옆에서 들려왔다.

"아직도 투명하네요. 체육관은 허들이 높았을까요."

이 '강제 카멜레온', 생각보다 더 성가신 이능력이다….

5분 후, 다 같이 휴식하고 있으니 마침내 아사쿠마가 부활했다.

"죄송해요…. 평소에 오지 않는 곳이라 괜히 더 긴장한 것 같아요…."

아사쿠마는 도복 차림으로 송구스러워했다.

그랬다. 오늘 인관연이 체육관에 온 것은 어디까지나 아사쿠마를 위해서지 내가 샌드백을 때리기 위해서가 아니었다. 이제야 마침내 본래 목적에 들어갈 수 있게 되었다.

"아사쿠마 양, 농구부에서는 사라지지 않죠?"

스승인 시오노미야가 제자에게 물었다.

"네. 문제없이 레귤러로 뛰고 있어요. 여자 운동부에 남자가 응원하러 오는 일도 보통은 없으니까요."

확실히 여자 동아리에는 여자밖에 없다. 농구부는 고문도 여자 선생님이었을 터.

"그럼 일단은 아이카랑 대련을 해 봐요. 여자랑 대련하는 데 집중하면 긴장도 잊을 거예요."

그렇군. 다른 것을 의식하면서 긴장할 새가 없게 만드는 건가.

"그런 다음 익숙해지면 남자랑 대련해 봐요. 그랬는데 사라지지 않으면 극복했다고 할 수 있겠죠."

"네! 해 보겠습니다!"

이리하여 아이카와 아사쿠마의 대련이 시작되었다.

또한 아사쿠마는 나보다 훨씬 선전했다. 운동 능력은 역시 높았다. 아서왕이라는 별명이 괜히 붙은 것이 아니었다.

"에잇!"

"쿠마쿠마, 좋아요!"

"야앗!"

"좋아요, 잘하고 있어요! 쿠마쿠마, 한 걸음 더 들어와 주세요!"

나는 타카와시와 시오노미야 옆에 서서 관전했다.

"이거, 우리가 전부 올 필요는 없었어."

"같은 동호회니까 와야지…."

나만 도복 차림으로 견학하고 있으니 수수께끼의 신입 같은 느낌이라 기분이 싱숭생숭했다.

가끔 체육관 사람들이 '저 녀석은 누구지?' 하는 시선을 보냈다. 나도 이만 교복으로 갈아입고 싶다….

"하지만 운동을 도입한 건 옳았을지도 모르겠어요. 지금 아사쿠마 양은 이능력을 생각하고 있지 않을 거예요."

옳은 지적이었다. 아사쿠마는 승부에 집중하고 있었다. 눈을 보면 바로 알 수 있었다.

그리고 그 눈이 또 멋있었다. 진지해지니 미소년 요소가 더욱 강하게 드러났다.

이러니 여자들도 고백하지. 말을 타고 진짜 기마 시합이라도 할 것 같았다.

138

하지만 체육관에서 여자 둘이 대련하고 있으면 말할 것도 없이 눈에 띄었다.

"소질이 있는데?" "신체 능력이 높아." "발놀림이 능숙해." "아이카와 괜찮게 겨루고 있어."

체육관에 있던 남자들이 아사쿠마 이야기를 하기 시작했다. 물론 타당한 일이었다. 오히려 예쁘다는 식으로 외모를 언급하지 않는 것에서, 다들 순수하게 강해지거나 단련하기 위해 체육관을 다니고 있음을 알 수 있었다.

그러나 이야기되고 있는 것은 사실이라….

"좀 더 이것저것 시켜 보고 싶네." "괜찮은 수준까지 갈 수 있을지도."

그런 목소리와 시선을 아사쿠마도 알아차린 모양이었다.

어느새 체육관의 거의 전원이 아이카와 아사쿠마의 대련을 구경하고 있었다.

"좋아요! 쿠마쿠마, 슬슬 남자랑…."

"……안 되겠어요. 이미 얼굴도 뜨겁고…. 이 발열을 보면 무리예요."

기권하듯 말한 아사쿠마가 또 투명해졌다.

구경꾼의 주목을 견디지 못한 건가….

"어라라…. 아직 남자랑 대련하지 않았는데요…?"

"한계예요, 아야메이케 선배…."

아사쿠마가 사라지면서 아이카가 고도의 팬터마임을 하는 것처럼 보였다.

"아야메이케도 실패로 끝났네."

팔짱을 끼며 타카와시가 한숨을 쉬었다. 뭔가 이 녀석은 늘 팔짱을 끼고 있는 것 같다. 그럴듯하다고도 할 수 있지만.

"그러네요."

그 옆에 있는 시오노미야도 팔짱을 끼고 있었다. 어딘가 시선이 감독 같았다.

"하지만 집중하면 긴장을 잊는다는 아이카 양의 발상은 좋았어요. 그 방향성을 더욱 발전시킨 방법을 시도해 봐야겠어요."

"시오노미야, 마침내 스승으로서 움직이는 거구나."

뭔가 지도자들끼리 대화하는 분위기였다. 적어도 여고생이 풍길 분위기는 아니었다.

"네. 제 나름대로 아사쿠마 양의 문제에 관해 생각해 봤어요. 휴일을 하루 써야겠지만, 이걸로 그녀를 바꿀 수 있을 거예요."

시오노미야의 한결같은 정열은 내게도 전해졌다. 이토록 생각해 주는 상대가 있는 것만으로도 아사쿠마는 행운아였다.

예를 들어 중학생 때나 고1 때 이만큼 진심으로 내 드레인을 어떻게든 해 주려고 하는 남자가 있었다면 그건 이미 다시없을 친구다. 드레인이 줄곧 족쇄가 되든 말든 나는 행복한 학창 시절이었다고 당당하게 말할 수 있었으리라.

뭐, 인생은 그렇게 호락호락하지 않다. 알고 있다. 기다리고 있다가 누군가에게 도움을 받는 것은 미소녀나 미남뿐이다. 나머지는 스스로 자신을 바꿀 수밖에 없다.

어차피 본격적으로 미남이 될 노력을 1초도 시도한 적이 없는 내가 미남을 부러워할 권리는 없고, 미남이 되어도 동성 친구는 만들 수 없다.

내가 변해야 한다.

"그럼 다음은 시오노미야구나. 마지막을 장식하는 건 그레 군. 마지막을 장식하는 건 그레 군."

"두 번 말해서 내게 압력을 가하지 마."

그리고 내가 마지막을 장식한다는 말에는 시오노미야가 성공하지 못한다는 전제가 깔려 있지 않나…? 시오노미야가 아사쿠마의 문제를 해결하면 거기서 끝이다. 나도 아무것도 안 해도 된다.

"그레 군, 아주아주 재미있는 의견을 내고 실행해 줘."

"담담히 골탕 먹이는 발언 하지 마!"

"덧붙여서 이건 부탁이 아니라 강제야."

폭군이냐.

타카와시의 표정에 악의는 없어서 예전보다 착실해진 것처럼 보였다. 그건 인정한다.

하지만 어디까지나 표정만 그런 거고 알맹이는 악의로 똘똘 뭉쳐 있어서 그다지 변하지 않은 것도 같았다. 인간은 그렇게 금방 성인군자가 되지 못한다.

"걱정하실 것 없어요. 제 방법을 쓴다면 아사쿠마 양은 자신을 극복할 수 있을 테니까요!"

나는 진지 그 자체인 시오노미야를 보고 이렇게 생각했다.

아직 실적은 올리지 못했으나 인간관계 연구회로서는 비교적 기능하고 있구나.

하지만 후일, 나는 자신이 전혀 학습하지 않았음을 알게 된다.

진지한 시오노미야는 높은 확률로 폭주한다….

다 같이 체육관에 갔던 날로부터 이틀 후. 수업 마지막에 HR이 있었다.

"다들 자료는 받았어? 알다시피 수학여행은 교토로 갑니다~ 인스타각인 사진을 엄청 찍을 수 있겠지~"

이신덴의 라켓을 경유하여 프린트를 받은 타이밍에 보죠 선생님이 그렇게 말했다.

"기간은 2박 3일이고, 뭐, 낮에는 기본적으로 전부 자유 시간이야. 교토에서 한 시간 정도면 이동할 수 있으니까 오사카

나 나라에 가도 좋아. 참고로 과거에는 신칸센을 타고 히로시마에 간 용자도 있었어. 역시 그건 너무 과했지."

나는 프린트를 움켜쥔 채 마음이 전혀 설레지 않는 것을 느꼈다.

프린트는 소재 사이트에서 빌려왔을 마이코(수습 게이샤), 단풍, 금각사로 보이는 건물, 그리고 어째서인지 사슴(나라를 의도한 건가?) 등의 일러스트들로 장식되어 있었으나 내 마음은 싸늘했다.

마침내 수학여행 이야기가 구체적으로 나오기 시작했다….

"요즘 세상에 수학여행을 해외로 가자는 이야기도 있었지만, 역시 이능력때문에 말썽이 생길 수도 있어서 교토가 되었습니다. 이동 시간도 얼마 안 걸리니까. 선생님은 인스타각인 말차 파르페를 먹으러 갈 거예요, 혼자서."

혼자서, 라고 선생님이 말하자 살짝 웃음이 일었다. 독신인 선생님 나름의 자학 개그였다.

하지만 나는 조금도 웃을 수 없었다.

자유행동은 외톨이에게 부자유 행동이다!

"조 편성은 다음에 할 거야. 하지만 다른 반 아이랑 같이 행동하는 것도 가능하니까 너무 심각하게 생각하진 마."

그야 낮에는 상관없을 것이다. 최악에는 혼자서 세계 유산을 보러 다니며 시간을 때울 수 있겠지.

하지만 밤은 그렇게 넘어갈 수 없다….

타카와시가 LINE을 보냈다. HR 시간이어도 일단은 수업 중이라고 생각하면서 그걸 보는 나도 나였다.

[키요미즈데라 안에 지슈 신사라고 해서 인연을 맺어 주기로 유명한 곳이 있어. 거기서 같은 반 남학생과 친구가 되게 해 달라고 기도해 보면 어때?]

악의가 교묘해진 것이 짜증 났다.

[흐응, 그거 좋은 생각이네. 하지만 수학여행 중에 기도해 봤자 의미가 없어!]

[괜찮아. 조를 편성하는 날은 오늘이 아니니까.]

타카와시의 그 답장이 영혼 없는 대꾸인지 진짜 위로인지 알 수 없어서 이상하게 감질났다.

그렇게 HR이 끝나고 방과 후, 나는 착잡한 기분으로 시뮬레이션실로 피난했다. 잠시 후 아사쿠마도 왔다.

"여러분, 이 자료를 봐 주세요!"

아사쿠마가 도착한 후, 시오노미야가 꺼낸 것은 컬러 광고지였다.

"여기에 아사쿠마 양을 데려갈 생각이에요!"

그 광고지에는 여자아이 넷이 서 있었고 무시무시한 문자열이 늘어서 있었다.

'지하 아이돌이 아닌 지하감옥 아이돌, 파이트클럽. 격투 지하감옥 라이브.'

뭔가 불길한 예감밖에 안 든다….

쿠마쿠마
긴장 극복 대회 리포트

타카와시의
경우

★ 개요 ★

옥상에서 '남자와 이야기하면 굉장히 긴장합니다!'라고 외치는 거야.
이른바 충격 요법이지. 더할 나위 없이 부끄러운 짓을 해서 익숙해지면
어떤 상황이든 괜찮지 않겠어?

★ 결과 ★

● 창피함을 꾹 참고 교정을 향해 소리친 아사쿠마.
● 열심히 자기 자신과 싸운 그녀의 모습을 보고 그 자리에 있던 모두는
  감동했다.
● 유일한 문제이자 가장 큰 문제는 외치기 시작한 직후부터 모습이
  사라져 버렸다는 것….

You failed.

실패

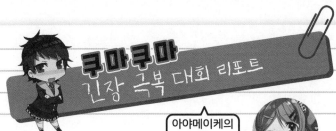

쿠마쿠마
긴장 극복 대회 리포트

아야메이케의 경우

★ 개요 ★

체육관에서 몸을 움직이며, 남자가 근처에 있는 것에 익숙해지는 거예요! 쿠마쿠마는 스포츠가 특기니까 대련이나 트레이닝에 집중하면 남자가 신경 쓰이지 않을 거예요!

★ 결과 ★

- 많은 남성이 있는 공간에 들어서자 역시나 긴장해서 사라져 버린다.
- 그러나 몸을 움직이는 것에 집중하기 시작하자 주위를 신경 쓰지 않게 되어서 순조롭게 해결…되는 줄 알았지만,

  아야메이케와 대련하는 중에 모습을 감춘다.
- 주목을 받게 되어서 아사쿠마가 주위를 괜히 더 의식해 버린 듯하다….

You failed.

실패

물리적으로 고립된 나의 고교생활

그 컬러 광고지를 보고 우리는 한동안 굳었다.

다시 한번 문자열을 보았다.

'지하 아이돌이 아닌 지하감옥 아이돌, 파이트클럽. 격투 지하감옥 라이브.'

확실히 그렇게 적혀 있었다.

더욱 자세히 읽어 보니 이번 주 토요일에 라이브가 있는 것 같았다. 장소는 시부야 역 앞에 있는 라이브 하우스.

"다들 예쁘네요~ ♪"

아이카의 말에 거짓은 없었으나 뭔가 천연덕스러운 느낌이 들었다. 이 아이돌은 예쁜 것보다도 이상함이 먼저 눈에 띄었다. 쇠사슬을 손에 든 아이라든가 죄수복을 입은 아이까지 있었다.

"흐응."

타카와시가 아무런 감정도 담기지 않은 목소리를 냈다. 타카와시는 록에는 빠삭하지만 아이돌 쪽은 문외한이었다. 엄청나게 유명한 아이돌도 전혀 모른다는 것은 이미 파악하고 있다.

"참고로 그레 군, 이 아이돌 알아? 잘 나가?"

나는 이야깃거리를 만들기 위해 인기 있는 아이돌은 파악하고 있었다. 타카와시도 그 정도는 알고 있어서 물어봤을 것이다.

"별로 잘 나가는 아이돌은 아닐 거야. 지하 아이돌이라는 건 매니악한 아이돌이라는 거니까. 나는 처음 들어."

"흐응."

"산뜻하리만큼 관심이 없구나…."

여기서 내가 이 아이돌에 관해 자세히 말했어도 무시했겠지만.

"그레 군, 코끼리 상(象)이라는 한자 알지? 그 1획과 2획이 쿠(ク) 모양이잖아."

"아아, 그렇지."

왜 지금 그런 이야기를…?

"그건 원래 코끼리의 긴 코를 의미하는 부분이었어."

"흐, 흐응…."

아, 나도 '흐응'이라고 말해 버렸다.

"아이돌에 대한 내 흥미는 그 정도야."

"진짜로 별 관심이 없구나!"

전혀 쓸 곳이 없는 토막 지식만큼 어찌 되든 좋다는 건가….

"그래서, 시오노미야는 이 웃긴 아이돌의 팬이야?"

웃긴 아이돌이라니. 지하 아이돌보다 더 모멸적인 표현 같아! 그거, 웃기지도 않는 녀석에게 쓰는 표현이고.

"전혀 몰라요. 저는 음악에는 어두워서요. 요전번에 시부야에서 아이돌 멤버로 보이는 분들이 나눠 주던 광고지를 받은 거예요."

멤버가 직접 광고지를 나눠 주는 것을 보면 역시 지하 아이돌답다.

"그렇지. 나도 아이돌은 전부 똑같은 얼굴로 보여."

이 녀석이 트위터를 했다면 매일 개판이 됐을 것이다.

"실제로 비슷한 이름의 유닛은 색깔만 다른 똑같은 캐릭터 같은 거잖아?"

이곳에 아이돌 팬이 없어서 다행이다. 있었다면 칼침을 맞았을 거야….

"사람이 너무너무 안 모인다고, 제발 와 달라고 시부야에서 간청하고 있었어요. 존속이 걸려 있다고도 하셨죠."

아이돌은 꿈을 파는 직업인데 그렇게 각박한 현실을 보여 줘도 되는 건가.

아니면 그렇게 아이돌이 드러내면 안 되는 면을 드러내는 것이 지하 아이돌의 방식인가? 그 부분은 나도 판단을 못 하겠다.

"그때는 그다지 의식하지 않았지만 나중에 퍼뜩 깨달았어요. 이런 라이브에 오는 관객은 거의 다 남성이죠? 하구레 군."

어째선지 내가 아이돌 마니아 취급을 받고 있지만, 단순히 상대적으로 다른 애들보다 자세히 알 뿐이었다. 라이브에 가 본 적조차 없고, 최애 멤버 같은 것도 없었다.

"최근에는 여자 아이돌을 좋아하는 여성 팬도 많지만… 일반적으로는 대부분 남자겠지."

"그렇죠?! 좋아요, 아사쿠마 양. 쳐들어가는 거예요!"

"실제로 시부야를 칠 수는 없겠지만 말이야."

타카와시의 시답잖은 딴죽은 어찌 되든 좋지만, 아사쿠마는 척 보기에도 곤혹스러워하고 있었다.

"남자들이 가득한 좁은 공간…. 괜찮을까요….."

"오히려 그렇기에 고른 거예요! 이게 바로 스승인 저의 계책이에요! 메이드장과 둘이서 생각했어요!"

어떤 방법으로 의사소통을 하고 있는지 의문이지만, 시오노미야는 자택에서 메이드장과 상담했을 것이다. 시오노미야가 거짓말할 리는 없었다.

"그리고 라이브니까요! 라이브에 흥분해 있는 동안에는 남자들 천지라는 것도 잊을 수 있을 거예요! 모르는 사이에 어두운 곳에서 남자들과 부대끼다 보면 익숙해질 거예요!"

남자들과 부대끼다니…. 아사쿠마가 견딜 수 있을까…?

그리고 만반의 준비를 마친 시오노미야의 제안이었지만….

결국 또 충격 요법이잖아!

아이카에 이어서 억지로 남자에게 익숙해지도록 하는 방법이었다. 충격 요법이라는 의미에서는 타카와시 때부터 3연속이라고 할 수 있었다. 역시 그런 수단을 쓸 수밖에 없는 건가?!

그건 그렇고 타카와시보다 더 과격한 방법이다…. 남자를 어려워하는 아사쿠마에게는 타카와시가 제안했던 미성년의 주장 같은 방법보다 더 힘들지도 모른다….

이 방법을 제안한 사람이 타카와시라면 그만두라고 할 수 있었겠지만….

시오노미야의 열의가 명확하게 느껴졌다.

등 뒤에서 불길이라도 치솟을 것 같았다. 등 뒤에 불꽃이 있는 건 부동명왕 불상 정도밖에 없다.

"아사쿠마 양, 저를 스승이라고 불러 줘서 고마워요!"

"엇, 아… 네…. 스승님은 스승님이니까요…."

아사쿠마는 압력을 느끼고 조금 어정쩡한 자세가 되었다. 툭 치면 넘어갈 것 같았다.

"함께 성장해요! 저도 이런 곳에 가는 건 처음이라 무섭기도 하지만, 아사쿠마 양을 위해 노력하겠어요!"

아사쿠마도 스승이라고 부른 이상 더는 거절할 수 없는 상황이 되었다.

시오노미야의 눈동자는 반짝반짝 빛나고 있었다. 역시 괜히 미스 세이고가 아니었다. 아니. 이런 캐릭터라 미스 세이고가 된 것은 아니다.

시오노미야는 아사쿠마의 손을 꼭 잡았다.

"저도 1학기가 끝날 즈음 세이고에 온 것이라 아직 세이고의 비기너예요. 호된 경험을 한 적도 있고, 창피한 실수를 한 적도 많아요. 하지만 그런 저이기에 아사쿠마 양을 보듬어 줄 수도 있다고 생각해요!"

착하다! 진짜로 착해!

어떤 교육을 받으면 이렇게 때 묻지 않은 순진한 여고생이 태어나는 걸까. 천연기념물이지 않을까…. 보호해야 할 수준이야….

그리고 이렇게까지 말하는데 거절할 수 있는 인간은 없었다. 하물며 스승이 제자에게 말하고 있었다.

"알겠어요…. 갈게요…. 스, 스승님과 함께 싸우겠어요! 싸워 버리겠어요!"

자포자기한 것처럼 아사쿠마가 대답했다.

"그래요! 싸우는 거예요! '강제 카멜레온'은 다음 라이브로 졸업"

"그레 군, 잠깐만 복도로."

시오노미야가 또 열변하는 도중에 타카와시가 나를 불러냈다. 거역할 권리는 없었다.

타카와시와 나는 복도로 나갔다. 방과 후 5층이라 훌륭하게 아무도 없었다.

"그레 군, 저 둘만 보내는 건 무서우니까 따라가 줘."

아, 이건 진심으로 걱정하고 있구나. 타카와시는 피곤한 얼굴을 하고서 오른손으로 벽을 짚었다.

"투명해진 아사쿠마가 흥분한 팬들에게 깔리기라도 하면 큰일이야…. 시오노미야 혼자서는 완벽하게 지킬 수 없을 거야…."

그렇겠지…. 최악에는 둘 다 쓰러질지도 모른다. 비유라면 좋겠지만 문자 그대로 둘 다 쓰러지면 다칠 위험도 있다.

무엇보다 시오노미야도 라이브 하우스에 가 본 적은 없을 것이다. 제대로 알지도 못하는 곳에 발안자가 직접 돌격하다니, 트러블을 체험하러 가는 것이나 마찬가지다.

인관연의 유일한 남자인 내가 따라가는 것이 도리이긴 했다. 하지만.

"네가 무슨 말을 하고 싶은지는 아주 잘 알겠지만, 나는 드레인…."

"오히려 관객을 드레인으로 약화시킬 마음으로 가 줘. 그러면 공연장 뒤쪽으로 피난시키는 것 정도는 가능하잖아. 입구까지 발 디딜 틈 없이 사람이 가득 있지는 않을 거야.”

딱히 타카와시는 농담 삼아 말하고 있는 것이 아니었다.

문제가 있다면 드레인 사용을 허가한다고 말하고 있는 것뿐이다…. 적극적으로 위해를 가하는 건 안 될 일이잖아….

“아이카는…… 남자들 천지인 공간이라 위험해서 안 되겠지만, 넌 라이브 같은 데 안 다녀?”

“그건 그거고 이건 이거지.”

“도망치는 거지? 그거, 도망치는 거지?”

“난 시부야보다 신주쿠를 좋아해.”

“좋고 싫은 건 관계없잖아! 네가 가!”

“신주쿠 역의 도보권 내에 시부야 구가 있는 등 그 근처는 복잡하단 말이지.”

“어이, 노골적으로 화제를 돌리지 마!”

이 녀석, 자기가 가기 싫다는 이유로 드레인을 가진 날 보내려는 건가? 자신만 좋다면 그만인 건가? 하지만 물어보지는 말자. ‘응’이라는 말을 듣고 끝날 것 같다.

“셋이서 가라는 말은 아니야. 다른 사람을 불러도 돼. 중요한 건 나랑 아야메이케는 갈 수 없다는 것뿐이니까.”

네가 갈 수 없는 합리적인 이유는 안 보이는데. 그러나 인생은 원래 불합리하다.

그리고 타개책이 하나 떠오르기는 했다.

"알겠어. 나도 참가할게."

"고마워. 그레 군을 믿고 있었어. 역시 동맹 상대야. 분명 내세에는 보답받을 거야."

뻔뻔하다. 보답받을 거면 현세가 좋다. 사후는 너무 늦다.

"단, 한 가지 조건이 있어."

나는 오른손 엄지와 검지로 금전을 나타내는 마크를 만들었다. 저쪽에서 보면 '6'처럼 보이는 모양이었다.

"라이브 티켓값 3인분을 동호회비로 충당하겠어. 1인당 티켓값 2,500엔, 라이브 하우스니까 1인 1잔은 필수일 테니 500엔 추가. 합해서 9,000엔. 아니⋯ 조력자가 한 명 더 같이 간다면 12,000엔."

아무리 아사쿠마를 위한 일이라고는 하지만 이런 일에 3,000엔이나 쓰고 싶지는 않았다. 인생에서 돈은 무기다. 그리고 고등학생에게는 돈이 없다. 타인의 저금을 드레인할 수는 없었다.

"12,000엔이라니, 보죠 선생님이 대규모 미팅 이벤트에 세 번 참가할 수 있는 금액이잖아."

"환산하는 단위가 이상해!"

"걱정하지 마. 보죠 선생님은 눈이 높아서 상대를 못 찾는 거니까 타협하면 어떻게든 될 거야."

"고문 선생님이 아니라 아사쿠마가 걱정된다는 얘기를 하고 있었잖아!"

"들이대는 느낌이 사라지면 얼굴은 중상 수준이라고 생각해."

"부담스러우니까 그 얘기는 그만해!"

"서른 즈음의 독신이 고양이를 기르기 시작하면 결혼을 포기했다고 해석할 수 있지만, 아직 고양이는 기르지 않는 것 같으니까 기회는 있어."

"일단 고문 선생님이니까 그쯤에서 그만했으면 좋겠어…."

아무튼 이야기는 정리됐다. 정리되고 말았다. 내가 가게 되었다.

엄밀하게는 시오노미야의 승낙도 받아야 하지만, 시뮬레이션실에 돌아가서 물어보니 1초 만에 허락이 떨어졌다.

그럼 한층 보험을 걸어 두기로 할까.

나는 곧장 LINE으로 귀중한 친구에게 연락했다.

라이브 당일. 나는 집과 가장 가까운 역에서 시부야까지 전철로 한 시간 반쯤 걸려서 갔다.

드레인이 있기에 혼잡한 특급이나 급행에는 탈 수 없었다. 일반 열차로 느긋하게 갈 수밖에 없었다. 그래서 약속 장소도 시부야 역으로 정했다.

집합 장소인, 시부야 중에서도 작은 편인 개찰구 앞에서 한동안 기다렸다.

일반 열차만 탈 수 있다는 사정도 있는지라 혹시 몰라서 30분 가까이 일찍 도착하도록 잡고 나왔다. 역시 아무도 없었다. 20분은 책이라도 읽으며 보낼까.

그렇게 생각했는데 5분쯤 뒤에 아사쿠마가 왔다.

"아… 나, 남자 선배님… 일찍 오셨네요…."

아사쿠마의 얼굴에 또 쓴웃음이 떠올랐다. 그렇게 남자가 싫은가….

그리고 이 말투를 보면 내 이름을 잊어버렸을 가능성조차 있었다….

"…하구레야. 오늘은 잘 부탁해."

"네, 잘 부탁드립니다. 하구레 선배…."

자동 개찰기 쪽을 보며 아사쿠마가 말했다.

즉, 눈을 돌리고 있었다.

그리고 어김없이 침묵의 시간이 이어졌다.

큰일 났다.

이야깃거리가 없다.

정확히 말하자면 이야깃거리가 없진 않지만 (라이브 이야기를 하면 되겠지만) 남자를 어려워한다는 것을 알면서 말을 걸어도 될지 생각하다 보니 침묵이 길어졌고 결국 말을 꺼내기 어려워졌다.

아사쿠마 쪽에서 말을 꺼내지는 않았다. 남자를 어려워하니 말이지….

열심히 스마트폰을 만지작거리며 자동 개찰기를 힐끔힐끔 보고 있었다.

나도 개찰구에 자주 시선을 보냈다. 얼른 다른 멤버가 왔으면 좋겠다.

그러나 좀처럼 계단을 내려오지 않았다.

역시나…. 아이카처럼 일단 친해지면 괜찮지만, 그렇지 않은 여자랑 이야기하는 기술을 나는 가지고 있지 않았다.

안 되지, 안 돼. 완전히 잔챙이의 정신이잖아! 처음 보는 것도 아니고, 조금은 얘기를 해.

그리고 시오노미야와도 처음에는 이 정도 거리감이었다. 그러니 출발선은 이쯤이어도 괜찮다. 여기서부터 올라가면 된다! 적어도 도전해 나가는 거다!

"저기… 아사쿠마는 평소에 라이브 같은 거 보러 가…?"

나는 어떻게든 말을 걸었다. 이것만으로도 정신력의 1할 정도를 소모했다. 기계도 기동할 때 많은 전력을 쓰지 않는가. 그것과 같았다.

"아뇨… 그다지…."

"아, 그렇구나."

대화가 종료되었다.

으아아아! 이럴 거면 아무 말도 안 하는 게 나았어!

다음에 말을 걸 난이도가 올라갔을 뿐이다!

노지마한테 말을 걸었을 때랑 똑같잖아! 대화가 거기서 끊기면 아무런 의미도 없다고! 그냥 참가상이 되어 버리는 거야! 다소는 성과를 내란 말이다!

연결해, 어떻게든 연결해!

"시오노미야, 안 오네."

"집합 시각까지 아직 시간이 있으니까요."

또 대화가 종료되었다.

더욱 상황이 악화됐다.

공통된 친구가 안 온다는 건 어색할 때 나오는 전형적인 말이잖아! 어째서 나는 그런 말을 한 거야?

오늘 라이브에 관해서 이야기할까 했지만 나도 전혀 모르는 아이돌이었다. 위키피디아 항목조차 없었다. 보통 그런 건 열혈팬들이 편집하지 않나?

완전히 지하 아이돌이구나…. 라이브가 얼마 안 남았는데도 문제없이 티켓 4인분을 구한 시점에 알아차렸지만….

실수했다…. 이럴 줄 알았으면 시부야 역 승강장의 벤치에 앉아서 시간을 때울 걸 그랬다…. 그러다가 10분쯤 전에 개찰구로 내려왔으면 어떻게든 됐을 텐데….

다시 한번 아사쿠마 쪽을 보았다.

열심히, 과하게 열심히 스마트폰을 만지작거리고 있었다.

아, 이건 '저는 스마트폰을 쓰고 있어서 이야기에 응할 수 없습니다, 죄송합니다' 포즈다. 울 것 같은 표정이라서 알 수 있었다. 단순히 심심해서 스마트폰을 만지는 거라면 저런 표정은 짓지 않는다. 있는 힘껏 시간을 때울 때 나오는 형상이었다.

기다리자. 아침은 반드시 온다. 기다리는 사람도 온다.

그런데 이렇게 옆에 있고 이야기해도 사라지지 않을 정도로는 내게 익숙해진 걸까? 그렇다면 조금이나마 위안이 된다.

하지만 아마도 긴장이 아니라 어색함을 느끼고 있겠지….

"저기… 혹시 시부야에서 자주 가는 가게 있어…?"

나는 아직 포기하지 않는다. 이야깃거리를 쥐어짰다.

"아뇨, 혼자서는 잘 안 나와요…. 여자끼리라면 괜찮지만."

"아, 그렇구나…."

슬슬 이야기를 물어 줬으면 좋겠다…. 추천하는 가게가 하나쯤 있어도 좋잖아?

"선배는 시부야에 자주 가는 가게가 있나요?"

"어어… 아니, 특별히 없어…."

미안해, 나도 아무 얘기도 할 수 없었어.

드레인이 있어서 도회지에는 나갈 수가 없거든. 기본적으로 하치오지 시에서 해결하고 있습니다. 하치오지도 인구가 50만 쯤 되니까. 상당한 도회지니까.

뭐, 도전한다고 반드시 성공하지는 않지. 그래도 도전은 했으니 좋게 생각하자. 타카와시라면 '개죽음 수고'라고 LINE을 보낼 것 같지만.

그리고 약속 시각 10분 전에 시오노미야가 왔다.

다이후쿠를 데리고서.

"많이 기다리셨나요? 아, 메이드장은 나오다 걸리지 않게 폭이 넓은 개찰구 쪽으로 나와 주세요."

"안녕. 시오노미야랑 마침 같은 전철을 타서 같이 왔어."

우연인지 일부러 맞춘 것인지는 모르겠지만 어느 쪽이든 상관없었다. 다이후쿠를 부른 것은 나였다.

아사쿠마를 지키기 위해 이능력이 디메리트가 되지 않을 남자를 준비한 것이다. 내가 준비할 수 있는 남자=다이후쿠였다. 그 외에는 진짜 한 사람도 없었다.

다이후쿠는 다이후쿠대로 시오노미야와 만날 기회이니 괜찮은 이야기였다. 실제로 영화를 보려던 예정을 취소하면서까지 와 주었다.

"처음 뵙겠습니다. 아사쿠마 시즈쿠, 입니다…."

다이후쿠를 본 아사쿠마는 인사하며… 사라졌다.

"아, 사라졌네. 시오노미야에게 들은 대로구나. 다이후쿠 보

쿠젠이야. 잘 부탁해. 이능력은 까마귀를 부르거나 이야기하는
거야."

　다이후쿠는 담담히 말했다.

　역시 초대면은 허들이 높았나.

　무해하게만 보이는 다이후쿠가 상대여도 사라지는구나….

　라이브 하우스는 시부야 역에서 언덕길을 올라간 곳의 지하
에 있었다.

　250명쯤 들어오면 꽉 찰 듯한 곳이었으나 우리 네 사람을 포
함해도 50명 정도밖에 없었다. 분명하게 말해서 텅텅 비어 있
었다. 드레인을 가진 나로서는 이상적인 환경이지만 아티스트
쪽은 상당히 힘들 것이다.

　나와 다이후쿠는 반드시 한 잔은 사야 하는 500엔짜리 드링
크를 마시며 라이브가 시작되기를 뒤쪽에서 느긋하게 기다렸다.

　"마이너한 아이돌이 무리해서 단독 라이브를 하려다가 실패
한 거구나."

　"그러네. 하지만 나는 라이브 같은 곳에 좀처럼 못 오니까 신
선해."

　좀처럼 못 오는 게 아니라 첫 체험이었다. 그 점은 고마웠다.
이런 기회라도 없었다면 오지 않았으리라.

　"응, 나도 시오노미야랑 차내에서 이야기할 수 있어서 좋았

어."

역시 이 녀석, 시간을 조정했구나. 같이 가자고 연락 정도는
했을지도 모른다.

"메이드장이 미묘하게 방해했지만 말이지. 하지만 나는 포기
하지 않을 거야. 시오노미야는 역시 좋은 아이야. 사귀고 싶어.
과시하기 위한 연애가 아니라 제대로 된 연애를 할 수 있을 것
같아."

"내게는 어림 반 푼의 반 푼어치도 없는 이야기라 그에 관해
서는 뭐라고 할 수 없지만, 그럭저럭 응원할게."

연애. 여자 친구. 내게는 달보다도 먼 이야기였다.

"나리히라도 연애 정도는 가능하지 않아? 드레인이 있다고
너무 포기가 빠르잖아."

다이후쿠가 조금 강한 어조로 말했다.

거리가 떨어져 있고 공연장이 어두워서 표정은 알기 어려웠
다.

"연애는 심정의 문제야. 연애할 권리는 누구에게나 있어. 누
군가 널 좋아한다고 할 수도 있는 거고, 거기에 드레인은 영향
을 주지 않아."

"응원해 주는 거야?"

"나리히라는 오늘 내가 시오노미야를 만날 수 있게 협력해
줬고, 그리고 우리는 친구잖아?"

166

라이브가 시작되기 전부터 눈시울이 뜨거워질 줄은 몰랐다.

"진짜 기쁘다. 오늘 오길 잘했어."

문화제 때도 나는 부정적인 말을 했는데 다이후쿠는 그런 걸 신경 쓰는 티를 조금도 내지 않았다. 다이후쿠, 넌 진짜 좋은 녀석이야!

그래. 다이후쿠가 좋은 녀석이고 내가 그런 다이후쿠의 친구라는 건, 나도 인격이나 내면은 좋은 녀석인 거야. 지금까지는 좋은 녀석과 만날 일이 우연히 적었을 뿐이야. 앞으로는 친구도 늘어날 거야. 반드시 늘어날 거야. 앞으로는 상승세!

"그래도 수학여행 때까지 같은 반에서 동성 친구를 만드는 건 무리겠지만…."

머지않아 조 편성이 이루어진다. 이미 '같이 조를 짜자'는 이야기가 내밀하게 진행되고 있지 않을까. 선거 당일이 되기 전에 누가 당선될지 거의 정해지는 것처럼 말이다.

"아아, 수학여행인가. 고작 며칠뿐인 행사야. 인생 전체를 통틀어서 보면 하품 정도지."

다이후쿠가 느긋한 목소리로 위로해 주었다. 위로지만, 지극히 평범하게 친구가 있는 인간은 나의 고통을 실감할 수 없을 것이다. 같은 반에 친구가 전무하다니, 일종의 이상 사태다.

"하품일지도 모르지만, 그 하품은 인생에서 한 번뿐인 하품…."

그때 공연장이 더욱 어두워졌다.

"아, 객석 조명이 꺼졌네. 시작하나 봐."

다이후쿠의 말이 끝나자마자 무대에 조명이 들어왔다.

일부에서 굵직한 목소리가 울렸다.

나는 무대보다도 객석에 눈길을 주었다. 시오노미야의 트윈테일은 눈에 띄어서 놓칠 일이 없었다.

시오노미야와 아사쿠마는 공연장의 그럭저럭 앞쪽에 가 있었다. 원체 사람이 별로 없는지라, 나랑 다이후쿠처럼 완전히 뒤에서 보는 녀석을 제외하면 앞에 모인 관객의 끝자락 부분이었지만.

아사쿠마를 시오노미야가 보조하고, 그 시오노미야에게도 무슨 일이 벌어지면 내가 도와주러 가는 구도였다.

조금 전까지 시오노미야는 계속 아사쿠마에게 말을 걸고 있었다.

그러는 동안 아사쿠마도 사라지지 않았다. 긴장을 완화하는 효과는 확실히 있었다.

그리고 불길한 음향과 함께 4인조 지하 아이돌이 나왔다.

안대나 붕대를 한 아이가 많아서 한물간 중2병 느낌이 났다. 10년쯤 유행에 뒤처진 것 같은데….

"오늘은 우리의 단독 라이브에 잘 왔어." "너희의 절규가 우리의 양식이 될 것이다!" "후후훗! 어둠의 향연이로다!" "신나게 가 볼까~!"

그렇게 아이돌이 진행하자 남자 팬들이 굵직한 목소리로 화답했지만 영 홍겨움이 부족했다. 환호하는 인원수가 뻔했다.

"수준 낮네."

다이후쿠가 내게 얼굴을 조금 가까이 가져와서 말했다. 하지만 드레인도 있기에 금세 떨어졌다.

"아직 한 곡도 안 했어. 그리고 팬에게 들리면 안 되는 내용은 삼가…."

"앞쪽까지 들릴 리가 없으니까 괜찮아. 본인들에게 부끄러움이 남아 있어. 자신 없다는 것도 보여. 역할에 몰입하지도 못했어. 어중간해. 이래서야 길어 봤자 1년이겠어. 그리고 해산하겠지. 업자가 대충 네 명을 모았다는 게 훤히 보여."

"너, 상당히 엄격하구나…."

"조금 예쁘게 생겼다고 아이돌을 할 수 있다고 생각했다면 큰 오산이야. 노래하고, 춤추고, 다른 아이돌과 차별화하고, 팬에게 웃어 주고, 학업도 병행해야 하니까. 엄청난 하드 모드야. 그저 아이돌 행세를 하는 거라면 허들은 낮아지겠지만, 그만큼 위로 올라가기는 어려워져. 팬들도, 팬이 별로 없는 마이너 아이돌을 응원하는 게 취미인 녀석들이야. 확실히 얼굴이나 이름이 기억되기는 쉽겠지."

문자 수가 많았다.

그리고 팬들이 들었다간 위험한 표현들뿐이라서 지금은 말하지 않았으면 좋겠다.

미인 대회 때도 그랬지만, 다이후쿠는 보기보다 훨씬 이 장르에 정열을 가지고 있는 듯했다.

열중할 수 있는 무언가가 있는 것은 좋은 일이다. 뭔가를 나쁘게 말하는 것은 좋지 않다는 생각도 들지만.

서두부터 다이후쿠의 입에서 꾸짖는 말이 나왔지만 라이브는 시작됐다.

시오노미야의 트윈테일이 흔들리는 것이 잘 보였다. 여러 사람이 몰려 있는 앞쪽에 적당히 참가했다가 밀려나서 다시 뒤쪽의 정위치로 복귀하곤 했다.

뭔가 어린아이가 어른을 필사적으로 따라 하는 것 같아서 조금 흐뭇했다.

"다이후쿠는 시오노미야 옆에 안 가? 내 옆에 있을 필요는 없어."

"시오노미야는 아사쿠라라는 아이를 위해 여기 온 거니까 방해하고 싶지 않아. 내가 같이 있으면 아까처럼 사라질지도 모르고. 나는 어디까지나 긴급 사태에 대비한 도우미야."

이런 순간에 확실하게 말할 줄 아는 다이후쿠가 친구라서 자랑스럽다.

앞쪽 남자들은 신나게 즐기고 있는 것 같았지만, 뒤에서 관찰하기에는….

"형편없네…."

라이브를 자세히 모르는 나조차 그렇게 느꼈다.

"그치? 이 정도로는 안 돼. 꿈을 보여 주질 못하잖아."

의상을 갈아입는 것인지 도중에 아이돌이 무대에서 내려갔다.

그 타이밍에 시오노미야가 상기된 얼굴로 돌아왔다. 땀 때문인지 트윈테일이 평소보다 처져 있었다.

이 자리에 어울리는 감상은 아닐지도 모르지만 고혹적이라고 생각하고 말았다. 다이후쿠도 비슷한 생각을 하고 있을까? 평소와 다른 시오노미야의 일면을 보았기 때문일까.

"첫 라이브였는데 꽤 즐겁네요! 저도 자신의 껍데기를 깨게 된 것 같아요!"

"시오노미야, 뒤에서 보기에도 무척 즐거워 보였어."

다이후쿠도 평소보다 더 눈을 접으며 미소 지었다.

"네! 어쨌든 스승이라고 불리고 있으니까요. 제가 무서워할 수는 없죠. 아사쿠마 양의 모범이 되어야 해요!"

"…그래서 아사쿠마는?"

말하기 껄끄러웠지만 내 눈에는 아사쿠마가 보이지 않았다.

"어라…? 조금 전까지 옆에 있었을 텐데…."

시오노미야가 주위를 둘러보았으나 역시 찾지 못한 것 같았다.

그러자 메이드장이 조금 이동하여 아무도 없는 곳에 우두커
니 섰다.

"여, 여기 있어요…."

가냘픈 목소리가 메이드장 앞에서 들렸다.

"라이브 중에는 괜찮았는데… 휴식 시간이 되니까 다시 주위
에 있는 남자들이 신경 쓰여서…."

결론부터 말하자면 라이브로도 남성 공포증 문제는 극복할
수 없었다.

전철을 따로 타고서 돌아갈 수도 없었기에 비교적 한산한 쾌
속을 타게 되었다. 통과하는 역은 적고 도중에 일반으로 바뀌
는 열차였다.

하치오지로 가는 노선은 순전한 베드타운을 달리기에 평일
의 혼잡함과 비교하여 휴일에는 제법 타기 좋았다. 내가 혼잡
한 열차에 오르면 테러가 되므로 타 본 경험은 거의 없지만.

나는 혼자 문 쪽에 찰싹 붙어 섰고, 다른 멤버들은 문 쪽 자
리에 모여 있었다. 아사쿠마가 남자에게 조금이라도 익숙해지
도록 시오노미야, 다이후쿠, 아사쿠마 순서로 앉았다. 결과적

으로 다이후쿠가 양손에 꽃을 든 상태가 되었다.

"힘들면 다른 자리로 옮겨도 돼."

"감사합니다. 정신을 잃고 쓰러지는 건 아니니까 괜찮아요. 다만 사라지면 가르쳐 주세요. 누군가 앉으려고 할 테니까요…."

다이후쿠도 무난하게 아사쿠마를 대했다. 인관연의 커뮤니티에 갑자기 집어넣어도 붕 뜨지 않고 대응하는 다이후쿠가 대단했다.

어떻게 하면 그렇게 유연하게 녹아들 수 있는지 진심으로 배우고 싶다. 사실은 다이후쿠에게 가르쳐 달라고 물어본 적도 있었다. 그 결과 '공부해서 배울 수 있는 건 아니야'라고 어느 정도 예상했던 대답이 돌아왔다.

공부해서 배울 수 있는 것이 아니라면 나는 어떻게 사교성을 길러야 하는 걸까.

"오늘도 극복하지는 못했네요. 힘이 되어 드리지 못해서 죄송해요."

"아니에요! 저야말로 스승님의 기대에 부응하지 못해서 죄송합니다…."

사이에 다이후쿠를 끼고서 사제가 대화했다. 맞은편에 앉은 직장인이 보기에는 무슨 관계인가 싶지 않을까?

"하지만 오늘 일로 알게 된 것도 있어요. 쓸데없는 일 같은 건 하나도 없어요."

시오노미야다운 고매한 표현이 다이후쿠를 건너 아사쿠마에게 전해졌을 것이다.

"무언가에 집중하고 있을 때, 다른 사람의 시선이나 주목을 의식하지 않을 때 아사쿠마 양은 투명해지지 않아요."

지금 시오노미야는 단순히 착한 사람이 아니라 행동할 줄 아는 사람이었다.

다들 확실하게 성장하고 있구나.

"이능력의 특성을 안다면 대책도 세울 수 있어요!"

다이후쿠를 사이에 두고서 시오노미야는 아사쿠마에게 웃어 보였다.

아아, 미스 세이고라는 건 진짜구나.

팬에게 용기와 기운을 주는 직업이 아이돌이라면 (실제로 힘들어도 지지 마, 앞을 보고 나아가자, 힘내자 같은 가사가 아이돌 노래에는 많은 것 같다. 지식이 얕은 나도 그렇게 느낀다) 주위 사람에게 용기와 기운을 주는 것이 국지적 아이돌인 미스 세이고라는 생각이 들었다.

분위기를 파악하는 눈치가 부족하여 예전 학교에서 실수한 적도 있는 시오노미야가 그 부분을 배려로 커버한다면 그건 최강의 여자아이이지 않을까. 다이후쿠도 안목이 있다.

"다음은 하구레 군이 분명 타개책을 생각해 줄 거예요! 기대하기로 하죠!"

©2017 Kisetsu MORITA/SHOGAKUKAN Illustrated by Mika Pikazo

eXtreme novel

「물리적으로 고립된 나의 고교생활」4권 수량 한정 특별부록

©2017 Kisetsu MORITA/SHOGAKUKAN   illustrated by Mika Pikazo

NOT FOR SALE

내 책임이 갑자기 무거워졌어!

"…그러네요. 남자 선배님답게 좋은 방법을 제시해 줄 거예요."

들려온 아사쿠마의 목소리가 어두웠다….

그리고 남자 선배님이라는 표현, 익숙해지지 않는다. 약간 밀어내는 느낌이 들었다.

그러나 내가 뭔가 의견을 내야만 하는 것은 사실이었다. 어쩌지…. 아무런 생각도 해 두지 않았다…. 남자에게 익숙해지는 방법이라니 대체 뭘까? 내가 남자인 만큼, 자칫 잘못하면 성희롱처럼 되고….

참고로 다이후쿠가 옆에 앉아 있기 때문인지 그 후 아사쿠마는 사라져 버렸지만, 그때쯤에는 전철이 더욱 한산해져서 앉으려 드는 사람은 아무도 없었다.

시간이 있었기에 나는 스마트폰을 꺼내 타카와시와 아이카에게 라이브 작전이 실패했다는 취지를 전했다.

[그레 군의 아이디어를 기대할게.]

타카와시가 금방 답장을 보냈지만, 이건 비아냥이다.

[그러니까 월요일에는 대망의 마지막 타자다운 명안을 제시해 줘. 명안이 뭔지는 알지?]

이 녀석, 장래에 압박 면접 같은 걸 실시할 것 같다….

[아마 아직 아무런 대책도 없을 테니까 제대로 생각해 둬.]

앗, 아무 대책도 없다는 걸 들켰어?!

귀가 후, LINE으로 다이후쿠에게도 뭔가 아이디어가 없냐고
물어보았다.

[오늘은 불러 줘서 고마워.]

아이디어와는 관계없는 대답이 돌아왔다.

[그리고 라이브 하우스에서 수학여행 얘기를 했었는데.]

그 네 글자 단어를 보고 나는 현실로 돌아왔다. 대학 입시라
는 단어보다 훨씬 무겁게 어깨를 짓눌렀다.

그러나 그 중압은 단숨에 가벼워지게 되었다.

[자유행동 시간은 나랑 같이 다닐래?]

그렇구나! 다른 반 학생과 같이 행동해도 되잖아! 자유행동
이니까 자유롭지! 자유 만세!

[고마워! 그러면 최악의 사태는 막을 수 있어!]

결국 나도 아이디어 이야기에서 탈선하여 돌아오지 못했다.

내가 자신도 아이디어를 내야만 한다는 것을 떠올린 것은.

[그럼 난 잘게. 너도 잘 자.]

라는 다이후쿠의 메시지를 보고 난 뒤였다….

★

"아~ 남자인 나랑 열심히 얘기해서 익숙해지는 작전…인데…."

자신이 없을 때 말을 흐리게 되는데 이때도 그랬다.

시뮬레이션실의 공기도 우중충하니 무겁게 느껴졌다.

아니, 타카와시가 혼자 무겁게 만들고 있었다.

"그레 군, 방금 그건 농담이라고 얼른 말해."

타카와시의 목소리가 무서웠다. 정말로 실망한 목소리였다.

"초심으로 돌아간다고 할까… 이런 건 성실하게 노력하는 게 가장 빠른 지름길이라고 할까…."

"200년 전이라면 할복해야 했을 거야. 목숨을 건졌구나."

죄가 너무 무겁다.

"너무 그러지 말아요~ 에링. 심플해서 **반대로** 성공할지도 모르잖아요~♪"

평소처럼 아이카가 두둔해 주었지만 '반대로'라는 표현에서 미약한 비난의 의도가 느껴졌다. 반대로라도 생각해야 좋게 봐줄 수 있다는 뜻이다….

하지만 그것보다도 괴로운 것은 아사쿠마가 상당히 싫어하는 티를 내고 있다는 점이었다.

노골적으로 싫다는 말은 하지 않았다. 내게 상처 주려는 의도는 그녀에게도 없었다. 그러나 역시 얼굴에 드러났다.

그리고 무리해서 웃으려고 하면서 쓴웃음이 되었다.

그것이 내게는 조소로 보였다….

"아사쿠마 양도 하구레 군에게는 비교적 익숙해지기 시작했을 테니, 그대로 계속하여 더욱 익숙해지는 것은 나쁘지 않을지도 몰라요."

"시오노미야, 그레 군을 오냐오냐하면 안 돼. 채찍과 당근 중에서 당근을 너무 많이 써."

타카와시는 양손 검지로 작게 × 마크를 만들었다.

나는 그렇게 오냐오냐 받은 기억이 없다만…. 그래도 × 마크를 만드는 모습은 조금 귀여웠다. 저 녀석도 이런 제스처를 취하는구나.

"그리고 그레 군은 아무리 애써도 평균적이고 평범한 일반 남자와는 다르잖아. 개를 무서워하는 사람이 천연기념물인 일본장수도롱뇽과 친해졌다고 해서 개에 대한 내성이 생기지는 않아. 미안, 조금 말이 과했을지도."

"사과하지 않아도 돼! 이런 건 말한 사람이 자중하면 오히려 더 견디기 힘들어진다는 걸 너도 알잖아!"

말을 꺼낸 장본인이 말이 과했다고 반성한다는 것은 진심으로 지적했다는 말과 다를 바 없었다.

확실히, 내 앞에서는 사라지지 않게 됐다고 해서 다른 남자 앞에서도 괜찮다고 할 수 있을까…?

"하지만 나도 최근 학습했어. 부정할 수 있다고 바로 부정하는 일을 계속하면 강자만이 살아남게 되어 사회는 성립되지 않다는 걸 말이야. 세상은 언제나 약자가 더 많아. 그러니 그레군의 아이디어를 시도하는 걸 허락할게."

인심 써 준다는 태도였고, 심지어 문맥을 따져 보면 나는 약자 취급이었다.

"우리는 잠깐 교실을 나갈 테니까 아사쿠마랑 그레 군은 30분간 대화를 나눠 봐."

우와, 지금 바로 시작하는 거냐!

게다가 내 의견인데 왜 타카와시가 지휘하는 거야?!

"예?! 길어요! 너무 길어요!"

아사쿠마가 당황했다. 이렇게 허둥거리는 아서왕의 모습을 여자들은 모르겠지!

"맞아, 길어. 하지만 그레 군과 30분이나 얘기할 수 있다면 적어도 웬만한 남자와 대화는 할 수 있을 거야. 그런데 너, 별자리 무슨 자리야?"

왜 지금 별자리를 묻는데?!

"물고기자리인데요…."

"오늘 물고기자리는 '이성과 대화하면 운수가 좋아진다'고 아침 뉴스에 나왔어."

"그거 분명 거짓말이잖아요!"

아사쿠마도 마침내 태클을 걸었다. 그만큼 알기 쉬운 거짓말이었다. 하지만 거짓말이든 아니든 권력자가 검정이라고 하면 검정이 된다. 이미 타카와시는 자리에서 일어나 의자를 움직이기 시작했다.

"시오노미야, 아야메이케, 준비를 도와줘."

시오노미야는 조금 망설이는 것 같았지만 나를 격려하듯 이렇게 말했다.

"하구레 군이 평범하지 않더라도 그게 하구레 군의 개성이고 좋은 점이에요! 자신을 비하할 필요는 없어요!"

성원이 가시가 되어 내 마음을 찔렀다.

이런 건 스스로 인정하는 것은 괜찮지만 남에게 들으면 괴롭다….

그러는 동안에도 아이카가 타카와시의 지시를 받아 의자를 움직이고 있었다.

내가 동맹을 맺은 초기에 타카와시와 시도했던 면접 방식의 특훈에 가까웠다.

시오노미야는 아직 당황한 기미인 아사쿠마 앞에 서더니 양손을 V자로 번쩍 들었다. 레서판다가 위협하는 듯한 포즈였다.

"아사쿠마 양, 당신은 용기도 행동력도 전부 갖추고 있어요. 이제 기회를 잡기만 하면 돼요! 제 작전은 실패했지만… 나머지는 하구레 군에게 전부 맡기겠어요!"

점점 내 등에 이것저것 실리고 있다.

"네! 이번에야말로 극복해 보이겠습니다! 농구 전국 대회의 결승에 임하는 마음으로 하겠어요!"

난 대체 얼마나 강적인 거야?

"두 사람이 앉을 의자와 의자 사이는 1m로 하자. 너무 멀면 대화하기 힘든 것이 거리 때문인지 다른 요인 때문인지 알 수 없으니까. 딱 드레인의 범위 밖이고."

내가 의견을 냈을 텐데 나는 완전히 받는 입장이구나. 그냥 말을 말자….

"그리고 나나 아야메이케에게 LINE을 보내거나 전화하는 것도 금지야. 단둘이 얘기할 것. 종료 시각은 우리가 교실에 돌아올 때까지. 확실하게 30분 후에는 돌아와 줄 테니까 안심해. 그럼 우리가 나간 뒤부터 시작해."

그렇게 말하고서 타카와시는 아이카와 시오노미야의 손을 양손으로 각각 잡았다.

"자, 둘 다 한시라도 빨리 나가자."

여기가 무슨 화재 현장이라도 되는 것처럼 말하지 마.

"에링이랑 손을 잡다니, 아이카, 기뻐요!"

"이상한 소리 하지 말고 나가자. 도서실에서 모르는 수학 문제라도 가르쳐 줄게."

나는 그때 여자가 되고 싶다고 생각했다. 여장하고 싶다는 의미는 아니었다.

뾰족한 구석이 있는 타카와시조차 저토록 자연스럽게 아이카와 시오노미야의 손을 잡을 수 있었다. 내 경우에는 여자가 되어도 드레인이 있으니까 무리지만.

"타카와시 양의 손은 차갑네요."

"이래 봬도 '얼음 공주'라고 불리고 있으니까. 쉽게 오해받지만 마음은 따뜻해."

진담인지 농담인지 알쏭달쏭한 말을 하고서 타카와시는 두 사람을 데리고 냉큼 나가 버렸다.

나와 아사쿠마만이 남겨졌다.

"아무튼 앉을까."

나는 말하고 나서 왜 '아무튼'이라든가 '일단' 같은 말을 관사처럼 툭하면 붙이는 걸까 생각했다. 그냥 '앉을까'라고 말하면 된다. '아무튼'은 필요 없다.

아사쿠마와 눈이 마주쳤다. 여기서 눈을 맞추지 않는 것은 이상했다.

"그러네요….."

아사쿠마도 포기했는지 타카와시가 준비한 맞은편 자리에 앉았다.

1m라는 거리는 가까웠다. 면접할 때 면접관과 마주하는 거리보다는 확실하게 가까웠다.

"아무튼 뭔가 얘기할까요…?"

앗, 아사쿠마도 '아무튼'을 사용했다. 말이 나와 버린단 말이지.

"응…. 어어… 계속 농구부였어…?"

"네. 초등학생 때 선생님이 잘한다고 칭찬해 주셔서 중학생 때도 농구부였어요. 그다지 강팀은 아니었지만 그중에서는 활약했었고…."

그녀의 시선은 아마도 내 가슴 부근에 가 있었다. 얼굴을 보기는 힘들지만 그렇다고 바닥을 볼 수도 없으니 그쯤에 초점을 두었을 것이다. 그 시선의 느낌은 타카와시와 비슷했다.

"흐응…."

"선배는 중학생 때 무슨 동아리였나요?"

"초등학생 때 이미 드레인 이능력이 발현돼서 귀가부였어."

어쩔 수 없는 일이지만 내 프로필로는 대화를 넓혀 가기 어려웠다.

"그건… 힘드셨겠네요…."

"중학교 3년간은 절망이었어. 용케 학교를 빠지지 않고 개근했지…."

아, 이건 내 이야기를 이어가는 흐름이다.

내 이야기는 필요 없다. 어차피 자학하게 될 테니까. 노선을 틀자. 오히려 상대에게 질문하는 거다.

"저기… 왜 시오노미야의 제자가 되려고 한 거야?"

점점 관련 있는 질문을 던지며 자연스러운 대화로 만들어 나가자.

"세이고제 때 선배가… 스승님이 빛나고 있었고, 게다가 열심히 노력하고 있다는 게 보였으니까요."

이때 아사쿠마는 매우 진지한 표정을 하고 있었다.

"축제 첫날에 연극의 주역인데 사라져 버렸다는 건 말씀드렸죠…?"

"응…. 나 역시 그건 상상만 해도 가슴을 쥐어뜯고 싶어져…."

몇 년 지나면 시효가 다 되어 오히려 농담처럼 말할 수 있을지도 모르지만 지금은 아직 마음의 상처일 것이다. 딱지도 떨어지지 않았을 시기다.

"그래서 축제 둘째 날은 농구부 친구랑 같이 돌아다녔는데, 미스 세이고는 어떤 건지 보고 싶어졌어요. 이런 곳에는 어떤 아이가 나오는지 궁금했거든요."

아아, 여자에게 고백받은 적도 있는 여자에게 미인 대회가 흥미의 대상이 된 건가.

"그랬더니 예상대로라고 할까, 저와는 다른 타입의 학생들만 늘어서 있었어요. 하지만 그중에서도 스승님은 또 다른 타입의 사람이었고… 그게… 이렇게 말하면 실례일지도 모르지만… 원래 그런 무대에 나올 만한 타입은 아니잖아요. 누가 시켜서 무대 위에 서 있는 느낌이었어요."

아사쿠마의 말이 길어졌다.

기어가 들어갔다고 할까. 무언가가 바뀐 것 같았다.

"응, 실제로 타카와시가 생각해 낸 꾀였어. 그렇지 않았다면 시오노미야는 무슨 일이 있어도 나가지 않았을 거야."

"역시 그렇죠?"

어딘가 안심한 것처럼 아마쿠사가 웃었다.

"하지만 거기서 스승님은 할 수 있는 일을 최대한 하려고 했어요. 그 모습이 확실하게 보여서… 아아, 나도 이렇게 바뀌고 싶다. 왕자 역이면서 사라지는 일은 두 번 다시 저질러선 안 된다고 생각했어요."

대형 사고를 치고 최고조로 우울했을 때, 아사쿠마는 시오노미야의 무대를 본 건가.

"이 5층 교실에 오는 건 상당히 부끄러웠고 저항감도 들었지만, 시오노미야 선배는 더 부끄러운 일도 해냈다고, 지지 말라는 기분으로 문을 두드렸어요."

내가 면접관이라면 채용했을 것이다.

이 아이도 한없이 성실했다.

성실함으로 똘똘 뭉쳐 있었다.

그렇게 성실하기에 괴로워하고 있었다.

분명 인관연에는 성실하지만 고생하고 있는 인간이 찾아오는 것이다.

"나도, 시오노미야도, 다른 두 사람도 전력으로 아사쿠마를 도울게. 개선될 때까지 함께할 테니까 안심해도 돼."

나도 그 성실함에 감화되었다.

"타카와시는 성격도 나쁘고 눈초리도 사납지만 터무니없이 머리가 좋고. 아이카도 무서우리만큼 착한 아이고, 시오노미야는 너도 알겠지만 자신을 의지하는 상대를 절대 버리지 못하는 성격이니까… 으음, 분명 아사쿠마에게는 해피 엔딩만이 기다리고 있을 거야."

아사쿠마가 살짝 미소 지었다. 무심코 웃어 버린 느낌이었다.

"그 표현은 이상해요, 선배."

"그러네. 다른 사람이랑 떠드는 데 익숙하지 않아서."

"그런데 저, 지금 사라지지 않은 채 얘기하고 있나요?"

그 말을 듣고 이번 과제를 떠올렸다.

"안 사라졌어. 제대로 보여!"

혹시 잘 풀리고 있는 건가?

나와 대화한다는 아무런 특색도 없는 방법이 성공한 건가? 이야기에 잘 집중시켜서 남자와 대화하고 있다는 것을 잊어버리게 했기 때문인가?

"해… 해냈다! …이겼어! 이겼어요!"

아니, 이겼다니 대체 뭐에 이긴 거냐고 말하고 싶었지만, 아사쿠마가 기뻐하는 얼굴을 보니 태클도 걸 수 없었다.

인간이 성취감을 얻을 수 있는 것은 제각각이다. 나도 악착같이 친구를 만들려고 하고 있었다. 타인의 기쁨을 야유해서는 안 된다.

"선배, 잘 되고 있어요! 좀 더 가까이 가 볼게요!"

아사쿠마가 발로 의자를 끌어 앞으로 나왔다.

"1m 미만이 되는 건 안 돼! 힘들어질 테니까!"

"괜찮아요! 이래 봬도 운동부인걸요!"

"그런 문제가 아니야!"

나는 의자를 끌어 1m를 유지했다.

뭔가 아사쿠마의 기분이 업된 것 같았다. 남자에게 긴장하는 모습만 본 탓에 내성적인 이미지를 가지고 있었지만, 아사쿠마는 농구부에 소속될 정도이니 원래는 활발한 캐릭터일지도 모른다.

드레인이 얼마나 위험한지를 설명하여 어떻게든 1m를 유지하게 되었다. 오히려 내 쪽이 신경을 쓰게 된다.

다만 사라지지 않았다는 이야기를 한 번 꺼낸 탓에 그 이후로는 대화가 조금 정체되었다.

실수했다. 화제가 본질에 가까워지면 이야기가 이어지지 않게 된다. 안쪽으로 계속 파고들어서는 안 된다. 그런 건 매우 친한 사이에나 가능한 일이다. 오히려 밖으로 밖으로, 어찌 되든 좋은 대화 쪽으로 가야 하는데!

그러나 한번 깔린 레일을 90도로 꺾어서 다른 방향으로 나아가는 것은 불가능했다.

다시 어색한 구간에 들어서고 말았다.

"선배처럼 남을 다치게 하는 능력도, 저랑은 다른 어려움이 있죠?"

"'나는 다른 사람을 다치게 한다'고 말로 표현하면 뭔가 멋있지만, 이런 건 엄청난 미남에게만 허락되는 거니까…."

아사쿠마의 얼굴에서 여유가 사라졌다. 두려움과 무서움과 혐오가 섞인 듯한 얼굴이 되었다.

"하지만 선배는 굳이 따지자면 멋있는 쪽이에요…. 그러니까… 머지않아 좋은 인연이 있을지도 몰라요."

"빈말이라도 고마워."

뭔가 석연치 않은 방식의 칭찬이지만 그래도 못났다는 말을 듣는 것보다는 나았다.

"비, 빈말이 아니에요! 계속 대시하면 드레인이 있더라도 어떻게든…."

"위로해 주는 마음은 감사히 받을게."

드레인이 있으면 아무것도 안 된다고 말해 봤자 의미가 없다. 비굴해지는 것은 금지다. 도망치지 마. 자신에게서 도망치지 마. 아사쿠마도 도망치지 않고 이렇게 대화하고 있잖아.

어라, 그러고 보니.

아직 아사쿠마는 사라지지 않았다. 대화는 어색하지만 나는 아사쿠마와 시선을 교환하고 있었다.

"선배, 제가 보이는 거 맞죠?"

"응, 확실하게 보여."

"보인다는 건… 그다지 긴장하지 않고 있다는 거죠?"

"으, 응! 그렇게 해석할 수 있지."

보기에는 그런대로 의식하고 있는 것 같고, 긴장이 얼굴에 드러났다고도 할 수 있지만, 아무튼 사라지지는 않았다.

우리는 아슬아슬한 곳에서 버티고 있었다.

균형 감각이 좋지 않은 녀석이 평균대 위를 달리는 것처럼. 떨어지려고 하면 어떻게든 다음 걸음을 내디뎌 앞으로 나아갔다.

"그럼 이 상태로 이야기를 계속해요. 어어, 올해 여름 방학에 여행 가셨나요?"

이미 실패가 결정된 맞선에서 나올 만한 질문이라고 생각했다. 그나마 아사쿠마 쪽에서 질문해 주니 다행이었다. 그리고 화제도 아까보다는 바깥쪽이었다.

"나가노 현의 시라카바 호수."

"……호수인가요. 배, 백조가, 예쁠 것 같아요…."

아, 시라카바 호수에 관해 잘 몰라서 더 깊이 이야기할 수 없는 모양이다.

여행과 관련된 다른 이야기를 해야겠다. 시라카바 호수에 관해 자세히 이야기하는 흐름이 되어서는 안 된다. 그러면 내가 아사쿠마에게 일방적으로 떠드는 전개가 되어 버린다.

"아사쿠마는 어때? 여행 갔었어?"

"이즈모 대신사에⋯."

여자들끼리 가는 여행의 정석과 같은 곳이네.

"거기서 남자에 대한 긴장이 없어지게 해 달라고 기도했어요⋯."

인연을 맺어 주는 신도 그 전제를 어떻게든 해 달라는 소원은 예상외이지 않을까⋯.

"이즈모 소바, 맛있었어요. 그리고 마츠에성을 봤어요. 돌아오는 길에는 요괴 로드랑 돗토리 사구에 들렀어요."

"그, 그렇구나." 하고 대답할 수밖에 없었다.

특별히 지식이 없기에 깊이 있는 이야기로 나아갈 수 없었다.

아사쿠마의 표정이 다시 흐려졌다. 한 단계 나빠진 것 같았다. 미안. 방금 그건 내게 문제가 있었어. 관심 없다는 듯한 반응이 되어 버렸지만 그런 게 아니야.

"대화가 이어지질 않네요⋯. 제가 실수했나요? 농구부에서는 잘 먹히는 얘기인데."

"내가 외톨이로 오래 지내서 그렇지 보통은 괜찮을 거야. 미안⋯. 하지만 아직 사라지지 않았어. 좋은 느낌이야. 예전보다 좋아졌어. 효과가 있어!"

내가 그렇게 위로할 때만 아사쿠마의 표정이 회복되었다.

"그렇죠! 성장하고 있어요! 이제 남자 따위 무섭지 않겠죠?"

마지막만 살짝 의문형이었다.

그건 내가 정할 수 없는 부분이니 직접 판단해 줬으면 좋겠다.

그때, 주머니에 넣어 둔 스마트폰이 진동했다.

뭔가 싶어서 알림을 보았다.

[스마트폰 보면 안 된다고 했잖아.]

타카와시가 보낸 거였다. 울컥했다….

그럼 보내지 마! 악의적으로 잔머리 굴리지 마!

[네가 보내니까 봐 버린 거야!]라고 답장했더니 [답장 보내지 말고 아사쿠마랑 대화를 하라니까.]라는 메시지가 즉각 돌아왔다. 불합리해! 정말로 불합리해!

"신에게 소원을 빌어서 타카와시의 성격이 고쳐진다면 나도 이즈모 대신사에 가겠어…."

쿡쿡 웃는 소리가 들렸다.

"좋네요! 제가 바라는 게 그런 거예요!"

"응? 놀림당하는 거? 아니면 놀리는 거?"

"아뇨, 타카와시 선배와의 거리감이요. 완벽하잖아요. 남녀의 차이 같은 게 없어요."

"그 녀석은 남자나 여자가 아니라 악마야. 어라, 하지만 악마도 성별이 있으려나….”

“아아, 역시. 타카와시 선배 이야기는 막힘없이 나오네요.”

뭔가 내가 카운슬링을 받는 것처럼 되었다.

어떤 사정이 있든, 어떤 이유가 있든, 남녀의 벽이 없다는 건 그런 건가.

그 녀석도 나도 ‘동맹자’로 보고 있었다.

그 역할에 성별은 관계없었다.

“저도 그렇게 남자를 대할 수 있다면 분명 더는 사라지지 않을 거예요. 그런 여자들도 흔하게 있잖아요.”

나도 자연스럽게 맞장구를 쳤다.

“응. 주로 학급에서도 서열이 높은 남녀가 그렇지만, 있긴 있지.”

지극히 평범하게 시시한 이야기로 즐겁게 떠드는 남녀. 1학년 때도, 지금 우리 반인 2학년 2반에도 있었다.

“다만 그 사람들도 사귀는가 사귀지 않는가는 생각할 테니까 남녀라는 점은 역시 의식하고 있으려나요….”

“아, 정말 그렇네….”

남녀가 함께 노래방에 가는 녀석들은 확실히 인기 같은 걸 의식하고 있지….

“하지만 그렇다면 나랑 타카와시의 관계는 뭐지?”

남녀가 함께 노래방에 가는 녀석들과는 또 다르다.

"그건… 오글거리는 대사지만….”

아사쿠마는 고개를 숙이고 말았으나 사라지지는 않았다.

"분명 남녀의 우정이에요.”

타카와시와 우정. 절대로 결부되지 않는 말이었다. 질 나쁜 농담 같았다.

그런데 나는 마음이 조금 따뜻해지는 느낌을 받았다.

너의 이런 점이 문제라고 아무렇지도 않게 서로 말할 수 있는 것은 친하기 때문이려나.

역시 너무 긍정적으로 해석하는 걸까….

타카와시는 타카와시다. 그것만으로도 특별한 존재다. 여자로서 일반화해도 별수 없다.

그리고 나도 타카와시에게 이성으로서 호감을 조금도 품고 있지는… 않은 것도 아니지는 않은 게 아니다.

으음, 이러면 부정이 되는 걸까 긍정이 되는 걸까?

아무튼 타카와시는 귀엽고, 아름답고, 예쁘고, 그 삶의 방식을 드물게 동경하기도 하지만, 그런 것은 연애 감정과 다를 터였다.

그 뒤로도 아사쿠마에게서 여유가 몇 번 사라지긴 했지만, 이윽고 뜬금없이 문이 열렸다. 비유 표현이 아니라 교실 문이 말이다.

"성과는 있었나요~? 과자를 사 왔어요!"

"오는 도중에 네가 하나 뜯어 먹었지만 말이지."

"이야~ 좋은 과자를 고른 탓에 참을 수가 없었는걸요~♪"

머리에 손을 댄 아이카가 '데헷'이라고 말할 듯한 포즈를 취했다. 요망하지만 좋았다.

인관연 멤버가 줄줄이 들어왔다. 그런가, 시간이 다 됐구나.

"과자를 사 가자는 건 란란의 의견이었어요~ 란란에게 고마워해 주세요♪"

아이카에게 초콜릿 과자를 받았다. 물론 고마웠다. 쓸데없는 짓을 한 타카와시 외에는 분명하게 고마웠다.

다만 내가 고맙다고 말하기 전에 이미 시오노미야는 아사쿠마 앞에 가 있었다.

"어땠나요? 성장할 수 있었나요?"

말하면서 시오노미야는 과자 봉지를 건넸다.

"30분간 하구레 선배와 이야기했지만 사라지지 않았어요!"

자신만만하게 아사쿠마가 대답했다.

동시에 시오노미야의 얼굴에 유치원생 같은 천진난만한 웃음이 깃들었다.

지금 시오노미야는 성취감에 푹 잠겨 있을 것이다.

"해냈군요!"

두 사람이 짝 하이파이브를 했다.

"이것도 다 스승님 덕분이에요!"

"잘 버텼어요! 당신이라면 극복할 거라고 믿고 있었어요!"

뭔가, 나를 30분간 함께 있는 것조차 힘들 만큼 소름 끼치는 남자로 취급하고 있는 것처럼 들리지만, 그것이 억지스러운 해석이라는 것 정도는 알고 있다.

다행이다. 정말로 다행이다.

이제 사라지는 이능력 때문에 아사쿠마가 곤란을 겪을 일도 더는 없….

"좋아, 그럼 성과가 진짜인지 시험해 보자."

곧장 타카와시가 냉철하게 말했다.

"아사쿠마, 운동장에 나가서 축구부의 연습을 혼자 3분간 보고 와."

"예…?"

"여자 혼자 서 있으면 적당히 시선도 모이겠지. 그랬는데 사라지지 않는다면 완벽하게 극복했다고 할 수 있어. 우리는 떨어져서 보고 있을게."

그리고 운동장에 끌려간 아사쿠마는 축구부원 몇 명의 시선을 빤히 받게 되었다.

부원들은 자기에게 마음이 있는 여자라고 생각했을지도 모른다. 혼자서 운동장에 보러 오는 건 상당히 적극적인 행동이니까.

 아니지, 걱정할 필요는 없으려나.

 머릿속으로 카운트하고 있었는데, 세기 시작한 지 8초 만에 아사쿠마는 사라졌다.

 보이지 않으니 축구부원들도 주목할 방도가 없었다.

 "역시 안 되는구나."

 처음부터 예상하고 있었는지 타카와시는 낙담조차 하지 않았다.

 어쩌면 단순히 남의 일이기 때문일지도 모른다.

 "그레 군은 인관연의 멤버라 아사쿠마도 익숙해지기 시작한 것 같지만, 다른 남자한테는 적용되지 않는 모양이야."

 타카와시는 내 경우가 예외일지도 모른다고 생각하여 대조 실험을 한 것이다.

 그리고 정말로 나는 예외였다.

 "많은 사람의 시선을 받는 환경을 견디지 못하면 혼잡한 곳이나 전철 안에서 사라져서 말썽이 일어날 거야. 시간을 내서 특정한 남자와 훈련해도 근본적인 문제는 해결되지 않아."

 그럼 나와 대화한 30분은 뭐였나 싶었지만 그건 애초에 내가 낸 의견이었다. 역부족이었다는 평가는 달게 받아들이자.

 그때, 무언가가 시야 밖에서 움직인 것 같았다.

 시오노미야가 그 자리에 웅크려 앉아 있었다.

"란란, 왜 그래요?! 배라도 아픈가요?"

깜짝 놀란 아이카가 말을 걸었다. 일단 생각나는 것은 컨디션 불량이었다. 밖에 나와서 배가 차가워진 걸까.

시오노미야는 뭐라고 중얼거리고 있었다. 그 목소리를 놓치지 않기 위해 나도 아이카도 허리를 숙였다.

"아직도, 저는 한 사람 몫을 못 하는 거네요…. 길은 아득히 멀어요…."

무슨 말일까? 적어도 몸이 안 좋은 것은 아닌 듯했다.

메이드장이 손을 움직이며 주위를 허둥지둥 왕복했다. 시오노미야는 고개를 숙이고 있어서 표정까지는 알 수 없었다.

"혼자서는 아무것도 못 하고…. 다른 사람을 도와주지도 못 하고…. 저는 전혀 바뀌지 않았어요…. 참 훌륭한 광대예요."

"란란, 왜 그래요? 보건실에 갈래요?"

아이카가 거듭 말을 걸었지만.

"걱정하지 않으셔도 돼요. 그런 게 아니니까요."

시오노미야는 고개를 가로저었다.

나는 직감적으로 이해했다.

또 새로운 문제가 인관연 안에서 생겨나고 말았다….

마침내 시오노미야는 비틀비틀 일어났다.

극단적으로 안색이 나쁘지는 않았지만 표정에 생기가 없었다. 몸집이 작은 그녀가 한층 더 작아 보였다.

"죄송해요. 오늘은 혼자 돌아가고 싶어요."

시오노미야는 그렇게 말하더니 교문 쪽으로 성큼성큼 걸어갔다. 그 걸음은 꽤 빨랐다. 메이드장이 황급히 그 뒤를 따라갔다.

"타카와… 아이카, 쫓아가는 편이 좋을까?"

"그레 군. 방금 나한테 물어봐도 모를 것 같아서 아야메이케로 바꾼 거지? 그렇지?"

눈을 맞추지는 않았지만 타카와시가 노려보려고 한다는 것은 알 수 있었다.

실제로 그러했으나 타카와시의 힐문은 일단 무시하자. 직면

한 문제는 시간제한이 있었다. 변명은 나중이다.

"으음… 이렇게 혼자 돌아갈 때는 두 가지 패턴이 있는데, 사실은 쫓아와 주기를 원하는 경우와 정말로 혼자 있고 싶은 경우예요. 란란은 책임감이 강하니까 아마 혼자 있고 싶을 거예요…."

그렇군. 나는 상상도 할 수 없는 사태지만 참고가 되었다. 덧붙여 만약 남자들 사이에서 이런 일이 생긴다면 어차피 아무도 쫓아가지 않는다.

"그건 그렇고 의기소침해진 이유를 모르겠어. 아무도 시오노미야를 책망하지 않았잖아. 내가 책망하는 건 그레 군뿐이야."

나도 책망하지 마. 그보다 이럴 때 별것 아닌 걸 뒤집어씌우지 마.

"스스로 책망한 거예요."

이때 아이카의 표정은 매우 어른스러웠다. 적어도 같은 반 남자들은 이렇게 어른스러운 얼굴을 하지 못하리라는 생각이 들었다. 평소에는 쾌활하면서 갑자기 이런 얼굴로 바뀌는 것이 신기했다.

그때, 투명 상태가 풀린 아사쿠마가 나타났다. 자초지종은 투명한 채로 보고 있었을 것이다.

"저기… 스승님에게 무슨 일이 있었던 건가요…?"

"란란은 괜찮아요. 다만 잠시 혼자 있게 내버려 둬 줄래요?

젤라틴과 마찬가지로 굳기까지 다소 시간이 걸려요. 하지만 이건 오래 갈 일이 아니니까, 다시 씩씩한 모습으로 제자인 쿠마 쿠마 앞에 나타날 거예요."

이번에는 믿음직한 선배의 표정으로 아이카가 아사쿠마를 응대했다.

어떻게 아이카는 이럴 때도 우등생처럼 행동할 수 있는 걸까. 나와 타카와시는 그저 한심하게 서 있을 뿐이었다. 인간으로서의 스펙 차이가 느껴져서 괴롭다.

타카와시는 스마트폰을 들고 힘없이 내려다보고 있었다.

메시지를 보낸다면 뭐라고 보낼까, 그런 생각을 하다가 결국 아무것도 떠오르지 않는다는 결론에라도 이른 것일까.

나도 비슷했다. 인간관계 문제라는 것은 너무나도 어려웠다.

무엇이 어렵냐면 정답이 없었다. 똑같은 일을 해도 어떤 때는 성공하고 어떤 때는 크게 실패한다. 마지막은 운이었다.

"고민은 혼자 짊어지지 않는 게 상식인데. 쟤도 참 곤란한 아이야."

그렇게 말하는 타카와시 쪽이 훨씬 더 곤란해하는 것처럼 보였다.

단적으로 말해서 이건 타카와시가 해결할 수 있는 영역을 넘어서 있었다.

"에링이랑 나리히라 군은 같은 반이니까 란란에게 뭔가 말할 수 있을 것 같다 싶으면 말을 걸어 주세요."

우리가 뭐라고 대답하기 전에 아이카는 아사쿠마에게 말을 걸었다.

"그리고 쿠마쿠마 긴장 극복 대회는 스승이 복귀할 때까지 잠시 중단이에요. 쿠마쿠마에게는 폐를 끼치네요. 저희 쪽에서 연락할 때까지는 농구부에서 활동해 주세요."

"아뇨, 폐라니요…. 그보다 스승님이 걱정이에요…."

"그럼 적당히 걱정해 주세요. 어떻게든 될 테니까요. 예전의 란란이라면 알 수 없었을지도 모르지만, 지금의 란란이라면 분명 괜찮아요."

아이카는 다정하게 아사쿠마의 머리를 톡톡 두드렸다.

나도 타카와시도, 물론 시오노미야도 아이카에게 구원받고 있구나.

인관연이 만들어졌을 때보다는 성장했다고 생각하지만 여전히 아이카에게 가는 길은 멀었다. 하지만 언젠가 아이카처럼 되어 주겠어.

집으로 가는 길에 생각에 잠겨 자전거를 타다가 턱에 걸려 넘어질 뻔했다. 역시 운전 중에 딴짓하면 안 돼.

★

귀가하여 재빨리 숙제를 끝내고, 식후에 방 침대에 누워 오늘 있었던 일을 생각했다.

"시오노미야, 기합이 잔뜩 들어가 있었지."

아사쿠마가 스승님이라고 부른 것은 어느 정도 충동적인 행동이었으리라.

하지만 그것이 시오노미야에게 보람이 되었고 어느새 중압이 되었다.

그런 생각을 하고 있는데 타카와시가 내게 일대일 LINE 메시지를 보냈다.

[친구가 없는 인간은 내향적인 경향이 있어.]

요컨대 타카와시나 나나 시오노미야와 동류라는 말을 하고 싶은 거겠지.

[부정하진 않아. 나는 충격을 받아도 그런 행동력은 없겠지만.]

[그 애, 행동력은 있단 말이지. 하지만 그 행동력을 주위에 맞춰 나가는 응용력은 여전히 없어. 회사에 들어가도 열의를 가진 채 무사안일주의 상사와 충돌해서 머지않아 퇴사해 버리는 타입의 인간 같아.]

예시가 참 생생하지만 역시 틀리지는 않을 듯했다….

[뭐, 이번에 할 일은 하나야. 시오노미야를 격려하는 것. 따로 상대가 있는 문제가 아니니까 시오노미야가 납득한다면 해

결돼.]

긍정적으로 생각하자.

아이카와 타카와시의 사이가 틀어졌을 때와 비교하면 별것 아니었다.

[그럼 이 문제는 맡길게.]

어라… 보기 좋게 떠맡게 된 것 같다….

[너도 인관연 겸 같은 반 친구니까 도와.]

그 뒤로는 읽씹 당했다….

"진짜냐! 나한테 떠넘기는 거야?!"

뒹굴던 침대에서 무심코 벌떡 일어나 외쳤다. 통화가 아니니까 외쳐 봤자 타카와시에게 전달될 리도 없지만 외치지 않을 수 없었다.

고민 중인 여자에게 과연 외톨이가 뭔가를 해 줄 수 있을까? 비실비실한 허약아가 요코즈나에게 도전하는 짓이지 않을까?

"…다이후쿠한테 부탁할까? …아니야, 그건 아니야. 절대로 아니야."

이건 인관연의 문제다.

다들 싸우고 있다. 나도 언제까지고 외톨이라서 그렇다고, 이능력 때문이라고 탓해서는 안 된다.

창밖에서 빗소리가 들려왔다. 비가 내리기 시작한 모양이었다. 창문을 때리는 둔탁한 소리가 이따금 울렸다.

비가 내리기 전에 집에 와서 행운이라고 생각할 것인가, 내일도 비가 올 것 같으니 불행하다고 생각할 것인가. 그것으로 인생의 다른 부분도 달라지는 걸까.

★

이튿날. 가을장마라 빗발이 거셌지만 시오노미야는 평소처럼 등교했다.

시오노미야는 힘든 일이 있어도 그것 때문에 학교를 빠지는 타입이 절대 아니라는 점은 알고 있었고, 하물며 비가 거세다는 이유로 학교를 빠질 수는 없지만, 얼굴을 보니 다소 안심이 되었다. 의외로 메이드장이 가라고 제안했을지도 모른다.

표면상으로 시오노미야는 평소와 전혀 다름없…지는 않아서 같은 반 여자들에게 '무슨 일 있었어?' '란란, 실연이라도 한 거야?' 하고 지적당했다.

내가 할 소리는 아닐지도 모르지만 시오노미야는 얼굴에 아주 잘 드러나는 타입이었다!

그리고 시오노미야 주위에 다른 여자가 있는 동안에는 나도 타카와시도 다가갈 수조차 없었다.

시오노미야 주위에 와 있는 여자들과 교우 관계가 없기 때문이다.

나는 내 자리에서 움직이지 못한 채 다음 수업에 제출할 숙제를 검토하는 척했다. 특별히 검토할 의미도 없지만, 아무것도 안 하면서 계속 자리에 앉아 있으면 외톨이라는 것이 너무 티가 나서 괴로웠다.

내 앞인 이신덴의 자리에는 타카와시가 와 있었고 수업 범위 이야기를 하고 있었다.

"세계사는 미묘하게 진행이 느리단 말이지."

"그런 것 같아. 이 페이스라면 근현대사는 급하게 넘어가려나."

"배분이 이상하지 않아? 입시에 고대사 비중이 그렇게 크진 않을 텐데."

같이 이야기할 상대가 있다는 건 좋구나…. 수업 이야기는 본래 같은 반 인간 모두에게 공통된 화제지만 느닷없이 말을 걸 수는 없었다.

SNS라는 개념이 21세기에 들어서고 급속도로 퍼졌으나 아싸는 20세기부터 존재하며 지금도 변함없이 이곳에 있었다.

아무래도 인간의 서열을 소멸시킬 정도의 혁신성은 SNS에 없었던 모양이다. 오히려 SNS의 팔로워 수나 '좋아요' 수로 친구의 수가 가시화되어 외톨이가 더욱더 괴로워진다는 다큐멘터리를 본 적이 있다.

시오노미야는 여자들에게 둘러싸여 잡담에 어울려 주고 있었다. 다른 여자들도 적당히 끼어들며 두서없는 이야기를 하고 있는 것 같았다. 물론 두서없어도 좋았다. 쉬는 시간에 '인간이란 무엇인가' '본질이란 무엇인가' 등을 의논하자고 하는 녀석이 있다면 위험한 녀석이다.

여자들이 막처럼 시오노미야를 코팅하고 있어서 나는 말을 걸 수가 없었다.

현시점에는 아무런 힘도 되어 줄 수 없었다. 여자들과 이야기하는 사이에 기분이 풀리면 좋겠다고 바랄 수밖에 없었다. 즉, 정말로 무력했다.

시선을 돌려 오른쪽 자리에 힐끔 눈길을 주니 거기서는 에리아스가 어떤 자료를 보며 머리를 싸매고 있었다. 부회장으로서 할 일이 많은 듯했다.

"아~ 사람이 부족해…. 슬슬 정해야 하는데…. 연극부가 거절할 줄은 몰랐어…. 취주악부도 대회랑 겹치고…."

곤란한 상황에 처한 것 같지만, 말을 걸었다가 괜히 뭔가 부탁받을 수도 있으니 모르는 척하자…. 이렇게 노골적으로 혼잣말을 할 때는 상관하지 않는 것이 좋다. 이 이상 문제가 늘어나면 다 처리할 수 없어….

그리고 어찌 되든 좋은 문제가 하나 있었다.

비가 거세어 밖에서 도시락을 먹을 수 없었다.

분수 근처에서 아이카와 함께 먹는다는 방식은 절대로 쓸 수 없었다. 이대로 가다가는 교실에서 혼자 먹을 수밖에 없다….

5교시가 체육이라 다른 요일보다는 실질적인 점심시간이 짧지만 그래도 길다.

외톨이밥인가. 싫다. 외톨이밥은 어김없이 맛이 없다.

사회인이 되면 좋아하지도 않는 업무 상대와 회식하는 일도 있을 테고, 그것보다는 혼자서 편의점 도시락을 먹으며 텔레비전이라도 보는 편이 훨씬 낫다는 사람도 있을지도 모른다. 그러나 교실에서 먹는 외톨이밥은 패배의 맛밖에 안 난다.

타인(이라고는 해도 같은 반 학생이지만)이 즐겁게 떠드는 목소리를 BGM 삼아 묵묵히 밥과 반찬을 저작하다니, 마음이 있는 인간에게 시켜도 될 일이 아니다.

타카와시와 함께 먹는다는 선택지는 애초에 없었다. 최근 그 녀석은 대체로 이신덴과 함께 먹었다.

다이후쿠네 반까지 가는 것도 너무 과한 느낌이 들었다. 다른 반에 가서 도시락을 먹는 것은 허들이 한 단계 더 올라간다. 그리고 그렇게까지 하면 다이후쿠도 싫어하지 않을까…?

그래서 나는 4교시가 끝나고 화장실에 갔다.

화장실의 양변기에 앉아 밥을… 먹는 것은 아니었다. 우리 학교 화장실은 비교적 깨끗하지만 그래도 싫었다.

화장실에 가서 손을 씻고 교실로 돌아와, 도시락 통과 집에서 차를 담아 온 페트병, 그리고 영어 단어장을 들고서 교실을 나섰다.

목적지는 5층 시뮬레이션실이었다.

여기서 느긋하게 혼자 밥을 먹는 것이다.

나밖에 없는 환경이라면 아무것도 무섭지 않다. 패배의 맛도 나지 않는다! 한없이 패배에 가깝지만 패배는 아니다!

시뮬레이션실이 있어서 다행이었다. 거리낌 없이 식사를 만 끽해 주겠어!

하지만 선객이 있었다.

시오노미야와 메이드장이었다.

낭패다! 오늘 시오노미야는 혼자 있고 싶은 (메이드장은 제외) 기분이었나!

타이밍은 최악이었다. 방에서 읽던 만화가 마침 야한 장면일 때 부모님이 옆을 지나간 느낌!

"어머, 하구레 군, 어서 오세요…라는 표현은 이상할까요."

"구, 구석에서 먹을 테니까 신경 쓰지 않아도 돼…."

"그렇게 말씀하셔도 신경이 쓰여요. 하구레 군은 목석이 아 닌걸요."

그렇겠지…. 오히려 신경 쓰지 않는 녀석이 있다면 엄청난 정신력이다.

그렇다고 등을 돌리고서 먹을 수도 없기에, 뒤쪽에 물려 둔 책상 하나를 끌어내 적당히 떨어진 자리에서 먹기로 했다.

드레인이 발현된 이후로 누군가와 나란히 앉아 밥을 먹은 적은 한 번도 없었다. 지금만큼은 드레인이 고마웠다.

"어제는 모두에게 괜한 걱정을 끼쳤어요. 어디까지나 자신의 실력이 부족함을 통감했을 뿐이니 신경 쓰지 않으셔도 괜찮아요."

시오노미야는 관심종자가 아니다. 이것이 본심이라는 것도 안다. 하지만.

"신경 쓰지 말란다고 어떻게 진짜 신경을 안 쓸 수가 있겠어. 시오노미야도 목석이 아니잖아."

시오노미야의 입가가 조금 움직였다. 작은 웃음소리가 들렸다.

좋아, 방금 내 대응은 괜찮았다. 외톨이치고는 잘했다.

"그러네요. 같은 인관연 동료니까요. 그러면 잠깐 시간을 빌릴 수 있을까요? 마침 하구레 군 쪽이 이야기하기 편하기도 하고요."

"응, 물론이지. 이런 나여도 괜찮다면."

뭐야. 이미 해결로 향하고 있잖아.

아이카가 이번에 시오노미야 일은 오래가지 않을 거라고 했는데 정답이었다. 역시 아이카다.

도시락을 먹으며 고민 상담. 그야말로 청춘.

"방과 후, 하구레 군의 집에 실례해도 될까요?"

"……으엥?"

이상한 목소리가 나왔다.

"다음 수업은 체육이라 그다지 시간도 없고…."

시오노미야는 시계로 시선을 보냈다. 그런가, 여자는 탈의실로 이동하는 시간도 필요하니 마음이 급하겠구나. 하물며 당당하게 지각하는 것은 시오노미야에게 무리다.

일이 이상해졌다. 이상하게 큰일이 되었다.

하지만 선택지는 없었다. 고민 중인 상대에게 나는 남자라서 방에 들일 수 없다고는 할 수 없었다.

"응, 딱히 상관없지만…."

5교시 체육이 끝난 후, 타카와시와 아이카에게는 스마트폰으로 '시오노미야와 둘이서 이야기를 하게 되었다'고 전해 두었다.

장소가 우리 집이라는 것은 귀찮아서 쓰지 않았다.

반에서 동성 친구를 만들지 못해 고민 중인 내 방에 왜 여자가 오는 건가 싶지만, 곰곰이 생각해 보면 메이드장이 동석할 테니 특별히 문제는 없을 것이다.

다이후쿠에 대한 배신행위 같은 기분도 들긴 하나, 두 사람이 사귀는 사이인 것도 아니니까 허가를 받을 필요는 없었다. 애초에 두 사람이 사귀는 사이였다면 시오노미야는 다이후쿠에게 상담했으리라.

그리고 메이드장이 없었더라도 우리 엄마가 평범하게 집에 있었다. 우리가 애인 사이도 아닌데 이상한 분위기가 될 리는 없었다. 무엇보다 나나 시오노미야나 분위기를 야릇하게 만들 능력 따위 가지고 있지 않았다. 그런 것은 남녀가 함께 노래방에 가는 녀석들의 이야기다. 그러니 당황할 필요는… 없을 터였다.

하지만 전대미문의 사태이기는 하므로 나는 안절부절못했다.

솔직히 여자가 내 방에 온다는 점보다도 친구를 방에 들이는 일 자체가 오랫동안 없었기에 당황스러웠다. 부모님 이외의 누군가가 내 방에 들어온다는 것을 전혀 상정하지 않았다.

나는 자전거 통학이라 일단 귀가한 후, 전철 통학인 시오노미야를 근처 역까지 마중 나가기로 했다. 시오노미야도 일단 집에 갔다가 온다는 모양이라 시간적으로도 문제없었다.

다행히 집에 도착했을 무렵에는 비도 그쳐서 구름 사이로 햇빛이 보였다.

조금은 운수가 좋을 듯했다.

역에 도착하니 시오노미야가 메이드장과 나란히 서 있었다.

"수고를 끼치게 됐네요. 이건 스위트 포테이토예요. 가족끼리 드세요."

"잠깐 들르는 거니 선물까지 살 필요는 없었는데…!"

역시 시오노미야는 좋은 교육을 받고 자랐다. 틀림없다.

우리 집까지 가는 길에는 동네 이야기를 했다. 내가 생각하기에도 전혀 재미있지 않은 이야기였지만, 집에 사람을 초대할 때는 보통 다들 그럴 것이다. 아마도.

집은 역에서 그리 멀지 않아서 금방 도착했다.

특별할 것 없다는 표현이 있는데, 우리 집은 도쿄 근교의 베드타운에서 흔히 볼 수 있는 특별할 것 없는 단독 주택이었다. 반경 300m 이내에 거의 똑같이 생긴 집이 열 채는 있을 것이다. 가장 가까운 역이 급행열차가 서지 않는 역이라서 하치오지의 역전보다는 상당히 저렴했다는 모양이다.

엄마에게는 이야기가 귀찮아지니까 나오지 말라고 전해 두었다.

그리고 결단코 여자 친구는 아니라고 못을 박았다.

역시 우리 부모님이라 그런지 '응, 기대하지 않고 의심하지도 않아. 너한테는 어울리지 않고'라는 말을 들었다. 드레인을 가진 아들을 아주 잘 알고 있었다. 무리한 기대는 자식에게 부담이 되니 이것도 자식을 생각하는 부모의 마음이겠지.

내 방은 2층에 있었다. 이것 또한 침대와 책장, 그리고 창문 정도가 있는 수수한 방이었으나, 기능성이나 주거 환경을 생각하면 평범한 곳이 편한 건 어쩔 수 없었다. 예를 들어 전면이 유리로 된 방에는 살고 싶지 않았다.

"누추하지만 편히 쉬어. 편히 쉴 수 있을 만큼 넓진 않지만."

이 '누추한 방이라 미안하지만'이라는 표현을 마침내 나도 쓰게 되었다. 누가 집에 와야만 쓸 수 있는 말이었다.

"메이드장이 이거야말로 일본 중고생 남자의 방이라고 하네요."

인간이 아닌 생물에게 방을 평가받게 될 줄은 몰랐다.

시오노미야가 들어왔기에 나도 다시금 실내를 둘러보았다. 마지막 체크다.

이미 나는 자전거로 한번 귀가했었다.

그래서 누추하다고 말은 했지만 최소한의 정리는 되어 있었다. 바닥에 놓아뒀던 책은 일단 책상 위로 인양했다.

그리고 시오노미야에게 보일 수 없는 물건은 부모님에게도 보이고 싶지 않은 물건이므로, 그런 것은 처음부터 수색해야만 나올 수 있는 곳에 있었다. 시오노미야는 장난으로라도 방을 뒤지는 타입은 아니기에 안전했다.

방석 두 개와 적당히 다과를 담은 나무 그릇이 방의 중심부를 차지하고 있었다.

초코파이와 감씨 과자, 그리고 전병.

내가 할 수 있는 최대한의 대접이었다.

내가 생각하기에도 정말로 재미없는 구성이지만, 몇 시간 전에 정해진 일이라서 어떻게 준비할 방도가 없었다.

"아무튼 방석에 앉아. 메이드장은 구조상 못 앉을 테니까 근처에 서 있어 줘."

"감사합니다."

시오노미야는 방석 위에 정좌했다. 앉는 방식조차 그럴듯했다. 만약 부모님의 연봉이 스테이터스처럼 표시된다면 우리 부모님의 두 배쯤 되는 수치가 나타날 것 같았다. 부모님 연봉이 얼마인지 확실히는 모르지만.

메이드장은 문 옆에 우뚝 서 있었다. 통로를 막고 있는 것처럼 보이지만, 침대 위에 서 있는 것도 이상하니 상관없겠지.

"햇볕이 잘 드는 방이네요."

"그렇게 족자나 꽃꽂이를 칭찬하는 것처럼 전통문화에 따른 대응을 할 필요는 없어. 진짜로 흔해 빠진 방이니까!"

동성 친구가 없어서 남고생의 일반적인 방을 본 적은 없지만 집이 평범하니 이 방도 평범할 것이다.

시오노미야는 조금 진정하자고 생각했는지, 아니면 그런 작법이 있는 건지, 방을 둘러보고서 한동안 말을 꺼내지 않았다. 결과적으로 간극이 생겼다.

나는 이 간극이 싫었다. 아무래도 불안해졌다. 그리고 짧은 간극에 불안해지는 것이 친구가 별로 없는 내 인생을 이야기했다.

눈앞에 있는 것이 절친이라면 이런 간극을 무서워할 일도 없었다.

같은 방에서 서로 대화 없이 다른 만화를 읽으며 뒹굴뒹굴할 수도 있을 것이다.

나 같은 인종은 대화 이외의 커뮤니케이션 방법을 쓰지 못한다. 이것만으로도 우리는 인생을 훨씬 불리하게 살아간다.

일본 전체에도 나 같은 외톨이 학생이 있을 텐데 그 녀석들은 어떻게 하루하루를 보내고 있는 걸까.

다들 고전하고 있을까.

의외로 다른 즐거움을 발견했을까.

누군가 일본 외톨이 회의 같은 걸 열지 않으려나. 아니지, 너무 자학적이라 참가하고 싶지 않아….

시오노미야는 이 간극이 별로 신경 쓰이지 않는 것 같았지만 내가 먼저 한계를 맞았다.

"내 쪽이 이야기하기 편하다고 했던 것 같은데, 그건 무슨 말이야?"

결국 먼저 질문했다.

"예, 그러네요. 하구레 군의 시간을 너무 많이 뺏을 수는 없으니 되도록 짧게 말씀드릴게요."

시오노미야의 표정은 평온했다. 그런 표정이 나오는 것을 보면 긴급한 문제는 해결되었다고 할 수 있었다.

"저는 사실 타카와시 양과 아이카 양을 동경하고 있어요."

아득한 눈을 하고서 시오노미야는 차분하게 말했다.

아아, 확실히 내 쪽이 이야기하기 편하겠구나 싶은 동시에 이런 생각도 들었다.

시오노미야, 꽤 과격한 사상을 말하는구나….

"아이카는 이해가 가는데 왜 타카와시를 동경하는 거야…? 성적을 올리고 싶은 걸지도 모르지만… 성격은 그렇게 되면 안 돼…. 지금 시오노미야의 모습 그대로가 좋아…."

착한 아이가 불량 학생에게 끌리는 그런 건가?

"그렇지 않아요. 타카와시 양의 성격도 포함해서 동경하고 있을지도 몰라요."

여기서 막지 못하여 시오노미야의 성격이 나빠진다면 내가 타카와시를 대신해서 부모님께 사과드리러 가야 할지도 모른다.

나는 작게 손을 들었다.

"저기, 아직 의도가 파악이 안 돼서 그런데 자세히 말해 줬으면 좋겠어."

"하구레 군은 두 사람의 공통점이 뭐라고 생각하나요?"

미니 퀴즈가 출제되었다.

그리고 이 퀴즈, 단순해 보이지만 어려웠다.

두 사람의 공통점? 인격은 전혀 다르고, 성적도 깔끔하게 상하로 나뉘어 있다. 생김새도 닮지 않았다. 두 사람 다 성별은 여자라는, 억지 부리기를 배운 유치원생조차 말하지 않을 생각밖에 안 들었다.

"둘 다 생일이 같은 달이라든가…."

사실 모르지만. 그러고 보니 생일이 언제인지 물어본 적이 없다. 생일 파티를 하자는 흐름이 된 적도 없었다. 타카와시는 몰라도 아이카는 생일 파티를 하자고 할 것 같으니까 아직 열여섯 살이려나.

"그런 걸 제가 하구레 군에게 물어볼까요?"

그렇겠죠. 미소 지으며 말했지만 '너 바보니?'라는 말과 크게 차이 없었다.

"아직 만난 지 반년도 되지 않았지만, 두 사람이 자신의 힘으로 상황을 척척 타개하고 좋게 만들어 간다는 것은 저도 알 수 있어요. 제게는 두 사람이 눈부셔요."

무언가 생각을 곱씹듯 시오노미야는 잠시 눈을 감았다.

그것이 퀴즈의 정답이었다.

시오노미야가 자신에게 무엇이 부족하다고 느끼고 있는지도 저절로 알게 되었다.

"응, 아이카는 적극적인 성격이고, 타카와시는, 그 뭐냐… 사람을 부리는 데 익숙하다고 할까, 가차 없이 몰아붙이는 부분이 있으니까…. 그 녀석은 좋게도 나쁘게도 권력자 같아."

"네. 하구레 군은 인관연이 외톨이의 모임이라고 하시지만, 그래도 인관연이 동호회가 되어 동호회비까지 받게 된 것은 그 두 사람이 길을 개척하는 힘을 가지고 있기 때문이에요."

메이드장이 무언가 말을 보태고 싶은지 시오노미야에게 바싹 다가왔다.

시오노미야는 살짝 일어나 메이드장의 설명을 듣고 다시 앉았다.

아차 하는 표정이었다.

"딱히 하구레 군에게 그 힘이 없다는 말은 아니에요. 같은 여성으로서 그 두 사람을 목표하는 부분이 많으니까 언급하지 않았을 뿐!"

"그런 걸로 꽁해지지 않으니까 괜찮아, 괜찮아."

실제로 그 두 사람과 비교하면 내 행동력은 상당히 소극적이었다.

"아니꼽긴 하지만 타카와시에게는 남을 움직이는 파워가 있어. 방약무인하고 무례한 파워지만. 세이고제 때 일만 봐도 그렇잖아."

오랫동안 친구가 없었던 인간이라고는 생각할 수 없을 만큼 그 녀석은 일부분이 밖을 향해 열려 있었다. 틀렸다. 이걸로는 타카와시의 삶을 설명했다고 할 수 없다.

"그 녀석은 밖을 향해 열려 있지는 않지만, 바깥으로 뾰족하게 튀어나온 부분이 있어. 그걸로 바깥 세계와 커뮤니케이션을 이루고 있는 거야."

아마도 세상에서 무언가를 해내는 인간은 타카와시 같은 성격이 많을 것이다. 세상에 납득하지 않고, 주위와 어우러지지 않고 새로운 일을 한다. 세계에는 어느 시대에나 그런 녀석이 일정 수 필요하다.

"타카와시는 타협하지 않아. 누구보다도 자신에 대한 타협을 허락하지 않아. 문제는 그 자세를 다른 사람에게도 바란다는 거지…."

"네, 맞아요. 무척 알기 쉬운 표현이네요."

시오노미야가 고개를 끄덕거렸다.

타카와시와 달리 확실하게 칭찬해 주었다. 타카와시, 보고 배워 줘.

"그건 그렇고 하구레 군, 타카와시 양에 관해서는 잘 말씀하시네요."

후후후 하고 목소리도 내지 않고 시오노미야가 웃었다.

이런. 부끄러운 모습을 보였을지도….

비슷한 말을 아사쿠마에게도 들었던 것 같다.

"타카와시에게는 하고 싶은 말이 백 개쯤 있으니까…. 그 녀석, 자신은 좀처럼 움직이지 않으면서 타인은 움직이려고 든다고."

게다가 말에 설득력이 있으니 성질이 나쁘다….

"맞아요. 미인 대회에 출전하면서 제 생활은 조금이지만 바뀌었어요. 같은 반 학생들과 이야기할 기회도 훨씬 늘어났어요. 이건 타카와시 양 덕분이에요."

"정말 잘됐어. 다들 시오노미야가 1학기 말에 전학 왔다는 걸 잊어버렸을 정도로 친숙해졌어."

"하지만 그것도 타카와시 양이 이끌어 준 결과일 뿐이에요."

시오노미야는 어딘가 자조적으로 웃었다.

과거의 자신이 어리석었다고 웃는 어른과 같은 표정이었다.

"저는 제 힘으로 바뀐 게 아니에요. 타카와시 양이라는 커다란 힘으로 바뀐 거죠. 대놓고 말하자면 **운이 좋았을 뿐**이에요."

타카와시라는 이름이 이 짧은 시간 동안 대체 몇 번이나 나왔을까.

시오노미야가 이토록 타카와시를 생각하고 있을 줄은 몰랐다. 당연히 시뮬레이션실에서는 이야기하기 어려웠으리라.

그리고 시오노미야가 자신의 무엇에 불만을 느끼고 있는지도 알았다.

"시오노미야, 분명하게 말해서 너무 과하게 신경 쓰는 거야. 내가 할 소리는 아니지만 좀 더 긍정적으로 생각해도 전혀 문제없어."

설교처럼 들리지 않을까 생각하며 말을 이었다.

"기회를 만든 건 타카와시여도 무대에 선 건 시오노미야니까. 프로듀서가 아이돌보다 입장이 높아도 사람들이 바라는 건 아이돌이라고 할까…."

이 비유, 이상하려나. 하지만 이미 말해 버렸다.

"아, 죄송해요! 또 걱정 끼치고 말았네요. 그렇게까지 심각하게 울적한 건 아니에요! 그랬다면 하구레 군의 집에도 오지 않았을 테니까요!"

"응, 알고 있어, 알고 있어!"

시오노미야도 내가 진지한 분위기가 된 것에 놀랐는지 양손을 허둥지둥 휘저었다.

우리 진짜 우왕좌왕하는구나….

"그래서 아사쿠마가 스승님이라고 불렀을 때, 시오노미야는 그녀를 프로듀스하기로 한 거구나?"

시오노미야는 생긋 웃었다.

이만큼 힌트가 있으면 누구든 알 수 있다.

"스승으로서 뭘 할 수 있을지 생각했지만 줄곧 헛돌기만 하고, 아사쿠마 양을 고생시키면서 실적도 나오지 않아서… 그날은 자신의 미흡함을 반성했어요."

그날이라는 것은 시오노미야가 느닷없이 웅크려 앉았던 날이겠지.

시오노미야는 거기서 정좌 자세를 풀었다. 다리가 W자 모양이 되었다.

"타카와시 양처럼 자기주장이 뚜렷하면서도 아름다워지고 싶지만 도저히 따라잡을 수가 없어요. 제가 우주의 끝을 목표하는 배라면 타카와시 양은 그 배보다도 빠르게 팽창하는 우주 그 자체예요. 멀어지기만 해요."

시적인 비유 표현이 나왔는데, 그 이상으로 나는 타카와시가 마침내 우주라고 평가받은 것에 당황했다. 이미 신격화조차 넘어섰어.

"개인적으로 그 녀석은 우주라기보다 우주에 펼쳐진 암흑물질이라고 생각해. 그리고 시오노미야는 타카와시 같은 걸 목표로 삼지 않아도 돼, 진짜로."

그건 시오노미야의 좋은 점을 전부 버리는 것이라는 생각조차 든다.

"뭐, 자신에게 없는 것을 동경하는 게 인간이겠죠. 자기 자신에게만 심취한다면 기분 나쁜 나르시시스트예요."

둘밖에 없기 때문인지 시오노미야의 말수는 많았고 전체적으로 지적(知的)이었다.

시오노미야가 전혀 손을 대지 않아서 내가 초코파이 봉지를 하나 뜯었다.

"응, 아직 보지 못한 미개척지를 목표하는 정신은 훌륭하다고 생각하고, 시오노미야가 울적해할 필요조차 없어. 인간이 타인을 바꾸는 건 자신을 바꾸는 것보다 백배는 어렵고."

내 역할은 시오노미야를 위로하는 것이니 그 점은 잊어버리지 말자. 이런 말은 몇 번을 해도 좋다.

하지만 지금부터 하려는 말은 아무래도 가르치려 드는 느낌이 되어 버려서 껄끄러웠다.

관측자로서 발언하는 것이라 관측 대상보다 자신을 훌륭하다고 느끼는 거겠지.

어쩔 수 없다. 말하지 않으면 소용없다.

"1학기에 처음 만났을 때보다 시오노미야는 굉장히 성장했어."

이건 물론 빈말이나 예의상 하는 말이 아니었다.

애초에 자신의 목표나 마음을 이토록 언어화할 수 있는 녀석이 얼마나 있을까?

그것이 가능한 그녀는 이미 위대했다.

"딱히 이상한 의미로 말하는 건 아니지만, 시오노미야는 1학기 때보다 정말로 매력적으로 변했어. 그래서 여자들도 주위에 모이는 거겠지! 그리고 아사쿠마의 스승으로서 노력하고 있는 것도 굉장한 일이고!"

어느새 나는 상체까지 앞으로 내밀고서 말을 늘어놓고 있었다. 그편이 더 잘 전달될 것 같았다.

시오노미야의 입이 살짝 벌어졌다.

내가 말을 쏟아 내서 깜짝 놀란 걸까?

하지만 아직 멈출 수 없었다. 적당한 곳까지 말하게 해 줘.

"지금은 결과를 내지 못했을지도 몰라. 하지만 이런 말도 있잖아. '결과는 저절로 따라온다'. 시오노미야는 이만큼 성장했으니 결과가 나오는 것도 시간문제야! 그러니까, 그러니까…."

나는 왼손으로 내 가슴을 탁 쳤다.

"좀 더 자신감을 가져도 돼. 시오노미야는 굉장하니까! 너무 과소평가하고 있어! 타카와시나 아이카와 비교할 게 아니라 비슷하게 굉장해! 안 그랬으면 아사쿠마가 **스승님**이라고 부를 리가 없잖아!"

이미 위대하기에 아사쿠마는 시오노미야를 흠모하여 찾아왔다.

"시오노미야 란란은 두말할 것 없이 굉장한 2학년생이야!"

말했다. 다 말했다….

어떻게 생각했을까. 기분 나쁘지는 않았을까? 애초에 방에 온 여자에 대한 대응으로서 괜찮았을까? 설교충 남자라고 생각하진 않았을까?

시오노미야는 오른손으로 눈을 가렸다.

설마 우는 거야?! 여자를 울렸어?! 그렇다면 가볍게 사형이지 않나?!

하지만 시오노미야는 눈물을 글썽거리고는 있지만 분명하게 웃고 있었다.

답답했던 속이 후련해진 듯한 온화한 웃음이었다.

"하하… 하구레 군과 얘기하다 보니 제 시야가 우스우리만큼 좁아졌었다는 걸 깨닫게 됐어요."

메이드장의 움직임이 멈춰 있는 것을 보면 시오노미야는 침착한 상태였다.

"저희는 모두 비슷한 동지일지도 모르겠어요. 거기서 아주 조금 용기를 낸 사람이 타카와시 양이고 아이카 양인 거겠죠."

"커뮤니케이션이 어긋나 있다는 점에서는 비슷하겠지."

이건 자학이 아니라 사실이었다.

"저는 1학기 말에 전학 왔기에, 하구레 군과 만나기 전의 타카와시 양과 아이카 양을 몰라요. 그래도 두 사람이 처음에 친해지기까지 쉽지 않았으리라는 건 상상이 가요."

"응, 정말 큰일이었어…."

아이카가 타카와시의 '마음속 오픈'을 보고 화가 나서 나갔을 때는 절망했다.

그 후로도 이런저런 일이 있었다. 응, 이런저런 일이 있었어….

"하지만 하구레 군은 이렇게 저와 마주해 주신 것처럼, 제 일로 마음 아파해 주신 것처럼, 그때도 두 사람을 위해 진력하신 거죠?"

"그렇게 말하니까 YES라고 대답하기 어려운데…. 오히려 타카와시에게도 굉장히 도움을 받았고…."

타카와시가 없었다면 나는 친구를 늘려 나가던 아이카 앞에서 사라졌을 것이다. 그랬다면 줄곧 어두운 외톨이로 있었을지도 모른다.

…지금도 어두운 외톨이일지 모르지만 당시에는 더 심했다.

내 얼굴을 본 시오노미야는 전부 알고 있다는 것처럼 미소 지었다.

"분명 하구레 군과 만났기에 두 사람은 바뀔 수 있었던 거예요. 이렇게 말하면 두 사람은 정반대의 반응을 보이겠지만요."

"그건 확실하게 상상이 가…."

"그러니까 제가 깨달은 것처럼 하구레 군도 자신의 장점을 좀 더 깨달아야 해요."

어라…? 왜 내가 칭찬받는 단계가 된 거지…?

시오노미야는 초코파이를 집더니 천천히 봉지를 뜯고 입에 넣었다.

나는 시오노미야의 그 행동을 가만히 보고 있을 수밖에 없었다.

"동성 친구도 분명 생길 거예요. 하구레 군도 훌륭하니까요."

"그렇게 말해 주니 고마운데, 되도록 빨리 생겼으면 좋겠어…."

수학여행의 조 편성도 카운트다운이 가능할 만큼 다가와 있었다….

지금쯤 남자들이 나리히라를 어느 조에서 맡을 거냐는 이야기를 하고 있으면 어쩌지. 지옥이다…. 마음을 읽는 이능력자가 아니라서 다행이야….

"저는 이미 긍정적으로 변했으니 다음은 하구레 군이 긍정적으로 변할 차례예요. 잘 먹었습니다."

시오노미야가 머리를 숙였다.

"…변변치 않은 대접이었습니다만."

나도 똑같이 인사했다. 장기 대국이 끝난 듯한 모습이었다.

"내일부터 다시 아사쿠마 양의 특훈을 재개하겠어요. 꾸준히 계속하는 것이 중요하니까요. 사라지지 않고 하구레 군과 30분을 이야기했으니 골인 지점은 가까워지고 있을 거예요!"

시오노미야는 불안을 떨쳐 냈다.

이제 아사쿠마의 문제만 해결하면 된다. 그녀는 나와 30분이나 이야기할 수 있었다. 내가 그 기준점이 되는 것은 슬프지만 어쩔 수 없다.

"나도 시오노미야에게 철저히 협력할게. 타카와시가 빈정거릴 만한 일이더라도 기탄없이 상담해 줘."

"그렇게 아사쿠마 양의 문제가 정리되면 다음은 하구레 군의 차례네요."

"엥?!"

연쇄 밀실 살인 사건의 표적이 된 것 같은 대사였다.

이미 시오노미야는 자리에서 일어나 메이드장과 나란히 서 있었다.

"하구레 군에게도 친구를 만들어 드리겠어요. 괜찮아요. 하구레 군과 친구가 되고 싶어 하는 남자분도 분명 있을 테니까요."

이렇게까지 말하면 나도 힘낼 수밖에 없잖아.

친구, 어떻게든 만들겠어.

어떻게 만들 것인가는 지극히 어려운 문제지만.

최소한 학급 안에서라도 긍정적으로 살아 볼까.

시오노미야를 역까지 데려다준 후, 타카와시와 아이카에게는 무사히 해결됐다고 연락했다.

구체적으로 무슨 이야기를 했는지는 적지 않았다. 사생활 문제도 있었다.

[그럼 쿠마쿠마 대회도 다시 움직이겠네요! 아이카도 힘낼게요!]

[너무 생략됐고, 대회치고는 기간이 길지 않아?]

평소와 다름없는 두 사람의 반응을 보고 인관연은 여전하다고 생각했다.

5 멋있는 척을 해 버려서 물러나려야 물러날 수 없게 되기도 하지

쿠마쿠마 긴장 극복 대회는 시오노미야가 떨치고 일어나며 재시동하게 되었다.

다만 시도해 볼 만한 일은 다 시도했기에 이제는 남자가 가득한 곳에 가서 사라지지 않도록 한다든가 남자와 이야기해도 사라지지 않도록 하는 일을 반복할 수밖에 없었다.

시오노미야도 예전보다 더욱 의욕적으로 변한 모양이라, 아이카에게 부탁하여 아이카네 반 남자들에게 사정을 이야기해서 몇 명을 대화의 실험대로 부르기도 했다.

나를 배려해서 굳이 아이카에게 부탁한 것 같았다. 내가 학급 남자들과 소원하다는 것을 같은 반인 시오노미야도 알고 있어서 내가 어색해지지 않도록 그런 것이다(어디까지나 내 추측이지만 아마도 정답이리라).

그렇게 배려받는 것이 민망하고 한심했다….

하지만 고맙기는 했다. 시뮬레이션실에서 같은 반 남자와 만나 미묘한 분위기가 되는 것은 피하고 싶었다.

방과 후 인관연에 있는 시간 정도는 같은 반에 동성 친구가 없다는 것을 잊고 싶었다.

물론 알고 있다. 이것을 남자와 이야기할 계기로 삼아야 한다든가, 그러지 않으면 아무것도 시작되지 않는다든가, 로마로 가는 한 걸음을 내디뎌야 한다는 것은 충분히 알고 있다.

하지만 그래도 내가 교내에서 유일하게 안식을 얻을 수 있는 공간인 시뮬레이션실까지 오염되는 건 조금….

혹시.

나는 친구를 만들고 싶다고 말하면서 의외로 현재 상황에 만족하고 있는 걸까?

이러니저러니 해도 시뮬레이션실이 있으면 나머지는 참고 극복할 수 있다고 무의식중에 생각하고 있는 게 아닐까? 사실은 동성 친구 따위 진심으로 바라지 않는 게 아닐까?

그만하자…. 그런 어두운 자기 분석에 의미는 없다.

분석할 거면 아사쿠마의 '강제 카멜레온' 발현 상황 쪽이다. 그쪽이 훨씬 건설적이다.

결론부터 말하자면 이제껏 우리 인관연 네 사람이 시도한 네 가지 방법은 특별히 도움이 되지 못했다. 하지 않은 것과 차이가 없었다.

아이카네 반 남학생과 일대일로 대화를 시켰더니 아사쿠마는 매번 1분도 지나지 않아 사라졌기 때문이다.

남자 운동부를 견학시킨다는 타카와시가 고안한 방법도 계속해서 이루어졌다. 그러나 이쪽도 아사쿠마는 금방 사라졌다.

"안타깝게도 데이터상으로는 개선이 보이지 않아요."

그렇게 한 주가 지나고, 시오노미야는 그래프가 인쇄된 종이를 시뮬레이션실에서 나눠 주었다. 클립으로 우측 상단을 고정한 것을 보면 한 장이 아닌 듯했다.

스승답게 이런 것까지 작성하고 있었던 모양이다. 스승이라고 할까, 코치였다.

우리는 아사쿠마를 포함하여 의자를 원형이 되도록 배치하고 앉아 있었다. 토론하기 쉬운 배치였다. 오늘은 토론회였다.

시오노미야가 나눠 준 자료는 아사쿠마가 사라지기까지 걸린 시간의 변화를 나타낸 것이었는데 오차 수준의 변화만이 기록되어 있었다.

"아아아… 제 일이지만 한심하네요…."

아사쿠마는 손으로 이마를 짚더니 추가 시험 대상이라도 된 것처럼 탄식했다.

"대화하는 남자도, 견학하는 남자 동아리나 집단도 여러 타입을 시도했습니다. 하지만 현재로선 특정한 경향이 보이지 않

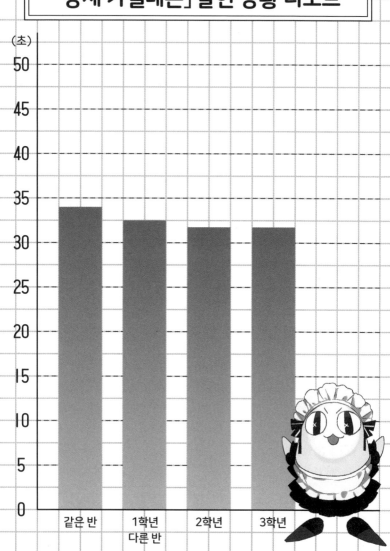

아요."

확실히 그래프는 가지런히 늘어서 있었다. 애초에 상하 진폭이 없었다.

"한마디로 말하자면 어떤 남자든 전부 거북하다는 거죠."

스승의 말이 객관적인 사실인 만큼 아사쿠마에게는 대미지가 되었다. 아사쿠마는 머리를 싸매며 "으아아아아…." 하고 신음했다.

"조금 의외야. 운동부라든가, 무식해 보이는 녀석이라든가, 극성맞은 캐릭터를 더 어려워할 줄 알았는데 전혀 관계없나 보네."

남의 일처럼 타카와시는 담담하게 말했다. 차가워 보이지만, 그래프를 읽는 시점으로서는 감정이 담기지 않는 편이 좋았다.

"정식으로 그래프를 보고 저도 처음 깨달았어요…."

아사쿠마도 깜짝 놀랐다.

그런 점에서 그래프로 '가시화'한 것은 의의가 있었다.

"사라지기까지 조금 더 시간이 걸릴 줄 알았는데 금방 사라지는군요…. 이렇게 증상이 심했던 거군요! 진짜로 사회생활이 힘들어질 거예요!"

그래…. 이건 싫어하는 음식을 극복하는 차원의 문제가 아니었다. 일할 수 있느냐 없느냐로 이어지는 문제다….

그러나 의기소침해하는 제자를 앞에 두고도 오늘의 시오노미야는 의연했다. 메이드장처럼 똑바로 힘있게 서 있었다.

시오노미야라면 타카와시와는 다르게 남의 일이라고 생각하고 있지도 않을 터였다.

"하지만 특이한 관측 결과가 있어요. 사실 첫째 장에 있는 그래프는 어떤 요소를 의도적으로 뺀 거예요. 두 번째 장을 봐 주세요."

그렇게 말하고 시오노미야는 자신의 자료를 넘겼다.

우리도 마찬가지로 종이를 넘겼다.

두 번째 장은 그래프가 아니라 문자만이 적혀 있었다.

소실의 예외

어째서인지 하구레 군과 일대일로 이야기할 때만큼은 전혀 사라지지 않는다. 여러 번 시행했으나 모두 사라지지 않았다.

그렇다고 해서 아주 즐겁게 이야기하는 것도 아니고 (무례하게 느껴졌다면 죄송합니다) 어색함은 다른 반 남자와 큰 차이가 없다.

설마 여기서 내가 열쇠가 될 줄이야!

보충 설명도 실례되는 말이기는 하지만 맞았다. 아사쿠마와 대화하는 역할을 몇 번 했는데 아사쿠마와 친구같이 이야기하지는 못했다…. 아사쿠마 또한 척 봐도 긴장을 감추지 못했었다.

"처음에는 저도 하구레 군이 인관연 멤버라서 아사쿠마 양이 익숙해진 거라고 생각했어요. 하지만 같은 반 남자와 대화를 시켜 봐도 면식이 없는 남자를 대할 때와 비슷한 속도로 사라졌어요. 그 모습도 하구레 군과 대화할 때와 비교하여 극단적으로 혼란에 빠진 것처럼 보이진 않았어요."

"응. 나도 생각했어. 두 번쯤 슬쩍 두 사람의 대화를 엿들었는데 아사쿠마는 상당히 힘들어 보였어. 극도의 긴장 상태라고 해도 좋았지."

"어이, 엿들었다는 얘기는 금시초문이다만. 그리고 '극도'라는 건 너무 과한 표현 아니야…?"

단둘뿐인 줄 알았는데 확실하게 관찰당했던 모양이다. 조사를 위해 필요한 일이라지만 뭔가 싫다….

"하구레 군과 아사쿠마 양의 분위기는 아파트 주민과 같은 엘리베이터를 타게 된 듯한 느낌이었어요. 이름도 모르지만, 같은 건물에 사니까 가끔 얼굴을 보는 관계성. 오히려 같은 반 남자와 있는 것보다 더 힘들어 보였어요."

어찌 되든 좋은 이야기지만, 나는 드레인이 있는지라 어지간히 고층이 아니라면 최대한 걸어서 올라간다. 덕분에 다리와 허리는 비교적 강하다.

"즉, 긴장이나 익숙함의 문제가 아니라 하구레 군 자체에게 특이성이 있을 가능성이 있는 거죠! 투명 타개의 열쇠는 하구레 군이에요!"

시오노미야가 눈을 번쩍 떴다.

"와~! 나리히라 군, 굉장해요! 포텐셜이에요!"

아이카가 칭찬해 주었지만, 포텐셜이라는 단어만으로 평가하는 의미가 되나?

"그렇구나. 이걸 통해 몇 가지 가설이 성립돼."

타카와시는 내내 침착했다. 점점 이곳이 과학부 같은 멀쩡한 문화계 동아리처럼 여겨지기 시작했다.

"먼저, 그레 군이 실은 남자가 아니라는 설."

"그럴 리가 있겠냐!"

진지한 얼굴로 거지 같은 가설을 제시하지 마.

"하지만 잘 생각해 봐. 우리는 누구도 그레 군이 남자라는 증거를 못 봤어."

"그만! 진지한 얼굴로 웃기는 소리 하지 마! 미묘하게 음담패설이 될 위험이 있으니까 그 이상은 그만둬!"

"본인은 남자라고 주장하고 있음."

"그건 됐으니까 다음 가설로 넘어가 줘."

"응. 방금 그건 분위기를 누그러뜨리기 위한 여흥이었어."

나를 놀리기 위한 여흥을 잘못 말한 거겠지.

"다음 가설은 꽤 설득력이 있어. 이쪽이 원래 하고 싶었던 말이야."

그럼 처음부터 그걸 말해.

그런데 다른 가설이라니 뭘까.

설마 그럴 리 없겠지만….

아사쿠마가 나를 좋아하기 때문이라고 하는 건 아니겠지?

분명하게 말해서 나는 전혀 그런 생각 안 한다. 망상을 품을 마음조차 없었다.

그도 그럴 것이 나랑 이야기할 때 아사쿠마는 매우 힘들어하는 표정을 지었다. 그 쓴웃음을 몇 번이나 봤다. 그건 어떻게 봐도 사랑에 빠진 얼굴이 아니었다. 오히려 '이 사람과 같이 있으면 거북해…'라는 얼굴이었다.

아무리 왕자병에 걸린 녀석이라도 그 표정과 그 미묘한 분위기를 호감으로 착각하지는 않을 것이다.

하지만 남자 중에서 나만 특별하다면 합리적인 이유로는 아사쿠마가 내게 호의를 가지고 있기 때문이라는 생각밖에 안 떠오른다. 대충 생각하면 그런 결론이 될 듯했다.

그리고 편견일지도 모르나 여자들은 사랑 이야기를 좋아했다.

일반적인 여자의 카테고리에 타카와시를 넣고 생각해 봤자 별수 없을지도 모르지만, 일단 연애 이야기로 가져가는 일도 있을 법하지 않을까?

그리고 유감스럽게도 아사쿠마는 절대 나를 좋아하는 것이 아니다….

나는 하렘계 작품의 둔감형 주인공이 아니다. 그건 호의를 눈치채서 특정한 누군가와 커플이 되어 버리면 하렘을 만들 수가 없으니 사정상 그렇게 설정하는 것일 뿐이다.

뭐, 기우로 끝날지도 모르고, 타카와시의 의견을 들어 볼까.

"두 번째 가설은, 그레 군이 아사쿠마의 이능력에 필요한 에너지를 흡수하고 있다."

듣자마자 과거의 실패 사례가 떠올랐다.

타카와시와 동맹을 맺은 초창기, 노지마의 과자가 맛없어진 적이 있다.

내 근처에서 과자를 만드는 이능력을 시도했으니 거의 틀림없었다.

드레인은 타인의 체력을 빼앗는 능력이지만, 아무래도 이능력의 질을 약화시키기도 하는 듯했다.

"바라지 않는 이능력이더라도 능력은 능력이야. 우리는 몸속에 있는 이능력 에너지를 소비하고 있겠지. 소비하기 위한 에너지를 그레 군이 드레인으로 빼앗고 있다면 어떨까?"

"그럴싸한데…. 그게 아니라면 내 앞에서만 아무렇지도 않을 리 없을 테니까…."

242

아사쿠마도 자각이 있는지 얼굴을 숙이고 있었다.

"뭐, 어떤 이능력에나 다 적용되는 것인지는 그레 군 본인도 잘 모르는 것 같고, 모든 이능력자에게 효과가 있는지도 검증해 봐야 알 수 있겠지만, 아사쿠마에게는 효과가 있다고 생각하는 편이 합리적이야."

아사쿠마가 열심히 고개를 끄덕거렸다. 그렇게 강하게 수긍할 필요는 없지 않을까.

어라, 하지만 이능력의 효과를 약화시키고 있다면….

아이카의 매혹화에도 내 드레인은 영향을 끼치고 있는 걸까?

적어도 이렇게나 아이카 근처에 있는데 너무 좋아해서 이상해지는 일은 없었다. 처음 보는 아저씨가 결혼해 달라고 요구한 적조차 있었는데, 이건 기적이라는 생각이 든다.

그렇다면, 그런데도 내가 아이카에게 호의를 가지고 있다면….

나는 아이카에게 정말로 연애 감정을 가지고 있어…?

내가 아이카에게 몇 번 두근거린 것은 이능력과 관계없는 진짜 감정인가…?

드레인이라는 이능력을 가지게 된 이후로 여자를 제대로 좋아해 본 적 따위 없었는데… 이건 일종의 첫사랑…?!

잠깐, 잠깐…. 이 일은 좀 더 천천히 확인하는 편이 좋겠다. 지금 성급하게 답을 내려서는 안 된다.

그리고 고2에 첫사랑이라니 기분 나빠…. 조금 과하게 늦잖

아. 처음이라고는 하지 말자. 사랑 비슷한 것은 과거에도 있었다고 치자. 당장 생각나지는 않지만 날조하자.

"뭘 그렇게 먼 세계에 가 있어?"

타카와시의 목소리가 불현듯 귀에 날아들었다.

"으악! 아, 아! 멀지 않아! 오히려 가까워!"

시선은 내 발치에 주고 있으나 의혹의 눈길을 보내고 있다는 것은 확실하게 느껴졌다.

"무슨 소릴 하는 건지 잘 모르겠지만 뭔가 딴생각하고 있던 건 확실하구나. 미안하지만 지금은 '드레인에 관해 생각하는 모임'도 아니고 '하구레 나리히라의 수학여행을 어떻게든 하려는 모임'도 아니야. 아사쿠마에 관해 생각해. 안 할 거면 집에 가."

집에 가라는 것은 역시 너무했다.

"알겠어…. 이제 돌아왔어. 완전히 돌아왔어."

"그럼 특별히 믿어 줄게. 나를 숭상하며 그림자도 밟지 않게 조심해."

"너무 생색내잖아."

그때 아사쿠마가 천천히 오른손을 들었다.

그 손에는 힘이 전혀 들어가 있지 않았다.

"저기… 투명해지는 것을 드레인이 막아 주고 있더라도, 줄곧 선배가 제 곁에 있을 수는 없는 거잖아요."

그야 메이드장 같은 존재라면 괜찮겠지만 나는 살아 있는 남자다.

"그럼 저는 그리 간단하게 이능력을 졸업할 수 없다는 거죠?"

연약하게 웃으며 아사쿠마는 우리 인관연 멤버에게 시선을 보냈다.

아이카조차 살짝 시선을 떨어뜨리고 말았다.

아사쿠마는 완전히 기진맥진한 모습이었다. 이렇게나 성과가 나오지 않으니 아사쿠마가 지칠 만도 했다. 분명 동아리에서는 이런 표정을 보이지 않을 것이다.

"지금까지 감사했습니다. 선배님들은 충분히 노력해 주셨고, 이제 슬슬 포기할래요."

어딘가 중성적인 느낌을 주는 시원시원한 표정으로 아사쿠마는 말했다.

아사쿠마는 이능력을 가지고 있다는 것을 빼면 상식인이다.

인관연을 계속 방해할 수는 없다고 생각하기 시작할 법한 시기였다.

"아뇨, 안 돼요."

바닥에 의자가 끌리는 거슬리는 소리.

시오노미야가 일어나 있었다.

마치 교사가 학생을 꾸짖는 듯한 눈빛이었다.

"저를 스승이라고 부른 이상, 조금만 더 같이 어울려 주셔야 겠어요! 그렇게 간단히 도망치지 마세요!"

시오노미야는 아사쿠마 앞까지 천천히 다가가더니 그녀의 어깨에 양손을 툭 올렸다.

"함께 극복해요. 저희는 포기하는 것에 익숙해지기엔 너무 젊어요. 저처럼 평범한 사람도 아직 협력할 수 있는 일이 더 있을 거예요."

평범한 사람이라는 말을 들었을 때, 시오노미야가 내 방에 와서 타카와시와 아이카에 관해 이야기했던 것이 떠올랐다.

그야 내게 고민을 상담하고 싶을 만했다. 자신은 빛나지 않는다고 생각하는 인간이 빛나는 측에게 고민을 털어놓지는 않는다.

그것은 까마귀가 백조에게 너는 어째서 희냐고 묻는 것과 같으니까.

나와 똑같은 카테고리에 넣는 것은 겸연쩍지만, 인관연을 난폭하게 둘로 뚝 나눈다면 시오노미야는 내 쪽이다. 적어도 시오노미야는 그렇게 생각하고 있었다.

타카와시도 아이카도 눈부시다. 우리에게 없는 힘을 틀림없이 가지고 있었다.

시오노미야도 미스 세이고가 되어 확실하게 빛났다. 하지만 그것은 타카와시가 빛낸 것이라며 시오노미야는 자신의 공으로 여기지 않았다.

그리고 자신을 빛내기 위해 걸음을 뗐다. 아사쿠마의 스승으로서 줄곧 걷고 있었다.

하지만 그 성과를 아직 내지 못했기에 시오노미야는 내팽개치지 않는다.

그래서 나도 기도하듯 생각했다. 시오노미야, 힘내.

노력하는 네가 보답을 받아 줘.

그것은 자연스럽게 나를 향한 성원이 된다.

노력한 인간이 보답을 받는다면 나도 친구를 만들기 위해 발을 내디딜 수 있으니까.

"아직 방법은 있어요. 도전하게 해 주세요."

"네, 스승님!"

아사쿠마도 눈시울이 뜨거워진 것 같았다.

이렇게 누군가 강하게 마음을 부딪쳐 오는 일은 고교 생활 중에 그리 흔치 않을 것이다.

아사쿠마는 시오노미야가 어깨에 올린 손을 떼더니 그 손을 꽉 잡았다.

시오노미야의 손은 따뜻할까 차가울까?

"간단히 포기하려고 해서 죄송해요."

"아뇨, 성과를 내지 못한 건 스승의 잘못이에요."

찰칵.

사진이 찍히는 셔터 소리가 났다.

무슨 일인가 싶어서 시선을 움직이자 열린 문 너머에서 보죠 선생님이 스마트폰으로 촬영하고 있었다.

당사자 두 사람은 얼떨떨한 모습이었기에 대신 내가 지적했다.

"왜 사진을 찍은 거예요?!"

"이야, 오랜만에 와 봤더니 무지막지하게 청춘이구나~ 싶어서."

죄의식이라고는 전혀 없는 표정으로 말했다. 세계사의 지식은 있어도 초상권의 지식은 없는 건가.

"하지만 학생의 솔직한 모습을 볼 수 있어서 좋았어. 시오노미야, 통지표를 기대하렴♪"

"그거, 교사로서 해도 괜찮은 발언이에요?! 그보다 언제부터 있었던 거죠?"

분위기가 이상해졌다. 이제 돌이킬 수 없다. 왜 이 사람은 꼭 이럴 때 불쑥 찾아오는 거야!

"감동한 건 사실이니까 괜찮잖아. 그 마음으로 방법을 찾는다면 아마도, 반드시 우리 반 학생 중에 도와줄 사람이 있을 거야!"

"아마도인가요, 반드시인가요. 어느 쪽인가요?"

대충대충을 형상화한 듯한 사람에게 말의 정합성을 요구해 봤자 소용없을지도 모르지만, 상황 타개로 이어질 정보일지도 모르므로 확실하게 해 두고 싶었다.

지금 우리 반이라고 했지? 2반에 뭔가 있는 건가?

하지만 선량한 시오노미야는 이럴 때도 먼저 감사를 전했다.

"감사합니다, 보죠 선생님. 같은 반이라면 금방 조사할 수 있겠네요."

눈부시게 웃으며 시오노미야는 대답했다.

그 웃는 얼굴은 타카와시와 아이카 쪽 얼굴이었다. 그런 표정을 지을 수 있다면 이긴 것이나 마찬가지다. 시오노미야도 리얼충이다.

즉, 나만 뒤처지고 있다는 뜻이다….

"이거 수학여행 때도 청춘을 잔뜩 볼 수 있겠는데? 응응, 좋다! 남녀 커플의 청춘은 짜증 나지만 여자끼리라면 그렇지 않으니까! 시오노미야도 반에 완전히 녹아든 모양이라 선생님은 안심이야! 협력해 줄 만한 아이에게도 말해 놓을게!"

"선생님, 사적인 원한을 엮지 마세요."

"참고로 나는 카페에서 옆자리에 커플이 앉으면 바로 자리를 이동하거나 돌아가. 비참한 기분은 1초도 느끼고 싶지 않아."

"그 호신술은 뭐야!"

그리고 수학여행이라는 불길한 단어를 듣고 말았다. 다른 사람의 입으로 들으니 또 괴롭다….

"다음 주 HR 시간에는 드디어 조 편성이니까! 잘 부탁해!"

마무리로 묵시록이 다음 주에 있을 것이라고 전하고서 고문 선생님은 떠났다.

으아아…. 긍정적으로 생각하자는 마음도 꺾일 것 같아….

보조 선생님은 그냥 대충 말을 던진 것 같은 느낌도 있었으나 정말로 협력자를 반에서 찾아 준 모양이었다.

이튿날 쉬는 시간, 시오노미야가 에리아스와 뭔가를 이야기하고 있었다.

내 옆자리에서 일어나고 있는 일이라 신경이 쓰였다.

이전 수업인 영어 시간에 내 준 숙제를 하며 옆에서 들리는 이야기에 귀를 쫑긋 세웠다.

"그거라면 협력할 수 있겠네요! 오히려 꼭 참가하고 싶어요!"

"이야~ 나야말로 고맙지. 참가자가 정해지질 않아서 학생회도 곤란하던 차였어."

두 사람의 그런 이야기가 들려왔다. 뭔가 합의에 이른 듯했다.

에리아스가 있어서 시오노미야에게 물어보기 어려웠는데, 시오노미야가 내 책상으로 다가왔다.

"하구레 군, 협력 부탁드릴게요."

"…구체적으로 무슨 협력?"

시오노미야라면 범죄를 도와주는 일은 절대 없겠지만 용건은 알고 싶었다.

"나리히라, 10월 말이라고 하면 뭐가 있지?"

이번에는 에리아스가 퀴즈를 냈다.

"수학여행에 관해 이것저것 정해지지. 조 편성도 있고….

"그런 국지적인 행사 말고 더 국제적인 것 말이야."

그럼 그건가. 최근 일본에도 뿌리를 내리고 있는 이벤트.

리얼충들이 들썩이는 이벤트는 말할 것도 없이 외톨이에게 쥐약이지만 존재 정도는 파악하고 있었다.

"할로윈인가."

에리아스와 시오노미야가 동시에 고개를 끄덕였다. 절대로 캐릭터가 다를 텐데 동기화되었다.

"맞아. 역 앞 큰길에서 주말에 할로윈을 빙자한 이벤트를 해. 그 왜, 근처 대학생들이 모여서 자주 뭔가를 하잖아."

동네에서 일어나는 일이라 모를 수가 없었다.

하치오지에는 대학 수가 유독 많았다. 그리고 그런 대학의 유지가 모여 역 앞에서 뭔가 이벤트를 열 때가 있었다. 대학뿐만 아니라 고등학교가 참가하기도 했다.

"너희는 세이고의 대표가 되는 거야."

…….

나는 잠시 반응하지 못했다.

"뭐야. 자동 업데이트 중이라 느려진 컴퓨터 같아. 학생회실의 컴퓨터도 더 좋은 걸로 바꿔 줬으면 좋겠어."

에리아스의 불평은 어찌 되든 좋고, 학생회실의 컴퓨터 사정은 더더욱 어찌 되든 좋았다. 그러나 계속 무시할 수는 없었다.

"대표? 내가? 어째서?"

"너에게 단독으로 부탁할 리가 없잖아. 시오노미야가 간청한 거야. 들어주지 않을 수 없지. 그리고 시오노미야는 우리 학교가 자랑하는 미스 세이고! 이보다 적합한 인선은 없어!"

"너, 아까 사람이 정해지지 않아서 곤란하다고 했잖아."

왜 은혜를 베푸는 문맥으로 만드는 거야. 약삭빠른 점은 타카와시와 상통되는 부분이 있었다.

"하구레 군, 제게 비책이 있어요."

시오노미야의 캐릭터와 비책이라는 말이 잘 결부되지 않았지만.

"이거야말로 아사쿠마 양의 약점을 극복시킬 최대의 기회예요!"

이렇게까지 말하니 나는 받아들일 수밖에 없었다.

게다가 마무리 일격이 있었다.

"그리고 하구레 군의 방에서 분명히 들었어요. 무슨 일이 있으면 협력하겠다고 하셨죠."

드물게도 시오노미야가 장난스럽게 웃었다.

아아, 나는 말했다. 철저히 협력하겠다고 했다. 녹음하지는 않았겠지만, 기억나지 않는다고 정치가처럼 말하는 것은 꼴사납다.

"응. 할게. 한 입으로 두 말 할 수는 없지."

"어? 나리히라의 방에 시오노미야가 갔었어…?"

에리아스가 이상한 부분을 물고 늘어졌다! 이야기가 퍼지면 일이 귀찮아진다!

"같은 인관연 멤버니까 그렇게 이상한 일도 아니잖아! 작전 회의 같은 게 이것저것 있다고!"

이렇게 말하면 아마 시오노미야가 혼자 왔다고는 생각하지 않을 테니 어떻게든 되겠지….

그날 방과 후, 인관연 멤버와 아사쿠마는 하치오지의 역 앞 상점가에 나와 있었다.

하치오지는 역에서 큰길 방면으로 똑바로 500m, 자동차가 들어올 수 없는 이른바 보행자 천국 상점가가 늘어서 있다.

역전인 만큼 남녀노소라는 표현이 딱 맞는 잡다한 인간이 돌아다녔다.

노부부, 여고생 그룹, 멈춰 선 채 줄곧 스마트폰으로 뭔가를 지시하는 인간, 신축 아파트의 광고 티슈를 나눠주는 인간. 상점가에 있을 법한 인간은 거의 다 있었다.

가게도 고객층에 대응하듯, 옛날부터 있는 생선 가게나 라면집부터 초저가 상점 산초판사, 드러그 스토어, 휴대전화 매장, 근사한 카페, 튀김꼬치 이자카야 체인점까지 통일성이 없었다.

그런 상점가도 반드시 어딘가에서 끝을 맞이하는지라, 코슈가도라는 간선 도로에 비스듬하게 충돌하며 끊어졌다.

그 상점가 종점의 살짝 트인 공간에 지상에서 겨우 세 단 정도 높은 목제 스테이지가 있었다.

지붕이 없어서 평일에 지나가며 처연하게 비를 맞고 있는 모습을 보기도 하지만, 당일에는 제대로 천막 정도는 칠 것이다. 이날은 흐리지만 비에 젖지는 않은 상태였다.

"여기예요!"

시오노미야가 가슴을 쭉 펴고서 그 스테이지로 오른손을 뻗었다.

"아아, 주말에 이벤트가 있을 때는 가끔 여기가 쓰이는 것 같더라."

"할로윈 이벤트 때도 세이고는 이곳을 써요. 주어진 시간은 30분이에요."

시오노미야의 설명은 인관연 전체를 향한 것이라기보다 아사쿠마를 향한 것이었다. 시선으로 알 수 있었다.

"그리고 거기서 아사쿠마 양은 저와 함께 사회를 보는 거예요!"

아사쿠마의 입가가 일그러졌다. 조금도 아서왕답지 않은 표정이었다.

"무리예요…. 문화제 때도 실패했는데…."

그렇다. 아사쿠마는 사람들 앞에서 무대에 섰다가 크게 실패했다. 극복하기 위한 일이라고는 하지만 상당한 하드 모드였다. 피하고 싶은 것이 사람의 마음이리라.

"비책이 있어요."

시오노미야는 나에게 말했을 때와 똑같은 표현을 썼다. 그 비책의 내용은 알 수 없으나 내 참가는 어쨌든 포함되는 것 같았다.

"그리고 긴장에 익숙해지는 것 자체는 올바른 극복 방법일 거예요. 아사쿠마 양, 아버지 앞에서 사라지지는 않지요?"

"네…. 아빠나 할아버지 앞에서 사라진 적은 없어요. 긴장하지 않으니까요."

"아사쿠마 양의 이능력은 어디까지나 긴장하면 발동하는 것이지 이성 앞에서 반드시 발동하는 게 아니에요. 그러니 긴장에 익숙해지면 해결될 거예요."

듣고 보니 그랬다.

"아사쿠마 양은 다시 무대에 서고 그것을 완수하여 자신감을 되찾아야 해요! 저와 함께 하는 거예요!"

시오노미야의 순수함을 전력 발전에 이용할 수 없으려나.

"응원할게요! 열심히 하세요!"

"목표는 할로윈 리얼충."

아이카의 진심 어린 성원과 타카와시의 마음에도 없는 발언이 나란히 이어졌다.

할로윈 이벤트에 관한 자세한 설명은 역 앞 카페(그중에서도 비교적 한산하여 내가 들어갈 수 있는 곳)에서 이루어졌다.

"이게 세이고가 담당하는 내용이에요."

시오노미야는 실력 좋은 플래너처럼 서류를 척척 나누어 주었다.

내용은 어떤 의미에서 예상한 대로였다.

상점가의 무대를 쓴다면 역시 볼거리였다. 아니나 다를까 행사 내용은 퍼포먼스에 적합한 세이고의 이능력자를 순서대로 내보내는 것이었다. 딱히 인관연이 전부 해야만 하는 것은 아니라서 다른 학생도 나온다.

"세이고제의 콤팩트 버전인 거네. 이능력자는 이런 이벤트의 분위기를 띄우는 데 딱 좋으니까."

타카와시는 서류로 완전히 얼굴을 가리고서 읽고 있었다. 시선이 절대 마주치지 않도록 하는 데에는 효과적인 방법일지도 모른다.

"맞아요. 타츠타가와 양이 무대에서 돋보이는 학생을 몇 명 불러 둔 것 같아요. 하늘을 나는 분이나 종이비행기를 자유자재로 날릴 수 있는 분 등등."

종이비행기를 날리는 녀석은, 뭐랄까, 그냥 개인기 정도로만 쓸 수 있는 이능력이었다…. 불쌍하다는 생각은 전혀 안 들지만. 종이비행기를 날릴 수 있는 것만으로도 인생에서 플러스다. 나는 심각하게 마이너스였다.

"그리고 할로윈이라 과자를 만들 수 있는 노지마 군도 참가한다는 것 같아요."

윽, 1학기 때의 안 좋은 기억이!

나는 머리를 눌렀다. 오버일지도 모르지만, 그 일을 시작으로 몇몇 흑역사가 연달아 떠올라서 어쩔 수 없었다.

애초에 내가 있으면 위험한 거 아닐까?

"잠깐, 잠깐만. 시오노미야, 그레 군이 있으면 과자가 무진장 맛없어져. 어린애들한테 나눠 줄 거라면 완전히 잘못된 인선이야."

타카와시도 그 일은 당연히 기억하고 있었다.

이것은 클레임이 아니라 마땅한 의사 표시였다.

"그 점도 문제없어요. 다른 이능력자가 연기할 때는 하구레 군을 떨어진 장소로 보낼 거니까요."

확실히 그러면 드레인을 회피할 수 있다. 그걸로 해결된다면 얼마든지 이동해 주겠다. 10m 떨어져도 영향을 줄 만큼 악질이라면 나는 그냥 호흡하는 것도 포기하겠어.

"재미있을 것 같아요! 이벤트로서 분명 흥겨울 거예요!"

아이카는 기본적으로 뭐든 칭찬했다. 뭐, 세이고에서도 눈에 띄는 이능력자가 무대에 오르는 것이니 분위기를 띄우기는 쉽겠지.

그러나 의문점도 몇 개 있었다.

그것을 말하는 것은 타카와시 담당이었다.

"잠깐만."

타카와시의 손이 서류 위로 삐죽 올라왔다. 아직 서류는 얼굴을 가리고 있었다. 서류가 없어도 어차피 시선은 피하니 특별히 차이는 없었다.

"두 개 정도 질문이 있어."

타카와시가 부하를 힐문하는 상사처럼 보였다. 아니면 인관연 창설자로서 정말로 상사 같은 입장일지도 모른다.

"먼저 첫째, 어떤 의미에서 이건 이벤트로서 그리 문제가 없을지도 모르지만, 이대로 한다면 틀림없이 아사쿠마가 사라져."

그렇다. 연극에서의 주역 소실 사건도 기억에 생생한 타이밍에 아사쿠마의 등용이었다.

"그것도 고려해서 시오노미야가 함께 사회를 볼 거라면 상관 없고."

응, 아사쿠마에게 도전의 무대가 되기는 하겠지만, 도전했다가 실패할 가능성이 너무 컸다.

아사쿠마가 시선을 떨어뜨렸다.

적어도 억지로 씩씩한 척하며 열심히 하겠다고 말할 심경은 아닌 듯했다.

딱히 패기가 없지는 않았다. 인간의 성격은 바로 교정되지 않는다. 아사쿠마 본인이 바라지 않아도 사라질 때는 사라져 버린다. 역전 상점가 앞에 있는 무대인데 관객이 우연히 전부 여성일 리도 없다. 인간의 절반은 남자였다.

타카와시가 지적한 대로, 시오노미야와 둘이서 사회를 보는 것도 그 대책이리라. 이벤트 진행이 막힌다면 확실하게 아사쿠마에게 트라우마를 심게 된다. 그것은 노력론을 강요하는 괴롭힘이다.

"네. 저도 함께 사회를 보는 건 위험을 회피하기 위함이기도 해요. 그리고 스승이 제자를 돕는 건 당연하니까요."

시오노미야는 당당하게 대답했다.

아사쿠마는 여전히 불안하겠지만 그래도 입을 다물고 있었다.

자신 이외에는 다 상급생이니 그것만으로도 그럭저럭 긴장

되겠지.

"그렇구나. 스승과 제자의 공연인가. 뭐, 그건 그것대로 좋네. 그리고 또 하나 질문."

타카와시가 서류를 내려놓았다.

그리고 그 차가운 눈으로 내 쪽을 힐끔 보았다.

"둘째, 그레 군은 어떤 역할로 등장하는 거야? 그에 관한 설명이 전혀 없어."

응, 나도 그 생각을 했다.

내가 무엇을 할지 알 수 없었다.

아무래도 나는 스테이지에 있는 듯한 전제지만, 그렇다고 사회를 보라고 하지도 않았다.

애초에 세이고 전체의 평판과도 이어지는 자리인데 에리아스가 내게 사회를 시킬 리가 없었다. 에리아스가 나를 골탕 먹이는 일은 있어도, 세이고의 인상이 나빠질 위험성까지는 학생회 부회장으로서 짊어지지 않을 것이다.

"드레인으로 아사쿠마를 지원하는 요원일지도 모르지만, 남자가 우두커니 뒤에 서 있으면 그레 군이 아니어도 이상해. 뭔가 역할이 있어야 해."

하지만 시오노미야는 침착했다.

"그 점도 문제없어요."

그렇다고 해서 나도 그녀의 말을 듣고 침착할 수 있는 것은 아니었다.

"하구레 군에게는 **괴인** 역할을 부탁드릴게요!"

물리적으로 고립된 나의 고교생활

❻ 관중 앞에 서면
긴장하는 것이 보통이지

　할로윈 이벤트 당일은 금세 찾아왔다.

　문화제와 달리 특별히 준비할 것도 없어서 당일에 역전 상점
가의 대기용 텐트에 집합하기만 하면 되었다. 스테이지는 텐트
바로 옆에 있었다. 신은 할로윈이라는 이교의 축제를 인정했는
지 비도 내리지 않았다.

　그 점은 편했으나 내게는 커다란 문제가 있었다.

　일단 더웠다.

　그리고 시야가 좋지 않았다.

　뿌옇게 보이는 것이 아니라 시야가 현저하게 좁았다.

　"잘 어울려. 앞으로는 학교도 그 모습으로 등교하는 게 어
때?"

　누군가가 내 외피를 장난스럽게 밀었다.

　목소리와 어조를 통해 누군가가 에리아스라는 것은 알 수 있

었다.

그리고 그렇게 살짝 민 것만으로도 나는 균형을 잃고 넘어질 뻔했다.

"에리아스, 하지 마…. 넘어지면 자력으로 못 일어난다고…."

"그래? 나는 그런 옷을 입어 본 적이 없어서 몰랐어. 미안."

절대로 미안하다고 생각하고 있지 않을 것이다. 2학년 2반의 더러운 성격 랭킹에서 타카와시와 1위 다툼이라도 하려는 건가.

그보다 어째서 나는 더러운 성격 랭킹의 투톱 모두와 연이 있는 걸까…. 그런 별 아래에서 태어났다고 생각할 수밖에 없다….

그리고 이건 절대로 '옷'이라고 말하지 않는다.

거의 대부분이 몸에 밀착하지 않고 비어 있었다.

'장비'라는 표현에 더 가까웠다.

"그건 그렇고 잘 만들었네. 호박을 거대화하고 훌륭하게 파냈어. 대여하는 인형탈을 쓰지 않는 점에서 세이고의 면목이 잘 드러나."

에리아스가 외피를 만지작거리고 있는 것 같지만, 내 본체에는 그 촉감이 전달되지 않기에 자세히는 알 수 없었다.

그랬다. 나는 거대한 호박을 파내서 만든 인형탈 안에 들어가 있었다.

세이고 학생 중에는 식물을 거대화시킬 수 있는 이능력자도 있었다. 거대화라고 하면 매우 강해 보이지만, 가능한 소재는 호박이나 수박 같은 박과 식물뿐인 것 같았다.

그리고 엄밀하게 말하자면 거대화가 아니라 풍선처럼 부풀리는 이능력이었다. 질량 보존의 법칙은 무시할 수 없었다. 그렇기에 수박을 거대화해도 대인원이 먹을 수는 없었다. 안쪽은 텅텅 비었다. 그래서 크기에 비해 매우 가벼웠다.

인형탈을 쓰고 참가하여 남모르게 아사쿠마를 지원 사격하라는 것이 시오노미야의 비책이었다.

뭐, 인형탈 캐릭터라면 사회자 옆에 있어도 위화감이 적다. 이것으로 '강제 카멜레온'을 막는 것이다.

게다가 부풀린 호박은 앞으로도 뒤로도 옆으로도 폭이 있었다. 너무 접근해서 드레인에 대미지를 입을 일도 별로 없었다.

시야는 눈 부분의 작은 구멍으로 보이는 것이 전부였다.

그리고 사용된 것은 어디까지나 진짜 호박이라서 호박 냄새가 꽤 진동했다.

이런 데에 현실성을 지향하지 말고 그냥 업자에게 인형탈을 빌리란 말이다, 할로윈용 인형탈이라면 반드시 있을 거라고 생각하지만, 그런 인형탈은 렌털비가 제법 비싼 모양이라 학생이 직접 만들게 된 듯했다.

결과적으로 나는 세계에 단 하나뿐인 괴인 펌프군이 되었다.

괴인인데 펌프'군'이라니, 나쁜 녀석인 거야, 친근한 녀석인 거야? 설정이 이상하다는 생각이 들기는 하지만, 어쩌면 '펌프군'이라고 자칭하고 있을 가능성도 있었다.

호빵 히어로가 싸우는 애니에서도 '나는 ~~양이야'라든가 '나는 ~~군이야'라고 자칭하는 녀석이 많으니 불가능한 일은 아니었다.

고등학생이 되어서 돌아보면, 일인칭에 '양'이나 '군'을 붙이는 녀석이 몇 명이나 등장하는 세계라니 상당히 카오스다…. 현실에 있다면 지뢰로 인식되는 캐릭터야….

그건 넘어가고.

"아무리 폭이 있다지만 만질 정도로 접근하면 드레인의 영향을 받을 테니 적당히 해. 그랬다가 몸 상태가 나빠지면 자기 책임이야."

"알고 있어. 내 책임 정도는 내가 져."

에리아스가 부루퉁하게 말했다.

정면으로 돌아왔기에 부루퉁한 얼굴을 확인할 수 있었다.

"하지만 아서왕의 책임은 질 수 없어. 그건 인관연에서 어떻게든 해."

학생회 부회장쯤 되면 아서왕의 연극 중 소실 사건 정도는 당연히 아는 건가.

"그러네. 어떻게든 할 거야."

대기용 텐트 밖에서는 스승과 제자가 꼼꼼하게 협의 중이었다.

괴인은 처음부터 끝까지 방관자 포지션이었다. 뒤에서 지켜보는 정도가 딱 좋았다.

제자를 가장 신경 쓰는 사람은 스승이어야 한다.

에리아스가 페트병, 예의 그 '부회장 성수'를 내 앞으로 내밀었다.

"10월 말이라고는 하지만 그런 걸 입고 있으면 덥겠지. 마셔."

쑥스러운지 에리아스는 곧장 얼굴을 돌렸다. 인형탈 때문에 원래부터 나랑 시선이 안 맞았지만.

"아아, 고마워. 근데 너도 이래저래 책임감이 있단 말이지. 일부러 이능력을 보여 주는 역할로 참가하고."

오늘 에리아스는 물을 정화하는 이능력이라는, 변화를 알아보기 힘든 수수한 이능력이면서 이벤트에 참가하는 듯했다.

"학생회로서 참가를 승낙한 건 나니까. 그 정도는 해야지."

성격 나쁜 녀석이 학생회 일을 하기에는 적합할지도 모른다. 성인군자에게 정치가 일은 적합하지 않을 테고.

"자, 얼른 받아. 아니면 적에게는 소금도 물도 받지 않겠다는 거야?"

에리아스는 눈을 살짝 찌푸리고서 다시 한 번 페트병을 내밀었다. 확실히 이대로 방치하면 에리아스도 어색하겠지.

"그 후의는 고맙지만… 이거, 내 손도 안쪽에 있어서 잡을 수가 없어…."

펌프군은 다리는 있으면서 손은 없는 생물인 듯했다. 설정에 관한 불만은 이것을 생각해 낸 시오노미야에게 하길 바란다. 이름도 시오노미야가 정했다. 자식 이름을 짓는 것도 아니고, 단 하루만 쓰일 캐릭터이니 식상해도 좋았다.

뭐, 호박이라면 원래는 식물이니까. 손이 없는 것도 당연한가. 다리는… 없으면 애초에 스테이지에 오를 수 없다. 용수철처럼 뛰어서 움직이는 구조는 펌프군에 없었다.

"입 부분은 간신히 열려 있으니까… 미안한데 먹여 주지 않을래…?"

"뭐, 뭐어?"

내 요구에 에리아스는 화가 났는지 얼굴을 붉혔으나.

"알겠어…. 하지만 안에서 흘려도 네 책임이야."

물을 먹여 주었다. 에리아스는 드레인의 리스크 컨트롤에도 소양이 있기에 부탁하기 쉬웠다.

휴일의 에리아스는 평일보다 더 다정하게 느껴졌다. 착각일지도 모르지만.

"오히려 안에 흘려 줄까."

너무한 계획을 듣고 물이 기도에 들어갔다!

"켈록! 콜록! 너, 터무니없는 소리, 하지 마!"

"농담이야, 농담. 그렇게까지 못된 짓은 안 해."

아니, 사레들린다는 실질적인 피해가 나왔으니 농담이 아니라고….

에리아스는 죄의식도 없이 웃고 있었다. 사람 가지고 장난치면서 놀지 말라고 하고 싶은 반면, 무시당하는 것보다는 훨씬 낫다는 생각도 들어서 복잡했다.

"아, 아사쿠마도 왔네."

에리아스의 시선 끝에 오디션을 앞둔 것처럼 표정이 딱딱한 아사쿠마가 있었다. 반대로 말하자면 그런데도 사라지지 않은 것이라, 남자의 시선을 받는 것을 얼마나 어려워하는지 알 수 있었다.

그리고 그런 아사쿠마 바로 옆에 악마 코스프레를 한 것 같은 아이가 있었다. 바로 옆에서 손을 잡고 있었다.

이상한 뿔 같은 것이 난 후드를 썼고 심지어 극단적인 미니스커트였다. 매우 내 취향이구나, 이 악마야. 요망하니 치마는 좀 더 짧게 줄여라.

"쿠마쿠마, 도착했어요! 오늘은 열심히 해 주세요!"

어라, 그 호칭은 설마….

"거기 있는 호박 인간은 나리히라 군이죠? 안녕하세요~ 아이카예요!"

악마 코스프레를 한 아이카가 씩씩하게 오른손으로 피스 사인을 만들었다.

아아, 젠장! 예뻐! 너무 예뻐! 이 꼴로는 스마트폰으로 촬영할 수도 없으니 누가 대신 촬영해서 나중에 보내줘!

"혹시 몰라서 쿠마쿠마를 에스코트해 왔어요. 란란은 사회 리허설 때문에 움직일 수 없는 것 같았거든요."

코스프레는 참 좋은 문화라고, 살면서 가장 강하게 생각했다.

"아아, 응… 근데 아이카는 왜 코스프레를 하고 있는 거야?"

"원하는 학생은 코스프레하고 무대에 서거든. 우리의 앞 시간 프로그램이야."

에리아스가 대신 대답했다.

"나리히라, 아야메이케를 뚫어져라 쳐다보고 있지? 아무리 인형탈을 쓰고 있어도 그런 시선은 알 수 있어."

경멸받아도 별수 없는 나를 경멸하는 눈으로 노려보았다.

"엇… 어떻게 알았…이 아니라, 뚫어져라 쳐다봤다니, 그렇게까지 보진 않았어!"

애초에 넌 아까 시선이 마주치지 않는다는 걸 알아차리지도 못했잖아!

"매혹화도 있어서 다른 사람들과 일제히 짧게 나갈 뿐이지만요. 아, 쳐다봐도 돼요. 나리히라 군이라면 매혹화도 듣지 않을 테니까요."

아이카는 손가락을 뺨에 대서 얼굴이 작아 보이는 동작을 취

했다.

내게서 드레인을 없애고 아이카가 나를 평범하게 볼 수 있게 되면 무슨 일이 있어도 고백하자. 그랬다가 거절당하더라도 후회는 없다.

하지만 우선은 지금의 아이카를 눈에 새겨 두자. 일에는 순서라는 것이 있다.

다만 아이카를 넋 놓고 보고 있는 것은 나뿐만이 아니었다.

아사쿠마도 아이카를 동경하듯, 부러워하듯 바라보고 있었다.

남자에게 이토록 개방적인 태도를 보일 수 있는 여자는 아사쿠마에게도 동경의 대상이구나.

아사쿠마, 오늘은 너에게서 '강제 카멜레온'을 빼앗아 보이겠어.

아이카가 손을 흔들고서 멀어지는 가운데, 나는 나대로 의욕적으로 변해 있었다. 아사쿠마를 위해. 그리고 자기 자신을 위해.

인형탈을 쓰고 있더라도 스테이지에 서는 이상, 그것은 싸움이다.

★

우리 세이고의 앞 시간에 있었던 가장 파티는 15분쯤 하고 끝났다.

대기 텐트도 따로 쓰는지라 직접 아이카를 만날 수는 없었다. 어차피 아이카가 왔더라도 그쪽 이야기에 정신이 팔려 있을 수는 없었다.

아사쿠마를 지키는 것이 나의 일이다.

근처에 남자가 있든 없든 아사쿠마는 긴장하고 있었다. 얼굴을 보면 알 수 있었다.

별로 얼어붙지 않는 타입의 인간이더라도 사회자로서 단상에 서면 당연히 긴장할 것이다. 인형탈을 쓰고 있는 나조차 초조했다.

이 타이밍에 아사쿠마가 사라지면 작전은 이미 실패지만, 내가 적당히 옆에 있기 때문인지 그런 일은 없었다.

아사쿠마는 교복 위에 검은색 망토를 두르고 검은색 고깔모자를 쓴 마녀 같은 모습이었다. 표정 때문인지 진짜로 마녀사냥을 두려워하는 사람 같은 분위기가 났다.

그때 시오노미야가 대기실에 들어왔다.

"많이 기다리셨죠? 전부 머릿속에 넣고 왔어요."

시오노미야도 아사쿠마와 똑같이 가벼운 마녀 모습이었다.

하지만 차원이 다르게 침착했다. 호박 마차 정도라면 지금 당장 만들 수 있을 것 같았다.

"잘 들으세요, 아사쿠마 양. 되도록 앞을 보세요. 누군가에게 눈을 맞출 필요는 없으니 앞을 보는 것만 생각하세요."

시오노미야는 웃으며 아사쿠마의 어깨를 툭툭 두드렸다.

그야말로 선배가 후배에게 하는 언동이었다.

적어도 시오노미야를 걱정할 필요는 전혀 없겠어.

"아, 알겠습니다. 견딜게요…."

아사쿠마는 접이식 테이블 아래에서 손을 꼼지락거리고 있었다. 현시점에 이미 사라질 것 같지만 눈에 보이고 있으니 허용 범위인 거겠지.

"하구레 군이 있으니까 큰 실수는 일어나지 않을 거예요. 무서울 때는 펌프군의 피부를 만지세요. 드레인이 조금 영향을 줄지도 모르지만 쓰러질 정도는 아닐 테니까요."

이 호박의 외피는 피부라는 설정인가…. 노골적이구나….

이벤트의 실행위원이 "세이고 여러분, 차례 됐습니다." 하고 알려 왔다.

"좋아요, 그럼 출진입니다!"

시오노미야가 씩씩하게 일어났다.

조금 뒤늦게 아사쿠마도 따라 일어났다.

나는 처음부터 앉을 수 없는 구조라 줄곧 서 있었다. 설마 메이드장의 고생을 이해하게 되는 날이 올 줄이야….

메이드장과 눈이 마주쳤다. 너도 시오노미야를 확실하게 지켜줘.

메이드장은 말없이 스테이지 쪽으로 이동했다.

저 녀석도 나름대로 의욕적이구나. 시오노미야의 버팀목이 되어 주려는 거구나.

우리 세 사람은 대기 텐트에서 스테이지로 올라갔다.

고작 계단 세 개의 높이일 뿐인데 훨씬 멀리까지 내다보였다.

관객 수는 50명… 더 되려나. 70명쯤 있을까. 이능력자의 모임인 세이고는 꽤 주목을 모으고 있는 듯했다.

방금 막 자신의 무대를 끝낸 아이카가 그 관객들 속에서 힘차게 손을 흔들고 있었다. 아직 악마 차림이었다.

옆에는 타카와시와 이신덴의 모습도 있었다.

실은 타카와시에게 잡일 정도라면 해 줄 수도 있다는 기특한 제안을 받았었다.

하지만 시오노미야는 정중하게 감사 인사를 하면서도 그것을 거절했다. '관객으로서 확실하게 즐겨 주세요'라며.

결국 이 이벤트는 스승과 제자의 무대인 것이다.

그래서 스승이 제자를 보조한다. 그 스승이 누군가에게 또 도움을 받는 것은 어딘가 볼품없다.

그리고 시오노미야는 시오노미야대로 자신의 힘을 시험해 보고 싶을 것이다.

아이돌의 노래에는 '빛나고 싶다' 같은 표현이 자주 나온다.

저번에 본 지하 아이돌의 가사에조차 나왔을 정도다. 오랫동안 남들 눈에 띄지 않게 살아온 나는 솔직히 그다지 공감할 수 없는 가치관이라고 생각했지만 지금이라면 알 수 있다.

분명 지금 시오노미야의 기분은 '빛나고 싶다'라는 말이 딱 맞다.

"안녕하세요~! 지금부터 세이고의 이능력자 전시회를 개최합니다! 사회는 금년도 미스 세이고로 임명받은 저 시오노미야 란란과 호박 대표인 펌프군, 그리고…."

시오노미야가 제자 쪽을 힐끔 보았다.

아사쿠마는 마이크를 들지 않은 손으로 가볍게 내 호박을 만졌다.

"1학년인 아사쿠마 시즈쿠입니다! 오늘은, 자, 잘 부탁드립니다!"

어떻게든 아사쿠마도 인사를 끝내자 박수가 일었다.

일단 서두에 사라지는 사태는 막았다. 최초 관문은 클리어했다.

"아! 그리고 이쪽은 제 이능력인 메이드장입니다."

오늘은 미인 대회 때와 마찬가지로 메이드장도 모두의 눈에 보이는 설정인 듯했다.

그런가, 메이드장, 너도 무대에 서는 건가…. 은근히 기합이 들어가 있는 것처럼 보인 건 그래서인가….

관중들이 "저게 뭐야!"라고 하는 목소리가 울렸다.

응, 마스코트와는 다른 무언가가 무대에 있다는 걸 아주 잘 알겠어. 아마 펌프군인 나보다도 눈에 띄고 있겠지. 캐릭터를 먹히고 있어….

"메이드장은 자세히 설명하기 어렵지만 메이드장이에요. 출신을 비롯하여 전부 불명이죠."

관객들이 웃었지만 단순한 사실이리라.

"이어서 펌프군에 관한 설명인데, 이건 아사쿠마 양에게 부탁할 수 있을까요?"

시오노미야가 아사쿠마에게 슬쩍 발언권을 넘겼다.

"어어, 그러니까…."

아사쿠마는 또 슬며시 외피를 만졌다.

"펌프군은 호박이에요…. 할로윈에 실체화하죠…. 그리고… 특별히 없네요."

"그게 끝인가요? 심플하네요! 시간이 없기 때문인가요?"

시오노미야가 훌륭하게 보조하여 관객들이 웃었다.

능숙해! 시오노미야, 어느새 이렇게 사회자로서 수련한 거야?

"어어, 오늘은 세이고가 자랑하는, 보여 주기 좋은 이능력을 가지고 있으면서 대학 입시 등의 압박을 받고 있지 않은 열 명을 골랐습니다! 어어… 시간 관계상 여덟 번째에서 끝나기라도 하면 나오지 못한 사람이 무척 섭섭할 테니… 바로바로 진행하죠! 바로바로요!"

어라, 진짜로 시오노미야의 토크 실력이 능숙해진 것 같다.

몇 번 '어어'가 들어갔지만 대체로 좋은 느낌으로 웃음도 유발하고 있었다.

본업이라는 느낌이 들 만큼 능숙하지는 않지만, 노력하는 모습이 그 부분을 메꾸고 있었다.

미스 세이고 때도 이런 분위기가 좋은 평가를 받았을 터.

귀여운 여고생이 노력하는 모습을 보면 인간은 자연스럽게 응원하고 싶어진다. 개중에는 여고생을 보면 짜증 내는 성격 꼬인 녀석도 있을지 모르지만 그건 소수파다. 인간은 그렇게까지 극악해지지 못한다.

지금, 시오노미야의 한결같음과 응원하고 싶은 관객의 마음이 싱크로되고 있었다. 선순환에 들어가 있었다.

틀렸다. 그건 시오노미야를 과소평가한 것이 된다.

시오노미야는 선순환을 스스로 만들었다.

프로그램이 시작되기 전까지 다른 곳에서 꼼꼼하게 리허설했던 것은 이 분위기를 만들기 위해서였다.

"첫 번째 출연자는 산들바람을 만들 수 있는 이능력자입니다! 라벤더 향을 여러분께 전달하겠습니다! 나와 주세요!"

3학년 이능력자가 나옴과 동시에 나랑 아사쿠마는 대기 위치로 숨듯이 빠졌다.

이 시스템도 시오노미야가 정했다.

시오노미야는 줄곧 스테이지에 남아 사회를 보고, 나랑 아사쿠마는 이능력자가 나올 때마다 일단 텐트로 빠진다.

그래서 같은 사회자여도 대사의 양은 시오노미야가 압도적으로 많았다. 아사쿠마와 나는 생각을 적당히 말해도 넘어갈 수 있었다.

내 드레인이 과하게 효과를 낼 위험성을 줄이면서 아사쿠마의 긴장을 낮추는 것이 목적이었다. 이러면 스테이지에 서 있을 때만큼 긴장되지도 않을 것이고, 투명해지지 않기 위해 줄곧 내게 달라붙어서 피곤해질 우려도 없다.

"스승님, 굉장해요….."

무대 뒤쪽으로 돌아온 아사쿠마가 중얼거렸다.

"역시 미스 세이고예요. 무척 생기 넘치는 모습으로 무대에서 계세요. 역시 제 눈은 틀리지 않았어요."

나도 고개를 끄덕였지만 호박 속에 있기에 아사쿠마에게는 절대 보이지 않을 것이다.

"나도 충격을 받았어. 분명 우리가 모르는 사이에 연습하고 대사를 생각했겠지."

사람은 바뀔 수 있다.

하지만 바뀌려고 하지 않는 인간은 몇 년이 지나도 그대로다.

시오노미야는 아사쿠마의 긴장 극복을 자신의 성장 목표로 삼았다.

그 목표를 달성하기 위해 시오노미야는 현재 진행형으로 스테이지에 서 있었다.

타카와시가 갑작스럽게 발탁했던 미스 세이고 무대 때와도 달랐다. 스스로 지원하여 계획을 거듭한 무대였다.

라벤더 향이 대기 장소까지 흘러왔다. 이 주변 일대에 향기를 보내고 있는 듯했다. 긴장이 완화되어서 고마웠다.

"훌륭하네요! 하치오지가 일시적으로 지유가오카*로 변했어요!"

"아뇨, 지유가오카에도 라벤더 향은 감돌지 않아요!"

바람 이능력자가 태클을 걸자 또 웃음이 일었다.

나와 아사쿠마가 다시 앞으로 나갔다. 어디까지나 아사쿠마도 사회자였다.

"아, 두 분이 돌아왔네요."

"펌프군은 15분에 한 번씩 호박을 먹지 않으면 죽어 버려요."

아사쿠마가 얼렁뚱땅 설정을 부여했다! 그거, 생존이 거의 불가능하잖아….

하지만 솔직히 나무랄 데 없는 전개였다. 그리고 그 전개를 만들어 내고 있는 것은 시오노미야였다.

※지유가오카 : 도쿄에 있는 지역. 근사하고 세련된 가게가 많으며 고급 주택가도 있다.

"란란, 진짜 굉장해요! 존경해요!"

아이카의 목소리가 스테이지까지 울렸다. 이렇게 쓰니까 아이카의 목소리가 엄청나게 큰 것 같지만, 작은 무대라서 앞에 있는 관객과의 거리도 상당히 가까웠다. 여유롭게 캐치볼을 할 수 있는 거리였다.

그만큼 가까운 탓에 시선이 마주치게 되는지라 타카와시는 오히려 스테이지를 제대로 보지 못해 곤란한 것 같았다. 그런데도 힐끔힐끔 보내는 시선은 시오노미야를 칭찬하는 것이었다.

그 옆에서 이신덴이 타카와시에게 뭐라고 말을 거는 것이 보였다.

여자들은 남자보다 친구 사이의 거리감이 훨씬 가까웠다.

하지만 두 사람이 더욱 가까워지고 있는 원동력은 흥겨운 무대였다.

무대가 즐거우면 누군가와 함께 있는 것까지 즐거워진다.

데이트도 둘이서 본 영화가 지루하기 짝이 없다면 역시 분위기가 이상해지지 않는가. 영화의 나쁜 인상이 바로 사라지는 것은 아니니까. 영화관 데이트를 해 본 적이 없어서 전부 상상이지만.

그런 시오노미야를 따라 제자도 점점 분위기를 탔다.

프로그램이 진행될수록 아사쿠마의 긴장이 조금씩 풀리는

것 같았다.

좋아, 이대로 완주하는 거야!

아사쿠마는 아빠나 할아버지 같은 가족 앞에서는 사라지지 않는다. 익숙해져서 거북한 느낌이 없어지면 남자가 많이 있어도 사라지지 않을 수 있다. 극복으로 이어진다.

나와 아사쿠마는 다시 뒤쪽에 있는 대기 텐트로 빠졌다.

"할 수 있을 것 같아요. 남자들이 그냥 호박으로 보이기 시작했어요."

"그건 그것대로 호러 같은데…."

"아뇨, 채소보다 남자가 더 무서워요."

"'가장 무서운 건 괴물이 아니라 인간이다' 같은 표현이네."

텐트에 돌아올 때도 나랑 그런 우스갯소리를 할 수 있을 만큼 아사쿠마는 익숙해져 있었다.

좋아, 아사쿠마. 골인 지점은 가까워.

그때, 귀에 익은 남자의 목소리가 텐트 안쪽에서 울렸다.

들은 적 있는 남자의 목소리에 경계하는 자신의 약한 마음이 느껴졌다. 친구가 별로 없는 탓에, 아는 남자 중에는 만나면 어색해질 가능성이 있는 녀석이 많기 때문이었다. 안 돼.

그렇게 부정적으로 생각하지 마. 차라리 친구를 만들 기회라고 생각해! 나도 바뀌는 거야. 인간은 아직 젊다면 바뀔 수 있어! 지금 이 순간이 내가 가장 젊을 때야!

근데 대체 누구일까. 욕심을 부리자면 너무 경박한 녀석이 아니었으면 좋겠다.

같은 반인 노지마가 다른 출연자와 이야기하고 있었다.

깜박했다! 노지마도 출연자였다!

시오노미야가 사전에 말했잖아. 오히려 왜 여태껏 안 보였던 건가 싶었는데.

"이야~ 이벤트가 있다는 걸 까먹고 지각할 뻔했어. 타츠타가와가 연락해 줘서 다행이야~"

지극히 흔한 이유가 들려왔다. 확실히 돈을 받을 수 있는 것도 아니고, 아르바이트보다 중요도는 낮으려나.

그와 함께 무대에 나갈 일은 없을 테지만 말해 두는 편이 좋겠지…. 책임질 수 없으니까….

그리고 인사 정도는 해 둬. 아무튼 같은 반이잖아.

인사는 예의다. 친한 사이에도 예의가 있어야 하니, 친하지 않다면 더더욱 인사해야지.

아사쿠마가 무대에 오르고 있는데 내가 인사도 하지 않고 무시할 수는 없다.

호박을 뒤집어쓰고 있기 때문인지 평소보다는 어색하지 않았다.

"저기, 노지마. 나 하구레 나리히라인데…."

"아! 그런 역할을 하고 있구나. 늦게 와서 미안해."

노지마의 목소리는 상상했던 것보다 훨씬 밝아서 그것만으로도 대단히 구원받았다.

나쁘지 않다, 나쁘지 않아. 아직 설명해야만 하는 것이 있다.

"연기할 때 나는 옆에 없겠지만 일단 조심하는 편이 좋아…. 그 왜, 맛없어질지도 모르니까…."

"아아, 오늘은 신경 쓰지 않아도 돼. 관객에게 먹일 것도 아니니까. 신경 써 줘서 고마워."

노지마는 빙그레 웃으며 그렇게 말해 주었다. 오히려 이 호박보다도 마스코트에 가까운 표정이었다.

"그럼 됐고. 응… 서로 힘내자."

역시 호박을 뒤집어쓰고 있어서 평소보다 편하게 이야기할 수 있었다.

"그건 그렇고, 인관연은 수수께끼의 동호회 같으면서도 상당히 적극적이구나. 굉장히 재미있어 보여."

어느 정도는 예의상 하는 말일지도 모르지만 칭찬받으니 기분이 나쁘지는 않았다.

"뭐, 일종의 해결사 같은 거니까."

거기서 노지마의 얼굴에 살짝 망설이는 기색이 떠올랐지만 원인은 바로 알 수 있었다.

"그리고 여기서는 나리히라도 즐거워 보여. 호박에 들어가 있기 때문일지도 모르지만."

의역하자면 '학급에서와 달리 어둡지 않다'고 노지마는 말한 것이었다. 타카와시와 달리 완곡하게 말해서 이런 표현이 되었다.

비아냥이 아니라 좋게 평가하는 것임은 사교성이 없는 나도 이해할 수 있었다.

"응. 인관연은 소수 인원제라 그런 걸지도 몰라."

생각나는 대로 말한 이유였지만 정답일 것 같았다.

만약 우리 반이 남녀 다섯 명뿐이었다면 내가 드레인을 가지고 있어도 커뮤니티에 넣지 않았을까? 인원수가 적으니까 대화하는 횟수도 많아졌을 것이다.

하지만 학생이 서른 명 넘게 있다면 다들 수다 떨기 편한 녀석과 이야기한다. 자연스럽게 농담(濃淡)이 생긴다.

사람을 고른 것은 나도 마찬가지였다. 과하게 수동적이 되어서 남자들과는 누구와도 친해지지 못했다. 기회 정도라면 있었을 텐데.

"과자 만들어 둘 테니까 괜찮다면 나중에 먹어 줘."

노지마의 그 제안을 내가 거절할 리가 없었다.

"고마워!"

호박 덕분에 괜찮게 감사 인사를 할 수 있었다.

이대로 노지마와 이야기를 이어가면 친구처럼 될 수 있을 것 같았지만 계속 떠들고 있을 시간은 없었다. 나와 아사쿠마는 몇 번씩 스테이지에 나갔고, 마침내 노지마의 차례가 되었다.

과자는 사회자인 시오노미야와 노지마만 먹었는데 아무래도 먹을 수 있는 맛인 듯했다.

시간도 얼마 없기에 지체 없이 이능력자가 소개되었다.

2학년 이능력자가 인형을 움직이는 연기를 무사히 끝내고, 그 이능력자가 돌아옴과 동시에 나랑 아사쿠마가 스테이지에 복귀했다. 방금 그 사람이 몇 번째였더라.

"귀여웠죠. 참고로 아사쿠마 양의 방에는 인형이 있나요?"

"너구리랑 여우랑 상어가 있어요."

"아사쿠마인데 왜 곰(쿠마)은 없는 거죠?"

"곰을 좋아해서 이런 이름인 게 아니에요!"

"하지만 꽤 가지고 있네요. 아사쿠마 양은 인형보다도 로봇 프라모델이나 모델건을 가지고 있는 타입일 줄 알았어요."

"선배, 분류 방식이 너무 대충이에요! 극단적이에요!"

굉장해. 시오노미야는 아사쿠마가 제대로 태클을 걸기 쉽도록 이야기를 꺼내고 있었다.

아사쿠마는 내 옆에서 벗어나지 않게 조심하고 있었지만 이제 그럴 필요가 없을지도 모른다. 긴장하는 것 자체를 잊어버린 듯했다.

시오노미야가 아사쿠마를 아이카와 타카와시가 있는 쪽으로 쭉쭉 끌어당기고 있었다.

기쁜 마음이 9할이었지만 1할은 부러웠다.

빛나는 것까지는 바라지 않아도, 언젠가 나도 평범하다고 말할 수 있을 정도로는 되고 싶었다.

다시 다음 이능력자가 나와서 아사쿠마와 나는 대기 텐트에 들어갔다. 일일이 바쁘지만, 시간을 잊을 만큼 바쁜 정도가 좋았다.

어째서인지 에리아스가 의기양양한 얼굴로 앉아 있었다. 이 스테이지는 너의 공로가 아니야. 세팅해 준 건 고맙지만, 너도 사람이 없어서 곤란해 하고 있었고.

"역시 오사카 출신인 그녀는 가지고 있는 재능이 달라."

"그거랑은 관계없잖아."

오사카 부에서도 예능 수업은 없을 테니 고정 관념이다. 정말 오사카 출신이라 그런 것이라면 시오노미야도 장래에 억척스러운 오사카 아줌마 같은 캐릭터가 되어 버린다. 그럴 리는 없을 테고, 애초에 말투조차 칸사이 사투리가 아니다.

"나리히라, 그녀가 성실하고 만담가 체질이 아니더라도, 그녀 주위에는 만담을 펼치던 사람이 꽤 있었을 거야. 그런 걸 평소에 들으며 자랐기에 이렇게 씨앗이 싹튼 거지."

"너무 터무니없는 이론이야."

그러나 시오노미야가 토크 실력으로 무대를 이끌고 있는 것은 틀림없는 사실이었다.

다시 나랑 아사쿠마가 스테이지에 나갈 시간이었다. 호박을 입고 있어서 꽤 더웠다.

"선배, 말씀을 굉장히 잘하시네요. 뭔가 비결이라도 있나요?"

스테이지 위에서 아사쿠마가 직접 시오노미야에게 물었다. 특별히 대사는 준비되어 있지 않기에 전부 아사쿠마와 시오노미야의 애드리브였다. 토크가 필요한 것만 봐도 나보다 어려운 일을 하고 있었다.

"예전에 연극을 자주 봤어요."

"예? 연극을 보면 말솜씨가 좋아지나요?"

나도 아사쿠마에게 동의다. 잘 납득이 가지 않았다.

"제가 살던 동네는 전철로 나가는 터미널이 오사카의 난바였어요. 그래서 시간이 날 때면 연극 등을 보는 일이 많았죠."

난바의 연극… 설마 신희극*인가!

"소양이라고 하면 그 정도일까요? 그리고, 어어…… 뭐였더라… 그러니까… 호박군은 코미디를 보시나요?"

"펌프군이야! 이 이름을 지은 건 시오노미야잖아!"

이름을 완전히 틀리게 불러서 무심코 태클을 걸고 말았다.

"어머, 펌프군. 말도 할 줄 알았군요."

그 대답에 관중들이 웃었다.

※신희극 : 요시모토 신희극. 유명한 코미디 무대.

설마 내가 무의식중에 지적하리라고 판단하고서 호박군이라고 부른 건가?

만약 내가 아무 대답도 하지 않고 아사쿠마도 응수하지 않았다면 이상한 분위기가 됐을 것이다.

이른바 도박에 나서서 시오노미야는 웃음을 잡았다.

게다가 도박에 이길 수 있는 후각이라고 해야 할 것을 시오노미야는 가지고 있었다.

에리아스의 터무니없는 가설이 완전히 틀린 건 아닐지도….

메이드장이 시오노미야의 앞을 슬쩍 막았다. 메이드장은 무슨 생각을 하는지 알 수 없지만 쫄랑쫄랑 움직였다.

"메이드장, 방해돼요."

시오노미야는 손으로 메이드장을 옆으로 밀었다. 이것도 소소한 개그일까?

"다음은 누구죠? 아사쿠마 양."

느닷없이 시오노미야가 아사쿠마에게 진행을 넘겼다. 아사쿠마도 이름이 바로 떠오르지는 않는 것 같았다.

"어어… 여덟 번째 출연자…?"

"번호 이상의 정보는 없는 건가요? 하지만… 저도 잊어버렸어요. 여덟 번째 출연자분, 나와 주세요!"

"네~ 여덟 번째 출연자인 타츠타가와 에리아스입니다."

준비하고 있던 에리아스가 냉큼 올라왔다.

"아사쿠마 양은 돌아가면 마지막 두 사람의 이름을 확인해주세요~!"

시오노미야는 전부 알고서 하고 있구나.

"타츠가와 양, 아홉 번째 출연자와 열 번째 출연자의 이름을 기억하시나요?"

"여기서는 이능력에 관해 물어봐 줘."

에리아스도 불평하고 있지만 아마도 연기일 것이다.

대기 텐트로 돌아온 아사쿠마도 무척 즐거워 보였다. 농구부에서 활약할 때도 분명 이런 얼굴이겠지. 어디에도 작위적인 부분이 없었다.

"저, 잘하고 있죠?"

아사쿠마가 나직이 물어봤다. 수줍어하는 표정으로.

그런 표정을 짓고 있다면 이긴 것이나 마찬가지였다.

"이대로 가자. 마이페이스로 스테이지에 나간다면 어떻게든 될 거야."

"제가 뭔가를 한 게 아니라 스승님이 도와주고 계신 거지만요. 그래도 기뻐요."

스승과 제자라는 관계가 마치 훨씬 예전부터 이어져 온 것처럼 보였다.

"그야 제자를 돕는 게 스승의 일이니까. 그리고 아사쿠마가 줄곧 무대에 나가고 있는 건 사실이야."

나는 아사쿠마가 긴장에서 벗어나고 있는 것보다도 시오노미야가 몰라보게 활약하고 있는 것이 더 기쁜 것 같았다.

여름 방학 무렵, 시오노미야는 수없이 고전했다. 커뮤니케이션 약자가 빠지는 함정에 확실하게 걸려들어서 발버둥 쳤다.

내가 할 말은 아니라는 소리를 들을 것 같지만, 다른 인간을 관찰하는 것은 외톨이의 특기다. 사실 대부분의 외톨이는 자기 자신을 관찰하는 것도 잘하지만 자신을 바꾼다는 가장 중요한 능력이 없기에 의미가 없었다….

그러나 시오노미야는 성장, 아니, 이건 진화했다고 해야 한다.

여름 방학 무렵의 시오노미야와 지금의 시오노미야는 다른 사람이었다.

우리는 이렇게 바뀔 수 있다.

그 가능성만큼은 나도 간직하고 있다.

오히려 커뮤니케이션의 어려움을 알고 있기에, 아무 고민 없이 의사소통해 온 녀석보다 똑똑하게 해낼 수 있다.

무대 뒤편에 있는 우리에게는 시오노미야의 모든 표정이 보이지는 않았다. 하지만 그 등이 이렇게 말하고 있는 것 같았다.

노력해 온 사람은 언젠가 보답받는다고.

노력과 평가가 비례한다는 환상을 나는 솔직히 믿지 않는다. 하지만 평가받을 가능성만큼은 확실하게 커진다. 그것을 우리는 두 눈으로 보고 있었다.

다음은 우리가 저렇게 되어야겠지.

무대 위에서는 에리아스가 만든 맛있는 물과 맛없는 물을 시오노미야가 비교하며 마시고 있었다.

"우와! 초등학교의 교실의 뒤쪽의 금붕어의 수조의 냄새가 나요!"

"'의'가 많아! 그렇게까지 심하다고 하니 일부러 그렇게 만들었어도 울컥해!"

에리아스도 나한테 하듯 태클을 걸고 있었다. 갑자기 두 사람이 친밀해지지는 않았을 테니 역시 시오노미야의 실력이었다.

여덟 번째 출연자인 에리아스가 나와 있다는 것은 남은 이능력자는 앞으로 둘.

드디어 라스트 스퍼트다. 아사쿠마, 멈추지 말고 끝까지 달려 줘.

하지만 긴장이라는 것은 지극히 하찮은 일로 생겨난다. 전부 끝날 때까지 방심할 수 없다. 역전 만루 끝내기 홈런을 맞을 때도 있다.

다만 조심해도 긴장할 때는 한다.

기껏해야 손해 본 기분이 별로 들지 않을 뿐이다.

에리아스가 대기 텐트로 돌아옴과 동시에 나랑 아사쿠마가 스테이지로 나갔다.

나와 스쳐 지나갈 때, 에리아스가 "열심히 해."라고 말했다.

"네가 보내준 소금, 확실하게 받았어."

"네가 아니라 아사쿠마에게 말한 거야."

에리아스는 웃으며 그렇게 대답했다. 그렇더라도 아사쿠마와는 같은 팀이니 고마웠다.

이제 내가 아사쿠마와 붙어 있지 않아도 괜찮겠지. 오히려 시오노미야 근처에 있는 편이 이능력도 발현되지 않을 것이다.

하지만 함정이 있었다.

아사쿠마의 표정이 딱딱하게 굳어 있었다.

그 시선 끝에 뭐가 있는 거지?

관객의 수는 뻔하기에 바로 알 수 있었다.

고등학생으로 보이는 사복 차림의 남자가 셋.

"오! 쟤 아서왕이잖아!" "오늘은 사라지지 않았네. 굉장해." "꽤 예쁜데, 아는 애야?"

앞쪽으로 온 남자 세 사람이 아사쿠마에 관해 이야기하고 있었다.

내용을 보면 두 사람은 같은 반 남학생일 것이다. 다른 한 사람은 세이고나 다른 학교 녀석이다.

오늘은 휴일. 역 앞 이벤트에서 아는 사람과 만나도 전혀 이상하지는 않았다.

그리고 친하지도 않은 지인은 인간관계에서 가장 성가신 존재였다.

더러운 예시라서 미안하지만, 남자 화장실에서 옆에 같은 반 녀석이 서면 잘 나오지 않게 된다. 마려운 느낌이 멀어진다. 생판 남일 때가 훨씬 편하다.

"잘하고 있어~?" "아서왕, 힘내!"

남자들이 아사쿠마에게 말을 걸었다. 그러지 마! 아사쿠마에게 애드리브로 남자를 극복할 만한 여유는 없어!

긴장이라는 개념을 아사쿠마가 떠올리게 된다.

자신이 긴장에 약하다는 것을, 남자 앞에서 특히 긴장한다는 것을 떠올리게 된다.

내 앞에 있는 아사쿠마가 점멸하기 시작했다.

큰일 났다! 사라지려 하고 있어!

나는 곧장 아사쿠마의 등에 내 호박 표피를 갖다 댔다. 드레인의 효과는 가까울수록 커진다. 그저 자기 위안일 뿐일지도 모르지만, 원리상으로는 확실하게 효과가 강해진다.

너희는 왜 이럴 때 오는 거야! 눈치채지 말고 그냥 가란 말이다!

물론 이 녀석들은 아무런 잘못도 없다.

우연히 이벤트에 아는 사람이 있었을 뿐이다. 비난받을 이유는 없다.

하지만 우리에게는 커다란 위기였다.

시오노미야도 이변을 알아차렸다. 당연했다.

"저 애, 깜박이고 있지 않아?"라는 목소리가 객석에서 들리고 있으니까.

"어라, 아사쿠마 양, 괜찮나요? 펌프킨군에게 힘을 흡수당하고 있나요?"

"펌프군이라니까! 명명자이니 이름은 기억해 줘!"

살짝 웃음이 일었다.

하지만 분위기를 불식시키지는 못했다.

이벤트 진행만을 생각한다면 그냥 밀고 나갈 수 있었다.

무대에 설 이능력자는 앞으로 두 사람뿐이다. 벌써 5분의 4까지 왔다.

하지만 여기서 사라져 버린다면 아사쿠마에게는 뒷맛이 쓰다.

결과만 좋으면 장땡이라는 말이 진실이라면, 결과가 안 좋다면 전부 물거품이다.

어떻게든 해야만 한다.

그런데 나는 어떻게든 할 수 있는 선택지를 거의 가지고 있지 않았다.

"아사쿠마, 아직 할 수 있어! 극복하는 거야! 힘내!"

나는 작은 목소리로 아사쿠마의 등을 향해 중얼거렸다. 그다지 좋아하지도 않는 힘내라는 말도 사용했다. 이럴 때는 힘내라고 할 수밖에 없었다.

"드레인으로 '강제 카멜레온'을 뺏어 줄게. 걱정할 필요는 전혀 없어."

피로감도 함께 주게 되겠지만 일단 발등에 떨어진 불부터 꺼야 했다. 피로는 쉬면 가신다. 지금은 성공 체험이 더 중요했다.

빼앗아라, 빼앗아라, 나의 드레인!

가능하다면 그녀의 이능력만 중점적으로 빼앗아!

아직 점멸은 멈추지 않았다.

이제 관객의 시선은 아사쿠마에게 집중되어 있었다.

이런 상태에서는 시오노미야도 아홉 번째 출연자를 부를 수 없다.

호박 안쪽에서 아사쿠마에게 밀착했다. 호박이 방해되었다. 좀 더 밀착해야 해!

이렇게 누군가를 돕기 위해 그 누군가에게 달라붙으려고 하는 것은 처음이었다.

관객들 사이에서 아이카는 기도하듯 양손을 맞잡고 있었다.

타카와시와 이신덴은 불안하게 뭔가를 이야기하고 있었다.

인관연 멤버가 가까이 있어도 아무것도 할 수 없었다. '아사쿠마, 힘내'라고 말할 수도 없다.

자신의 이능력은 스스로 어떻게든 할 수밖에 없다. 이능력이라는 것은 본인 고유의 것이니까. 내가 평생 '드레인' 이능력자인 것처럼 아사쿠마도 '강제 카멜레온'과 함께 살아갈 수밖에 없다.

이 무력감은 올림픽에서 응원하던 선수가 역전당할 때의 감각과 비슷했다.

대다수의 아마추어는 텔레비전 너머로 응원하는 것 외에는 할 수 없다. 하지만 승부는 비정하여 그런 것은 무의미하다는 듯 패자를 만들어 낸다.

점멸 간격이 빨라졌다. 마치 제한 시간이 가깝다고 알리는 것처럼.

이대로는 완전히 사라지는 것도 시간문제다….

무책임한 말이지만 아사쿠마, 자기 자신을 이겨 줘.

가령 이 세계에 정의의 편이 있더라도 그 녀석이 쓰러뜨려 주는 것은 알기 쉬운 악뿐이다. 너의 이능력을 해치워 주지는 않는다.

마지막 순간에 어떻게든 할 수 있는 것은 언제나 자기 자신뿐이다.

학교에서 선생님이 '다들 이 아이와 같이 놀아 주세요'라고 해 봤자 그 녀석에게 친구가 생기지 않는 것처럼.

호박 인형탈의 얼굴은 줄곧 웃고 있겠지만, 그 속에서 나는 이를 악물고 무언가를 견디는 얼굴을 하고 있었다. 도저히 웃고 있을 수 없었다.

아사쿠마의 문제는 완전히 남의 일이 아닌데도 나의 일은 아니라서, 나는 제발 드레인이 효과가 있기를 염원하는 수밖에 없었다.

"우와, 굉장해요!"

천진난만하게 칭찬하는 목소리가 공기를 갈랐다.

시오노미야의 목소리가 마이크를 타고 울렸다.

"아사쿠마 양, 그거 어떻게 한 건가요? 엄청나게 깜박거리고 있어요! 그런 이능력도 있군요!"

시오노미야가 아사쿠마를 칭찬했다. 절찬했다.

"아뇨, 이건 아무런 도움도 안 돼요!"

아사쿠마가 태클을 거는 것처럼 대답했다.

"아니에요. 농구라면 적의 마크를 회피할 수 있잖아요!"

위기임을 알고 있을 텐데 시오노미야는 당당했고.

그 자리에 어울리는 씩씩한 목소리로 후배를 도왔다.

"농구에서 사라지면 반칙이에요! 아마도 규칙에는 적혀 있지 않겠지만…."

"그럼 최소한 규칙이 변경될 때까지는 쓸 수 있겠네요!"

"스포츠니까 스포츠맨십에 따라야죠!"

"여러 스포츠에 응용할 수 있겠어요. 사라지는 마구가 아닌 사라지는 선수예요!"

"하지만 같은 편에게도 보이지 않게 되는걸요! 노마크여도 패스가 오지 않아요!"

다시 관객들이 웃기 시작했다.

스승과 제자의 대화는 호흡이 딱딱 맞아서 관객도 불안함을 느끼지 않게 되는 거구나.

어느새 아사쿠마의 점멸이 끝나 있었다.

시오노미야와 대화하며 긴장이 사라진 것이다.

나는 나직이 '이제 안 깜박여'라고 전했다.

물론 등 뒤에 있기에 그녀의 얼굴은 보이지 않지만, 아마도 구원받은 듯한 표정을 지었으리라.

나는 시시한 착각을 하고 있었던 모양이다.

아사쿠마의 옆에는 그녀를 도와줄 정의의 편이 있었다!

"그럼 아홉 번째 출연자분, 나와 주세요!"

시오노미야의 목소리와 함께 아사쿠마와 나는 대기 텐트로 돌아갔다.

위기일발이었으나 극복했다.

"잘했어! 또 위험해지면 시오노미야와 토크를 하면 돼!"

펌프군 안쪽은 후덥지근하여 나는 제법 땀을 흘리고 있었다. 언제 이렇게 됐는지 전혀 기억나지 않았다. 이거, 벗는 순간 추워지는 녀석이다.

"네, 선배. 감사합니다."

내 쪽을 쳐다본 아사쿠마의 얼굴은 갑자기 어른이 된 것처럼 보였다.

아이카가 보여 줬던 표정과 가까웠다. 여자는 느닷없이 어른스러워진다.

그리고 이렇게도 생각했다.

아아, 이거야말로 아서왕의 얼굴이라고.

"이제 걱정하지 않으셔도 돼요. 스승님이 무기를 줬으니까요."

"엑스칼리버를?"

"에, 엑스칼리버?"

"…아니, 아무것도 아니야."

아서왕이라고 불린다고 해서 아서왕 전설을 자세히 아는 건 아니구나…. 재치 있는 말을 했다고 생각했는데 실패한 느낌이 되어 버렸다….

"선배, 저는 이제 괜찮아요. 결단코요."

아사쿠마가 결단코 괜찮다고 한다면 결단코 그런 것이다.

그리고 아사쿠마는 열 번째 이능력자도 실수 없이 소개했다.

남은 것은 마지막으로 사회자로서 다시 스테이지에 오르는 것뿐이었다.

아사쿠마는 훌륭하게 사회를 완수했다.

나와 스승의 도움이 있었다고는 하지만 그녀는 큰 산을 넘었다. 높이로 따지자면 타카오산 정도는 껌이었다. 후지산도 노릴 수 있다!

"여러분, 끝까지 함께해 주셔서 감사합니다! 계속 서 있느라 다리가 아프신 분은 상점가에 있는 카페에서 꼭 돈을 써 주세요!"

시오노미야는 마지막까지 한결같았다. 오히려 점점 말솜씨가 좋아졌다.

"사회는 저, 세이고 2학년생인 시오노미야 란란과."

"바로 나, 펌프군과."

"정말, 펌프군. 이제 아무렇지도 않게 말하는군요."

아사쿠마가 태클을 걸어 주었다.

"저, 세이고 1학년생인 아사쿠마 시즈쿠가 맡아 진행했습니다!"

이제 우리는 퇴장하기만 하면 됐다. 그랬을 터였다.

그러나 관객들이 박수를 치기 전에 아사쿠마가 이런 말을 추가했다.

"하지만 실은 또 한 사람, 이능력을 보여 줄 학생이 있습니다!"

그렇게 말하더니 아사쿠마는 내 앞을 벗어나 같은 반인 것 같은 남자들이 있는 곳으로 갔다.

"안녕, 나카노 군, 오가타 군."

"아서왕, 대단해!" "사람들 앞에서 사회도 볼 수 있구나!"

뭘 하는 건가 싶었다. 나도 관객도 무슨 일인지 알 수 없었다.

아사쿠마가 휙 사라졌다.

"엑?!"

객석에서 그런 목소리가 나왔다.

스테이지 위에 있던 사람이 느닷없이 사라졌으니 당연했다.

어이, 어쩌려고! 모처럼 사라지지 않고 버텼는데! 어째서!

하지만.

몇 초 간격을 두고서 내 바로 앞에 아사쿠마가 나타났다.

쓴웃음을 대담한 웃음으로 억누른 듯한 얼굴로.

그녀는 엄지를 작게 치켜들었다.

그것은 승리 선언이었다.

그녀는 객석 쪽으로 몸을 빙글 돌렸다.

"마지막 이능력자는 저, 아사쿠마 시즈쿠입니다! 투명 인간
이 될 수 있죠! 속임수도 비밀 장치도 없습니다!"

관객들이 환호성을 질렀다.

"이상, 세이고의 무대였습니다!"

아아, 그런가.

아사쿠마가 스승에게 받은 무기가 이거구나.

마지막 순간에 아사쿠마는 자신의 약점을 무기로 바꿨다.

일부러 내게서 떨어져 남자들 앞에서 이야기하여 긴장을 만
들어 내는 것으로써.

이능력을 무기로 인식한 그녀에게 무서운 것 따위 없다.

내 양쪽에 아사쿠마와 시오노미야가 나란히 섰다.

"그럼 안녕히~! 해피 할로윈!"

"해피 할로윈!"

사회자 여학생 두 사람의 목소리와 함께 호박인 나도 퇴장했다.

유종의 미를 거뒀다는 말이 제격이었다.

★

"아아, 비린내 견디기 힘들었어…."

이벤트가 끝난 뒤, 나는 무대 뒤편에서 호박 인형탈을 벗었다. 만약 호박 괴물에게 잡아먹힌다면 이런 꼴을 당하는 걸까.

아무도 없는 줄 알고 중얼거린 혼잣말이었지만 체크가 허술했다.

노지마와 눈이 마주쳤다. 아직 있었구나….

이랬는데 또 아무 말도 안 하면 어색해진다. 뭐든 좋으니 떠들어야 한다고 과하게 의식하고 말았으나 다행히 노지마 쪽에서 말을 걸어 주었다.

"나리히라, 정말 좋았어. 내가 이런 말을 하는 것도 이상하지만 안심했어."

즉, 학급에서는 어둡다는 의미로도 해석할 수 있지만, 사실이니 별수 없었다.

"드레인이 있으니까…."

"그렇지…. 어쩔 수 없지…."

노지마도 동정하는 듯한 얼굴이 되었다. 또 이야기가 부정적으로 나아가려 하고 있어!

모처럼 무사히 이벤트도 끝냈는데 나는 뭘 하는 거야! 분위기를 띄워! 마구마구 띄워!

이렇게나 바로 어두운 방향으로 가 버리다니 어떻게 된 걸까.

내 존재 자체가 이미 마이너스인가…?

아무튼 '이야~ 너도 수고했어'라고 말하며 억지로 분위기를 바꾸려고 했을 때.

"맞다!"

하고 노지마가 또 명랑한 목소리를 냈다.

"아까 만든 쿠키가 남아 있거든. 먹고 가."

"물론 고맙게 받을게!"

나는 바구니에 들어 있던 쿠키를 먹었다.

맛보다도 먼저 바삭바삭 소리가 입안에 퍼졌다. 그런 다음에 피곤할 때 특히 반가운 부드러운 달콤함이 찾아왔다.

"이거 맛이 그거랑 비슷해. 왜 있잖아, 슈퍼에서 자주 파는,

포장을 꽉꽉 채운 버터 쿠키…."

"100엔 정도에 파는 거 말이지? 알 것 같아. 가격은 저렴한데 꽝이 없지. 바삭바삭한 느낌도 강하고."

"맞아, 맞아. 그 안정감은 굉장해."

과자라는 공통된 화제로 이야기가 흘러갔다.

그 후로는 5분 이상 대화가 끊임없이 이어졌고, 노지마는 갈 시간이라면서 돌아갔다.

"수고했어! 학교에서 보자!"

나도 웃으며 그에게 손을 흔들 수 있었다.

"유종의 미, 거뒀네."

이번에야말로 혼자 남은 나는 그렇게 중얼거렸다.

신도 조금은 내게 미소 지어 준 걸까.

에필로그

 할로윈이 지나고 그다음 주, 수요일 방과 후, 시뮬레이션실 문을 누군가 노크했다.

 "네네, 잠깐만 기다려 주세요~" 하고 아이카가 문을 여니 아사쿠마가 웃으며 서 있었다.

 "선배님들, 감사했습니다!"

 운동부다운 씩씩한 인사가 시뮬레이션실에 울렸다.

 "덕분에 사흘간 '강제 카멜레온'이 발동하지 않았어요! 같은 반 남자들과도 이야기하고 있어요!"

 "오오! 쿠마쿠마, 잘됐네요!"

 아이카가 곧장 아사쿠마를 껴안았다. 뺨까지 조금 붙이지 않았어? 뭐야, 그거. 치사해!

 다만 이 거리감은 타카와시도 과하다고 느꼈는지 살짝 어이없다는 표정을 짓고 있었다. 뭐, 타카와시가 저렇게 여자랑 달라붙어 있다면 먼저 세뇌를 의심할 거다.

하지만 이번 일의 수훈자는 아이카가 아니었다.

"란란도 이리 오세요!"

마네키네코처럼 손을 들고서 아이카는 앉아 있는 시오노미야를 불렀다.

시오노미야도 수줍어하는 성격이라 처음에는 일어나지 못하고 당황했으나.

"스승님, 모처럼이니까요."

제자도 부르니 갈 수밖에 없었다.

그 뒤로는 아이카가 양팔에 아사쿠마와 시오노미야를 더하여 재잘거렸다.

"란란, 뺨이 말랑거려요~♪"

"뺨은 누구나 말랑거리지 않나요?"

"스승님, 메이드장이 쓰러지면 제가 스승님의 메이드장이 될게요!"

"메이드장이 쓰러지는 일은 아마도 없을 거예요."

그 메이드장은 분위기를 파악했는지 바깥쪽에 우뚝 서 있었다.

모여 있는 세 사람을 보고 이렇게 생각했다. 고귀하다는 게 이런 건가.

하지만 타카와시에게 한마디 들을 테니 결코 히죽이지는 않았다.

"그레 군."

타카와시가 세 사람 쪽을 바라본 채 말했다.

거봐. 타카와시가 한마디 할 거야.

"죽기 전에 좋은 걸 보게 돼서 다행이네."

"살해 예고처럼 말하지 마."

"하지만 목숨이 붙어 있을 수 있는 것도 다음 HR 시간까지일걸."

그 불길한 말의 의미를 나는 깨달았다.

"아…… 정말이잖아."

다음 HR 시간에는 수학여행 조 편성이 이루어졌다.

"그럼 지금부터 다들 자리에서 일어나 남녀 각각 서너 명씩 그룹을 만들어 줘~ 그런 다음 남녀를 합쳐서 하나의 조가 됩니다~"

보죠 선생님이 발랄하게 말했지만 내게는 사형 선고와 큰 차이가 없었다.

결국 조 편성 시간까지 반에서 동성 친구를 만들지 못했다….

남녀가 일제히 일어나 왁자지껄 떠드는 가운데, 나는 일단 그 자리에 섰다.

단, 어디로도 이동하지 않았다. 이동할 곳이 없었다. 드레인이 민폐고.

그렇다고 줄곧 오도카니… 앉아 있을 수도 없잖아!

으아아아아! 빨리 이 시간이 끝났으면 좋겠어! 힘들어! 너무 힘들어!

알고 있었지만, 과거에도 비슷한 일은 있었지만, 그래도 힘들어! 몇 번을 겪어도 익숙해지지 않아!

행동하면 사람은 바뀔 수 있다.

그 말을 나는 의심하지는 않는다. 시오노미야도 아사쿠마도, 매미가 땅속에서 드넓은 하늘로 날아오르듯 변했다(매미는 빨리 죽으니까 그다지 좋은 예시는 아닐지도…). 타카와시도 이신덴이라는 친구가 생겼다.

하지만 이 경우에는 무슨 행동을 해야 해?

드레인을 가지고서 누군가에게 돌격? 그건 그냥 테러다! 그저 상대를 다치게 할 뿐이다!

줄곧 고개를 숙이고 있을 수도 없어서 앞을 보았다. 하지만 보고 싶지 않았다. 모두가 즐거워하는 얼굴을 볼 때마다 나는 불안한 얼굴이 될 수밖에 없었다. 즐거워할 이유가 어디에도 없으니 얼굴은 어두워질 뿐이다….

뭐… 좋아…. 다이후쿠가 여차하면 자기랑 같이 다니자고 했고….

조원들과 같은 방에서 보내는 밤 시간만 어떻게든 견디면….

하지만 그걸 견디는 게 진짜 힘들단 말이지….

그렇게 다시 고개를 숙여 버렸을 때.

"그레 군, 이거, 놀리려고 하는 소리가 아니라 진짜로 불쌍해."

적당히 실례되는 목소리가 들렸다.

얼굴을 드니 타카와시와 이신덴, 그리고 시오노미야가 있었다(자동으로 메이드장도 있었다). 조금 떨어진 곳에서 에리아스도 오물을 보는 듯한 눈으로 서 있었다.

위치를 볼 때 시오노미야의 자리에 모여 있는 것 같았다. 에리아스는 어느 쪽인지 모르겠지만 같은 조인 듯했다.

"나, 나리히라 군, 드레인이 있어서 큰일이지…. 역시 같은 인관연 멤버끼리 한 조가 되는 쪽이 편하지?"

이신덴이 필사적으로 나를 위로해 주었다. 그 배려만으로도 기쁩니다.

"수학여행 장소는 교토고, 제 고향과도 비교적 가까우니 안내할 수 있어요."

시오노미야는 자신의 일을 척척 소화할 모양이었다.

예전에도 적극적이었으나 지금은 거기에 여유가 엿보였다.

"다들 고마워!"

남자가 아니라 여자가 와 준다는 이례적인 전개지만 아무도 오지 않는 것보다는 훨씬 낫다!

타카와시는 고개를 숙이고 있어서 시선이 마주치진 않았지만, 동맹자 사이의 유대감 같은 것은 느껴졌다. 어쩌면 내 착각일지도 모르지만.

이렇게 권유를 받을 정도로 나도 성장했다. 그렇게 생각하기로 하자.

밤에 같은 방 남자들이 다른 방에 놀러 가고 혼자 외톨이의 시간을 보내야 하는 문제는… 감수하자.

괜찮아… 중학교 수학여행 때도 경험했어….

그리고 형식상으로 수학여행의 메인은 낮이다. 과외 수업으로 견문을 넓히는 것이다. 밤은 덤이다. 형식상으로는. 응…. 밤에 베개 싸움을 하거나 연애 이야기를 하는 것은 덤이다…. 하하하… 물론 변명이라는 건 알고 있다….

"그레 군, 아이팟 빌려줄 테니까 밤에는 내가 고른 '이것만큼은 알아 둬야 할 명곡선' 들을래?"

"타카와시, 너무 빙 둘러 말해서 놀리는 건지, 성의인지, 수학여행을 빙자하여 네가 좋아하는 밴드를 포교하려는 건지 잘 모르겠어."

표정도 진지해서 판단할 수 없었다.

"인간은 복잡한 생물이야. 동시에 모든 걸 내포하고 있기도 해."

그럼 역시 놀림도 포함되어 있는 거구나….

하지만 이렇게 타카와시에게 갈굼이라도 당할 수 있으니 다행이었다. 완전히 아무것도 없는 것보다는 훨씬 좋았다.

그랬는데 그런 내게 다가오는 인간이 또 있었다.

노지마 다이스케. 최근 같은 반 남자 중에서 가장 많이 이야기한 인간이었다.

그와 친한 오오타도 옆에 있었다. 오오타는 짧지만 녹음기처럼 자신이 들은 소리를 재생할 수 있는 것 같았다. 반에서 요란하게 두드러지는 캐릭터는 아니었다.

"나리히라, 괜찮으면 우리랑 같은 조가 되지 않을래?"

노지마는 곧장 그렇게 말을 꺼냈다. 그 시선에 약간의 신뢰가 담겨 있음을 나는 느꼈다.

"그럼 나야 좋지!"

조난당했는데 구조 헬리콥터가 온 기분이었다.

이것도 내가 조금은 긍정적으로 변한 성과일까?

사람은 바뀔 수 있다. 나도 사람이니 마땅히 바뀌어야 한다.

"최악의 사태는 회피하게 된 것 같네."

타카와시의 그 목소리는 평범하게 따뜻했다.

"남녀 합계 일곱 명이니 조로서도 문제없을 거야."

"그러네. 그럼 표에 이름을 적을게."

자리가 가까운 이신덴이 책상에서 이름을 적어 갔다. 내 이름이 분명하게 적히는 것을 나는 감동적으로 보았다.

"그럼 이 멤버로 교토를 돌아보는 거네요. 어서 교토를 안내하고 싶어요!"

시오노미야도 한층 의욕이 샘솟는 것 같았다. 그런 시오노미야의 주위를 메이드장이 빙글빙글 돌았다. 그건 어떤 감정 표현이야?

다이후쿠에게 수학여행 자유 시간은 어떻게든 될 것 같다고 말해 둬야겠다.

마침내 고등학생답게 사용하게 된 스마트폰을 꺼냈다가 LINE이 와 있는 것을 알아차렸다.

아이카가 보낸 것이었다.

[오늘은 안뜰에서 단둘이 도시락 먹지 않을래요?]

★

거절할 이유 따위 없었기에 나는 물론 안뜰에 갔다.

현재 아이카는 매일같이 도시락을 함께 먹는 상대를 바꾸고 있었다. 학급의 그룹도 여럿 있고, 다른 반 여자와도 연결고리가 있고, 물론 인관연 멤버와도 함께 먹었다.

모두가 합동으로 먹을 수는 없으니 분산할 필요가 있었다.

그러고 보니 우리 반에서도 리얼충 중의 리얼충 같은 여학생은 요일별 로테이션으로 같이 밥 먹는 그룹을 바꿨다. 같은 학년, 같은 반 친구 등등 여러 커뮤니티에 소속되어 있는 탓인 것 같았다.

친구 관계가 너무 긴밀한 것도 큰일이었다. 친구 많은 녀석이 '친구가 많은 것도 큰일이야'라고 쓴웃음 지으며 말한다면 분명 울컥하겠지만.

"많이 기다렸죠~!"

아이카는 큼직한 도시락 통을 들고서 안뜰에 왔다.

안뜰이라고 해도 중앙 분수에서 제법 떨어진 가장자리였다. 도쿄 도에서도 서쪽 구석에 있는 하치오지 시 같은 곳이었다. 말할 것도 없이 드레인 대책으로 인구 밀도가 낮은 장소를 택한 결과였다.

"나만 부르다니 별일이네."

인관연 멤버끼리 먹을 때는 자주 있지만, 그때는 타카와시와 시오노미야도 참가했다.

"그렇죠~ 나리히라 군이랑 할 얘기가 조금 있어서요."

그렇게 말하며 아이카는 도시락을 열었다. 피망 순대, 닭튀김, 시금치나물. 원래 남의 떡이 더 커 보이는 것이라, 부모님이 싸 주신 내 도시락보다 맛있어 보였다.

그런데 할 얘기라니 뭘까?

고민 상담이려나. 지금의 아이카는 겉보기에 행복 그 자체인 것 같지만, 그렇다고 고민이 전혀 없을 리는 없다.

오히려 아이카는 다소의 불행이라면 타고난 쾌활함으로 감춰 버릴지도 모른다.

동성에게는 말하기 어려운 고민도 있다. 내가 힘이 될 수 있다면 철저히 힘이 되어 주고 싶었다.

"아이카, 혹시 힘든 일이 있으면….."

"나리히라 군, 수학여행 때 아이카랑 같이 돌아다니지 않을래요?"

아이카의 제안이 내 말을 간단히 지워 버렸다.

아아, 그런가! 내가 또 외톨이라 괴로워하고 있을 줄 알고 자기 조에 합류하라는 거구나! 역시 아이카는 착하다!

하지만 상냥함이 도리어 독이 될 때도 있다.

아이카와 함께 다닌다는 것은 친하지도 않은 아이카조의 남자와도 함께 다닌다는 뜻이다. 그건 나도 힘들고, 저쪽도 이 녀석은 뭐냐고 생각할 것이다.

그들에게도 고등학교 수학여행은 한 번뿐이다. 외톨이를 해소하기 위해 거기에 찬물을 끼얹을 수는 없다. 나도 반대 입장이라면 그런 녀석과 즐겁게 관광 따위 불가능하다.

"마음은 기쁘지만 아이카랑 같은 조인 남자들한테 미안해. 당연히 여자들한테도 미안하고. 사양할게."

"아뇨아뇨, 그게 아니에요."

아이카는 젓가락을 들지 않은 손을 휘휘 내저었다.

"자유행동 시간에 둘이서 교토를 돌아보지 않을래요?"

316

거기 있는 것은 타카와시처럼 무언가를 꾸미는 듯한 얼굴이 아니라 환하게 웃는 얼굴이었고,

그렇기에 나는 곤혹스러웠다.

이건 뭐지…?

정말로 아이카는 내게 호감을 가지고 있나…? 아냐, 그런 찌질이 같은 망상은 그만두라고 몇 번을 말해…. 내가 사랑받을 리 없잖아.

착각할 만큼 충만한 인생이었어? 현실을 있는 그대로 봐!

아이카는 내가 걱정돼서 이렇게 말해 주고 있을 뿐이다. 그럴 가능성이 훨씬 크다.

하지만 아이카와 함께 자유 시간을 보낼 수 있다면 최고이지 않을까.

머릿속에서 사고가 뒤엉킨 탓에 대답이 다소 늦어졌다. 행복을 앞에 두면 인간은 판단력이 둔해진다. 이건 어쩔 수 없다.

"선약이 있었나요? 그럼 포기할게요. 일행분에게 미안하니까요."

선약 따위 내게 있을 리가 없다. 괜히 오랫동안 외톨이로 지낸 것이 아니다.

어라?

나는 타카와시가 있는 조에 들어갔지…?

게다가 시오노미야는 안내하려고 단단히 벼르고 있는 것 같

앉고….

즉, 지금 내게는 표면상 여러 선택지가 있었다.

희귀한 일이라고 할까, 전례가 없는 상황이었다….

아니, 여러 선택지라고 해도, 타카와시나 시오노미야의 조에서 이탈하여 아이카와 둘이 행동하는 것은 인상이 너무 나쁘다. 그런 일은 할 수 없다.

하지만.

아이카와 관광하고 싶다는 마음도 내게는 있었다.

없다고 하면 거짓말이다.

"나리히라 군…? 곤란한 질문이었나요…? 편하게 생각해 주세요! 닭튀김이라도 먹고 리셋해 주세요!"

내가 입을 다물고 있자 당황한 아이카가 닭튀김을 헌상했다. 1m 떨어져 있기에 반찬을 건네는 것도 번거로웠다.

"닭튀김, 고마워, 아니, 그게 아니라… 어어, 닭튀김은 고맙지만…."

이럴 때는 어떻게 대답하면 좋지…?

내 인생에서 틀림없이 처음일, 혹은 두 번 다시 없을 국면에 부딪혔다.

4권 끝

◈작가 후기◈

오랜만입니다! 『물리적으로 고립된 나의 고교 생활』 4권입니다!

이번 4권에서는 후배 캐릭터가 추가되었습니다!

아사쿠마 시즈쿠를 부디 잘 부탁드립니다!(선거 연설풍)

매번 실제 체험을 적당히 순화하여 작중에서 쓰고 있는데 이번에도 그랬습니다.

저는 의외로 중학생 때부터 고등학생 때까지 줄곧 운동부였습니다. 외톨이와 운동부는 양립할 수 있는 모양입니다.

그리고 거기서 큰 좌절을 경험했습니다.

연습해도 실력이 늘지 않는다거나 친구를 만들 수 없었다는 문제는 아닙니다. 아니, 그것도 있긴 했지만 또 다른 문제.

시합에서 이상하게 긴장하여 전혀 움직일 수 없었습니다.

평소 연습할 때의 실력이 중간보다 살짝 못한 정도라면 시합 때는 그냥 밑바닥이 되었습니다.

그 결과, 원래는 질 리가 없는 실력의 상대에게도 시합에서 져 버리는 일이 중·고등학교 내내 이어져서, 저는 단판 승부 스포츠나 그와 비슷한 장르에 소질이 없음을 깨달았습니다.

그래서 발상을 역전하여, 제출할 때까지 이론상으로는 무한히 고쳐 쓸 수 있고 긴장도 전혀 되지 않는 소설이라는 장르라면 어떻게든 되지 않을까 생각했고… 지금에 이르렀습니다.

그것이 소설을 쓰기 시작한 이유는 아니지만, 본 경기 때 긴장할 위험이 없는 소설의 신인상은 내게 유리(?)하다고 생각했던 것은 사실입니다.

또한 스포츠 이외에서도 확실하게 긴장하기에, 대학도 모의고사는 제법 성적이 좋았는데 실제 시험을 거하게 말아먹어서 문 닫고 들어가는 성적으로 합격했습니다. 구직 활동 때도 면접에서 매번 떨어졌습니다. 정말로 이런 단판 승부 계통은 제도적으로 멸망했으면 좋겠습니다.

그야 중요한 순간에 긴장되는 건 당연하고, 그건 성격적인 문제니까 대처할 수 없잖아! 그래서 결국 중요한 순간에 크게 실패하면 노력도 보답받지 못하잖아! 어쩌라는 거야! 그런 마음으로 아사쿠마 시즈쿠라는 캐릭터를 만들었습니다!

이 시리즈에 학생 독자도 많을 것 같아서 먼저 대량으로 좌절한 선배로서 조금 조언하겠습니다.

긴장하는 성격인 사람은 결국 반드시 긴장합니다. 입시에서도 면접에서도 긴장합니다. 이건 어떻게 할 수가 없습니다.

물론 어떻게든 극복하는 것도 멋지지만 한계가 있고, 처음부터 별로 긴장하지 않는 성격인 사람과 비교하면 역시 불리합니다.

그러니 긴장이 결점이 되기 힘든 장르를 취미나 직업으로 삼읍시다. 불리한 영역에서 싸우지 않고 자신이 유리한 장소에서 싸운다. 살면서 이 발상은 비교적 중요하다고 생각합니다.

그럼 여기서부터는 감사 인사를.

Mika Pikazo 선생님, 이번에도 멋진 일러스트를 그려 주셔서 감사합니다! 새로운 캐릭터인 아사쿠마도 적당히 보이시하면서 확실하게 귀여운 절묘한 라인을 찔러 주셨습니다. 정말로 감사합니다!

그리고 이번에 또 하나 감사해야 할 것이 있습니다.

지금 버추얼 Youtuber가 인터넷상에서 꽤 흥하고 있죠?

(그게 뭔가 싶으신 분은 검색해 주세요)

저도 연말 무렵에 일하면서 카구야 루나나 버추얼 노쟈로리 여우소녀 Youtuber 아저씨의 동영상을 돌려 보며 치유받았습니다.

그러다가 Mika Pikazo 선생님의 트윗을 보고 깨달았습니다.

카구야 루나의 캐릭터 디자이너, Mika Pikazo 선생님이잖아.

지어낸 이야기 같지만 완전히 실화입니다.

그리고 이것도 부풀린 게 아니라 사실인데, 버추얼 Youtuber 중에서는 카구야 루나를 가장 좋아해서 최신 동영상이 올라온 걸 눈치채면 즉시 봅니다. 실제로 아직 조회 수가 40회 정도였던 동영상도 있었으니 정말로 올라온 직후에 봤던 모양입니다.

카구야 루나의 동영상을 보고서 기운을 받고 그 기운으로 본작도 쓰고 있으니, 뭐랄까, 매우 친환경적이고 효율적인 시스템인 것 같습니다. 앞으로도 카구야 루나를 잘 부탁드립니다!

마지막으로 독자 여러분!

앞으로도 『물리적으로 고립된 나의 고교 생활』을 잘 부탁드립니다!

점차 나리히라 일행도 학창 시절의 큰 이벤트(이를테면 연애)에 직면하거나 말려들 겁니다. 작가 본인은 외톨이였던 고등학생 시절에 연애 같은 건 전혀 하지 않았던지라 실제 체험을 쓸 수 없습니다. 미지의 영역에 돌입합니다. 기합을 넣고서 가고자 합니다.

여러 가지로 꼬여 있는 그들을 앞으로도 지켜봐 주시면 좋겠습니다!

모리타 키세츠

물리적으로 고립된 나의 고교생활

물리적으로 고립된 나의 고교생활 [4]

————————

2023년 5월 10일 초판 발행

저자 모리타 키세츠 | **일러스트** Mika Pikazo | **옮긴이** 송재희
발행인 정동훈 | **편집인** 여영아
편집 팀장 황정아 | **편집** 노혜림
발행처 (주)학산문화사 | 서울특별시 동작구 상도로 282 학산빌딩
편집부 02.828.8838(전화), 02.816.6471(팩스) | **영업부** 02.828.8986(전화), 02.828.8890(팩스)
홈페이지 www.haksanpub.co.kr | **등록** 1995년 7월 1일 | **등록번호** 제3-632호

————————

BUTSURITEKI NI KORITSU SHITEIRU ORE NO KOKO SEIKATSU Vol.4
by Kisetsu MORITA
©2017 Kisetsu MORITA
Illustrated by Mika Pikazo
All rights reserved.
Original Japanese edition published by SHOGAKUKAN.
Korean translation rights in Republic of Korea arranged with SHOGAKUKAN
through INTERNATIONAL BUYERS AGENT LTD.
이 책의 한국어판 저작권은 일본 SHOGAKUKAN과의 독점계약으로 (주)학산문화사에 있습니다.
저작권법에 의해 한국 내에서 보호를 받는 저작물이므로 불법 복제와 스캔 등을 이용한
무단 전재 및 유포·공유 시 법적 제재를 받게 됨을 알려드립니다.

————————

ISBN 979-11-411-0578-5 04830
ISBN 979-11-348-1466-3 (세트)

값 7,000원

신역의 캄피오네스 3

타케즈키 조 지음 | BUNBUN 일러스트

일본을 무대로
새로운 신화급 배틀의 막이 오른다!!

일본을 흔드는 여신 '이자나미' 강림…!! 북유럽 신화 세계에서 귀환한 렌 일행
은 리오나와 약혼을 진행하기 위해 일본의 마술 조직 '신기원'의 본거지 교토
를 찾았다. 리오나의 동생 후미카도 등장하고, 미래의 가족과 사이를 돈독히
다져 나가는 렌. 하지만 교토에 새로운 공간왜곡이 발생해 신화 세계와 연결되
고 만다!! 생크추어리 요모츠히라사카. 일본 신화 세계를 순식간에 멸망시킨 여
신 이자나미는 일본으로 침공. 간사이 지방은 요모츠시코메라 불리는 흉악한
좀비들로 득실거리게 되고 만다. 유래 없는 위기에 손쓸 방도조차 찾지 못하던
신기원은 유일하게 신에게 대항할 수 있는 '신살자' 로쿠하라 렌에게 일본을
맡긴다…!

(주)학산문화사 발행

전생소녀의 이력서 6

카라사와 카즈키 지음 | 쿠와시마 레인 일러스트

검과 마법의 이세계로 전생한
절세 미소녀의 행복찾기, 제6탄!

결계가 붕괴되어 왕국 전체가 혼란에 빠졌다. 하지만 루비포른령은 지금까지 행한 영지정책과 타고사쿠가 퍼뜨린 요르의 가르침으로, 마물의 피해를 최소한으로 억누를 수 있었다. 루비포른 영내의 혼란이 진정되기를 기다리, 알렉에게 받은 '신을 죽이는 검'을 가지고 배쉬에게 돌아가는 료. 마물 대책으로 성냥이 유효하다고 실감한 료는 다시 한번 흰 까마귀 상회를 이용하여 다른 영지로 성냥을 보내는 계획을 실행한다. 흰 까마귀 상회의 인원을 늘리고 길을 정비하여 성냥 등의 배급이 다른 영지로 전달되면서 왕국을 뒤흔든 마물 재해도 진정되기 시작할 무렵, 왕도에서 어느 상인이 찾아오는데…

(주)학산문화사 발행

아다치와 시마무라 10

이루마 히토마 지음 | raemz 일러스트 | 논 캐릭터 디자인

이루마 히토마가 선사하는
평범한 여고생들의 풋풋한 이야기, 제10탄!

나는 내일 이 집을 떠난다. 시마무라와 같이 살기 위해서. 나도 시마무라도 어른이 되었다. "아~다치." 벌떡 일어났다. "으아앗." 호들갑스럽게 뒤로 물러선 나를 보고 시마무라가 눈을 휘둥그렇게 떴다. 장난스럽게 양손을 들어 올렸다. 아래로 내려와 눈에 걸친 머리카락을 쓸어넘기면서 좌우를 둘러보고 이제야 상황을 이해했다. 아파트로 이사를 왔다. 둘이서 지내는구나, 앞으로 계속. " 자, 잘 부탁합니다." "나도 많이 부탁을 하게 될 테니, 각오해 둬." 나의 세계는 모든 것이 시마무라로 되어 있었고, 앞으로 계속될 미래에는 그 어떤 불안도 없었다.

(주)학산문화사 발행

라스트 엠브리오 8

타츠노코 타로 지음 | 모모코 일러스트

〈문제아 시리즈〉 완결 이후
언급되지 않았던 3년,
그 추상과 시동을 말하는 제8권!!

제2차 태양주권전쟁 제1회전이 열린 아틀란티스 대륙에서 격투를 뛰어넘은 '문제아들'. 세 명이 모인 평온한 시간은 실로 3년만…. 그동안 각자 보낸 파란의 나날. '호법십이천'에 들어온 의뢰에서 시작된 이자요이 일행과 화교와의 싸움. '노 네임'의 두령이 된 요우가 한 달 이상 행방불명된 사건. '노 네임'에서 독립한 아스카가 '계층지배자'로 임명되는데…?! 서로 마음을 열고 잠시 휴식을 취한 후, 모형정원 바깥세계를 무대로 한 제2회전이 막을 연다!

(주)학산문화사 발행